存在主义视角下的加兹达诺夫战争小说研究

Research on Gazdanov's War Novels from the Perspective of Existentialism

杜 荣 著

湘潭大學出版社
XIANGTAN UNIVERSITY PRESS

图书在版编目（CIP）数据

存在主义视角下的加兹达诺夫战争小说研究 / 杜荣著. -- 湘潭 : 湘潭大学出版社, 2023.12
ISBN 978-7-5687-1367-2

Ⅰ. ①存… Ⅱ. ①杜… Ⅲ. ①加兹达诺夫一小说研究 Ⅳ. ① I512.074

中国国家版本馆 CIP 数据核字 (2024) 第 042152 号

存在主义视角下的加兹达诺夫战争小说研究

CUNZAI ZHUYI SHIJIAO XIA DE JIAZIDANUOFU ZHANZHENG XIAOSHUO YANJIU

杜荣 著

责任编辑： 丁立松　陈秀红
封面设计： 张丽莉
出版发行： 湘潭大学出版社
社　　址： 湖南省湘潭大学工程训练大楼
电　　话： 0731-58298960 0731-58298966（传真）
邮　　编： 411105
网　　址： http://press.xtu.edu.cn/
印　　刷： 长沙创峰印务有限公司
经　　销： 湖南省新华书店
开　　本： 710 mm×1000 mm 1/16
印　　张： 11.5
字　　数： 200 千字
版　　次： 2023 年 12 月第 1 版
印　　次： 2023 年 12 月第 1 次印刷
书　　号： ISBN 978-7-5687-1367-2
定　　价： 58.00 元

前　言

存在主义是20世纪西方社会流传且影响最广泛的哲学思潮之一。存在主义的出发点和基础是人的存在，存在与选择所包含的诸多层面的问题和矛盾的实质是人的存在状态和存在意义。20世纪俄罗斯文学作品中存在主题的出现可以被描述为作家对俄罗斯的历史事件的回应，亦是源于俄罗斯文学的存在主义传统。存在主义强调以人为本，尊重其个性与自由，这对研究战争小说中“人的存在”的问题具有相当明确的启发意义。存在主义对“人的存在”问题的关怀与当时俄罗斯社会的主导思潮相契合，随即产生了一些专注于此类问题的作家，俄侨作家加伊托·伊万诺维奇·加兹达诺夫（Гайто Иванович Газданов，1903—1971）就是其中的杰出代表，他是俄罗斯侨民文学第一浪潮中年轻一代杰出的、个性独特的作家，而战争题材小说是其众多作品中不可或缺的一部分，这类作品一方面是对作者经历的战争生活进行真实描摹，另一方面也是对战争世界中人之存在的文学关照。加兹达诺夫在其整个创作生涯中保持着存在主义的审美观，其小说中处处闪烁着存在主义美学思想的光辉，体现其对人、自然、社会等关系的存在主题的理性思考和乌托邦情结。加兹达诺夫的战争生活和侨居经历、所接受的俄罗斯及法国的文化、文学、宗教、哲学等等，造就了其审美意识的存在主义和人道主义。在加兹达诺夫的战争小说中，始终贯穿着对人之存在与自由问题的深刻思辨，无论是其成名长篇小说《在克莱尔身旁的一个夜晚》，还是纪实中篇小说

《在法兰西的土地上》，以及他的一些短篇战争小说，始终能让读者感受到作家对于人之生存状态和生存价值问题的深切关怀。

本书首先对存在主义的哲学精要进行概述，并阐述俄罗斯文化和哲学的存在主义传统对加兹达诺夫世界观的影响和形成的渊源。战争可以说是存在主义的灾难，每代人都是用某种特定方式感知战争中人的存在。加兹达诺夫一生经历两次世界大战的动乱和残酷，参加过俄罗斯国内战争和反法西斯抵抗运动，帮助过受法西斯分子迫害的俄罗斯侨民们，可以说，战争改变其生活并影响其创作，和平一直是他的梦想和追求，为和平而战是他的英勇实践。加兹达诺夫以国内战争为背景的小说在他全部小说中占很大比重，M. 斯洛尼姆曾评论："加兹达诺夫从一些国内战争的短篇小说开始，引人注目……用他那乐观的、坚强的语调。"[①] 加兹达诺夫作为战争悲剧的见证人和战争的参加者，带着被战争灼伤的心灵，在其一系列有关战争的长篇小说、短篇小说以及中篇纪实小说中，以个体或群体回忆的方式深刻而真实地呈现一系列战争场面，深入地揭示残酷的战争如何破坏了人的个性和身心健康，体现命运的偶然性、选择的必然性以及如影随形的死亡。加兹达诺夫被称为"俄罗斯的加缪"，其反映战争体裁的作品始终能使读者感受到作家对于人的生存状态和生存价值问题的深切关怀，体现作家反对战争、追求和平及其人道主义精神。

本书主要在俄罗斯文学和欧洲存在主义传统的视角下，具体分析加兹达诺夫战争小说中的存在主义主题。谨以此书作为加伊托·伊万诺维奇·加兹达诺夫121周年诞辰的献礼。

作者

2023 年 12 月

---

① Слоним, М. Литературный дневник: Молодые писатели за рубежом[J]/М. Слоним //Воля России. -1929. -No. 10/11. С. 116.

目 录

第一章　绪论 …… 1

第一节　国外研究现状 …… 5

第二节　国内研究现状 …… 10

第三节　研究动机、内容和意义 …… 11

第二章　加兹达诺夫战争小说的文学和哲学渊源 …… 13

第一节　俄罗斯文学和哲学中的前存在主义传统 …… 14

第二节　加兹达诺夫与托尔斯泰的存在主义传统的影响和互文 …… 24

第三节　加兹达诺夫小说与陀思妥耶夫斯基小说的互文 …… 31

第四节　加兹达诺夫和舍斯托夫 …… 34

本章小结 …… 41

第三章　加兹达诺夫短篇战争小说中的存在主义因素 …… 43

第一节　加兹达诺夫短篇战争小说的哲学意识 …… 44

第二节　加兹达诺夫短篇战争小说中的人道主义思想 …… 62

第三节 《布拉克同志》和《莎乐美的命运》——女性在战争中的生存法则 …… 68
本章小结 …… 71

第四章 加兹达诺夫战争纪实小说中的存在主义因素 …… 73

第一节 法国的存在主义对加兹达诺夫思想和创作的影响 …… 74
第二节 《在法兰西的土地上》体现的战争观 …… 78
第三节 《在法兰西的土地上》体现的人道主义精神 …… 85
本章小结 …… 92

第五章 加兹达诺夫长篇小说中的战争叙事和存在主义因素 …… 94

第一节 《在克莱尔身旁的一个夜晚》中的战争主题和无序命运 …… 97
第二节 《夜路》中战争导致的生存巨变 …… 111
第三节 《亚历山大·沃尔夫的幽灵》的生死哲学——安静的绝望 …… 119
第四节 《醒来》体现的反存在主义之意象 …… 130
第五节 加兹达诺夫战争小说中的俄罗斯形象 …… 137
本章小结 …… 145

结语 …… 149
参考文献 …… 153
附录 加兹达诺夫短篇小说（译） …… 159

第一章 绪论

存在主义意识是每个时代的人都会有的一种感知，不同时代的作家在作品中对人的生存状态的描写则各具特色，因为小说审视的不是现实，而是存在。而存在并非是已经发生的，存在属于人类可能性的领域，所有人类可能成为的，所有人类做得出来的。小说家画出存在地图，从而发现这样或那样一种人类可能性。[①] 20 世纪俄罗斯文学作品中存在主题的出现可以被视为作家对俄罗斯的历史事件的回应，从战争和革命开始，它导致宗教意识的破坏和社会精神原则的削弱，“一个失去了精神的神圣平衡并陷入‘存在焦虑’的人（В. Варшавский）发现自己处于自身的无所不能和无能为力之中。”[②] 20 世纪的俄罗斯作家们不得不转向哲学来回答许多让他们为之激动的关于生与死的意义的问题，因此他们作品的主人公们在不断地寻求其答案。“存在焦虑”的问题对于俄侨们来说尤为严重，毕竟他们在离开自己的祖国之后，在艰难的流亡环境中，他们经受了 20 世纪俄侨存在的最悲惨的情况，这些在俄罗斯侨民文学第一次浪潮中的加伊托·伊万诺维奇·加兹达诺夫（1903—1971）的艺术作品中真实地表现出来，他是书写人类遭受战争洗礼前后之存在状态的杰出作家。加兹达诺夫主要参加了俄罗斯国内战争和保卫巴黎的反法西斯战争，这让他产生对初涉战争的沉重反思之外，还为二

---

① （捷克）昆德拉著，董强译．小说的艺术［M］．上海：上海译文出版社，2004：54．

② Заманская В. В. Экзистенциальная традиция в русской литературе XX века. Диалоги на границах столетий. М.：Флинта；Наука，2002. С. 9-10.

战中的人道主义精神所打动，独特的战争经历也对他的文学作品产生了很大的影响。在选题方面，战争丰富了加兹达诺夫文学创作的战争素材；在思想方面，这种独特的战争经历促使加兹达诺夫形成了强烈的存在主义和人性化的战争观；在艺术形式上，这种战争经历能让加兹达诺夫写出宏大的战争场面描写，构建出真切的冲击感官的叙事模式，客观描写残酷战争的真实情况及血肉丰满的人物形象。个性独特的加兹达诺夫在其整个创作生涯中保持着独立的审美观，其小说中处处闪烁着存在主义美学思想的光辉，敏锐地观察并冷静地思考对人、自然、社会之间的存在关系，这与其参战经历、所接受的俄罗斯和法国的文化、文学、哲学、宗教等有着密切的联系。加兹达诺夫小说的创作题材广泛，主题丰富多样，语言独特，内容与形式的结合别具一格，在美学风格上独树一帜，把俄侨文学推向了一个新的高度。在加兹达诺夫的战争小说中表达出“革命——历史——生命哲学——文化恋母”的主题，这是作者通过文学构建对革命和历史的沉思，对战争破坏人类和谐生存的反思。对这一现象的文学阐释，还可以用生态美学和生态哲学的存在论进行比照，讨论战争对自然界、社会、人和精神之间相互统一关系的破坏，并解读加兹达诺夫战争小说中的存在与选择的美学思想。

千百年来，人类受到各种战争的创伤，每个人的心里都会构想一个没有战争和迫害、没有饥饿和寒冷的美好世界，因此，和平与发展不仅是当今世界的主题，也是历史和时代的呼唤。各国文学界用各种文学活动对此进行庆祝，中俄两国学界从新时代的视角重新审视和解读战争小说。在此时代背景下解读20世纪俄罗斯侨民“第一次浪潮”年轻一代杰出作家加兹达诺夫的生活和创作有着重要的现实意义和历史意义。根据B. 扎曼斯卡娅（B. B. Заманская）的说法，文学作品中反映的主要存在主义动机是异化、孤独、死亡、陌生世界中的茫然无知，以及侨居之人的历史悲剧。1903年出生的加兹达诺夫的大半生都处在战争的阴影之下，他的战争小说既是自己的存在体悟，更是20世纪世界人民饱受战争的历史见证，其中不仅充满对自由、爱情、孤独、旅行、精神转变、命运的偶然性、生命意义、死亡等人类永恒的存在主题进行了哲理性的深刻思考，而且还塑造了一系列具有典型时代特征的人物形象，他的写作语言主要是俄语，其创作具有自己的追求原则，其内心的完整性基于全球化的世界中现代人的完整性，他在创作中深刻反省自身在不同文化中的位置，他能较好地理解现代理论之源，他和那一代因战争而远离祖国的作家们，是处在超地区性和跨文化的位置，其作品能更客观地反映战争中人的存在状况。“战争是我们这个世界时代的基本现象。这不但是人类的、社会的和历史的生命的事实，而且也是宇宙生命的事实。”[①] 加兹达诺夫切肤的战争体验，正如其同时代的也经历过俄罗斯内战的侨民作家 B. 安德烈耶夫（В. Андреев）写过自己对战争的那种痛彻心扉的体验：“所有人的感觉——悲伤、忧郁、寒冷、无望……令人绝望的饥饿。……所有参加过战争的男孩，常常早于我，十五六岁，给自己身心带来战争产生的畸形伤疤，无法销蚀的痕迹。”[②]这种对战争摧毁人类生存的痛彻心扉的感受，呼应了加兹达诺夫战争小说中深刻揭示的战争观——战争使世界变得荒谬而混乱，使人们的生活变得绝望而没有意义，但人们通过自己的自由选择来寻找真实的自我，找到自己的生活价值和存在意义。

存在主义是现代西方哲学中影响极大且流行极广的哲学流派，其主要代表人物就是法国哲学家萨特，二战时期他因抗击德国法西斯而被捕，获释后又积极参与“把德国人赶出法国”的运动，参与社会政治活动，20 世纪 50 年代参加反对美国的侵朝战争，关注苏联和中国的政治活动，60 年代支持法国的工人罢工和学生运动。20 世纪上半期，当加兹达诺夫侨居法国巴黎时，正是法国存在主义盛行的时期，萨特的存在主义是一种人道主义的观点以及政治行为，在其人生和作品中都能看到深受萨特存在主义的影响。加兹达诺夫 16 岁时参加俄罗斯国内战争，因白军战败而流亡国外，在巴黎参加共济会，二战期间参加反法西斯战争和营救俄侨活动，在其未完成的小说《政变》中反映了法国的工人罢工和学生运动，塑造了苏联和中国的领袖形象，体现了作家的反战和存在主义的思想。

生存方式可以说是指向人的最本质的哲学命题，是对人生独有的一种体验、积淀和升华。20 世纪 30 年代，关爱生命和祖国的公共利益逐渐促使许多俄侨抛

---

① （俄）别尔嘉耶夫著，张百春译．论人的使命：神与人的生存辩证法［M］．上海：上海人民出版社，2007：369.

② Андреев В. История одного путешествия. Повести/В. Андреев[M]. -M. : Совет. писатель, 1974. C. 210.

开自己背井离国时的初衷，在异国时，忧郁的俄罗斯感让他们开始承认自己走了很长的徒劳无益之路，“俄罗斯白桦树的崇拜”扰乱了他们回忆的心脏和头脑，导致其对过去过度崇拜。战士兼侨居作家的生存体验让加兹达诺夫的作品别具特色。加兹达诺夫不仅熟悉俄罗斯文学和西方文学，更是熟知法国文学，他的人生经历使他易于接受存在主义理论，并且有意识地从俄罗斯的观点来理解文学，他在 1936 年写的《论年轻的侨民文学》一文中也强调过自己的文学观点。在侨民中成长的新一代作家在革命和内战之后进入俄侨文坛，这些在经典俄罗斯文学的基础上成长的作家，与俄罗斯侨民的命运和 20 世纪 20—30 年代的西方文化的大趋势有着千丝万缕的联系。虽然境外俄罗斯文学一直处在未知和疏忽的状态，俄罗斯侨民文学因其规模、持续时间和顽强的生命力依然是一个独特的历史现象。20 世纪 40 年代是俄罗斯侨民的危机阶段，战争使大部分俄侨组织遭受灾难，俄罗斯诗人和作家这一时期处在黑暗中，不仅自己的国家，而且流亡环境本身也遗弃了他们。加兹达诺夫依然歌颂战争中的人道主义和人性之美，鞭挞战争的残酷性和破坏性。加兹达诺夫的存在主义的书写原则与现象学、精神分析、心理学等方面的叙事方法相联系，他在现代主义的轨道上开始自己的文学创作，并将象征主义、存在主义、浪漫主义和现实主义进行了综合，逐渐演变而形成了自己高超的叙事技巧和独特的艺术审美观。虽然许多国家热爱和平与理性小说的读者早已关注并喜爱加兹达诺夫的作品，对其进行研究的状况也呈良性发展的态势。但在我国对他的作品研究还处于刚起步阶段，亟待进一步拓展与深化，本书的研究有利于弥补加兹达诺夫研究在我国研究的不足。加兹达诺夫的作品具有巨人的艺术价值和文学魅力，在当代世界文学的时代大背景下，重新关注经典文学，从俄罗斯文学和欧洲存在主义传统的视角来具体分析加兹达诺夫战争小说中的存在主义主题，在当今时代主导性文化模式失范和俄乌战争对全世界造成生存危机的背景下，使人类远离战争并回归到诗意生存和精神拯救的维度，对构建和谐社会发展也有很大的启示作用。

第一节 国外研究现状

在国外，加兹达诺夫作品已有超过50种译本，其作品被译成英语、法语、西班牙语、德语、保加利亚语、塞尔维亚—克罗地亚语等等，伴随着小说译本出现，各国的加兹达诺夫研究都取得了累累硕果，出现论述新颖的回忆录、文学史、学术论文、学位论文和专著等，它们从各个方面勾勒其生平和创作的宏图，并对其文学成就进行客观而公允的评价，加兹达诺夫已被当代评论家誉为俄罗斯文学中的经典作家，并出现“加兹达诺夫学”的术语。将加兹达诺夫的创作和20世纪前半期的西方哲学和文化发现联系起来，阐释其小说中蕴含的存在主义意识的重要研究者有：吉涅耶什（Л. Диенеш）、克拉萨夫琴科（Т. Красавченко）、热尔捷娃（В. Жердева）、马丁诺夫（А. Мартынов）、谢苗诺夫（С. Семенов）、茨霍夫列博夫（Н. Цховребов）、基巴尔尼克（С. Кибальник）、涅奇波连科（Ю. Нечипоренко）、马特维耶娃（Ю. Матвеева）等人。

自1929年其成名作《在克莱尔身旁的一个夜晚》面世后，在法国俄侨界就有多篇评论文章出现，该小说之所以让作家一夜成名，不仅是因为作者运用了“意识流”的叙事手法，而且运用了存在主义的观点来描写战争和人们的生存状态。更重要的是小说主人公不满16岁就被卷入到国内战争的漩涡里，不仅在战场上亲身体验战争对人类产生的巨大破坏，而且导致其流亡异国，这种个人记忆具有集体记忆的时代特质，必然引起当时俄侨们的共鸣和争相评阅，其中阿达莫维奇、奥索尔金和纳博科夫就给予该小说极高的评价，并且阿达莫维奇和斯洛尼姆对其创作给予了长达几十年的持续关注。从20世纪40年代至加兹达诺夫去世期间，评论界关于其作品的评论有近50篇，在一些俄罗斯侨民文学史中也开始出现加兹达诺夫的大名。20世纪50年代，法国评论家们开始将加兹达诺夫的作品与法国存在主义者的作品相提并论，如：将加兹达诺夫的长篇小说《在克莱尔身旁的一个夜晚》《一次旅行的故事》和《夜路》中的人物与加缪的《局外人》中的主人公莫尔索进行对比和相互影响的比较研究。1951年法文版长篇小说

《亚历山大·沃尔夫的幽灵》出版后，安妮·布里尔在巴黎用法文对其进行评论，指出加兹达诺夫与加缪在创作上的近似性，但只是在艺术作品分析的语境下进行。现有资料统计从1952—1992年在法国评论加兹达诺夫作品的各类论文约57篇，这些论文不仅分析了加兹达诺夫小说的艺术特点，而且分析了作品中所体现的存在主义思想。加伊托·加兹达诺夫的名字在法国的俄罗斯侨民中家喻户晓，并且评论家因为他的创作天赋，认为他可与当时的俄侨作家弗拉基米尔·纳博科夫相媲美，是年轻一代最有才华的作家。

俄侨作家加兹达诺夫的作品自1988年开始回归俄罗斯，加兹达诺夫研究的热潮很快在俄罗斯学界形成，出现研究加兹达诺夫小说蕴含的哲学和宗教意识的文学批评，将加兹达诺夫的哲学和美学观点与尼采、海德格尔、萨特、加缪等人的哲学进行了对比，一些研究者将1920—1930年的加兹达诺夫创作的作品和加缪的一些作品进行类型学意义上的比较，主要评论两人平行的创作之路，以及加缪的存在主义对他的影响。到目前为止，很多都是关于两人早期之间的相似研究，研究虽很新奇，但有些论证却并非全都合理；一些研究者阐述加兹达诺夫小说艺术中的自传性特征、神秘主义、浪漫主义和存在主义思想；有的研究者在探寻作品主人公的心理时揭示作者的创作手法、福音书的隐喻情节，进而思考生与死的本质；有的研究者揭示加兹达诺夫小说中非标准的宗教、神话和哲学概念，以及彼此之间的平行隐喻关系；有的研究者阐释他与柏拉图、尼采及存在主义者的关系，论述其艺术文本篇名中隐喻了永恒存在的本体论意义；有的研究者研究加兹达诺夫的小说诗学（小说风格的独特性、梦境诗学、新叙事模式、艺术原则）。需要注意的是，在加兹达诺夫后期创作中存在主义的论调已极度弱化，表明了作家小说创作的动态特性。其中知名的论著有：1998年阿格诺索夫（А. Агеносов）出版的专著《俄罗斯侨民文学》对加兹达诺夫的作品进行分析，指出其长篇小说中的存在主义和基督教的主题。1999年热尔杰娃（В. Жердева）的专著《俄罗斯侨民“被忽视一代”作家创作中的存在主义主题（波普拉夫斯基和加兹达诺夫）》和克拉萨夫琴科（Т. Красавченко）的论著《加兹达诺夫艺术意识的存在主义和乌托邦的思想意识取向》都涉及了加兹达诺夫小说中的战争对人的精神之悲剧性影响，探寻了作品主人公思考生与死之本质的心路历程，揭示加兹达诺夫小说的哲学概念和与存在主义者的关系，阐明加兹达诺夫小说篇名中蕴涵着永恒存在的本体论意义。2003年12月10日在国立北奥塞梯赫塔古罗夫大学教科文组织的会议厅里举行了纪念加兹达诺夫100周年诞辰的国际会议——“加伊托·加兹达诺夫的生活和创作”，参加会议的有来自俄罗斯国内外的历史学家、文学评论家、作家和政治家等公众人物，他们结缘于这场以20世纪最伟大的作家之一的名字而举办的举世瞩目的盛会，他们深感兴趣并热爱加兹达诺夫的创作，而且完全无私地尽一切努力对其表示赞赏，证明加兹达诺夫是一个真正有全球声誉的人，他的作品正在世界各地被广为阅读和研究。2003年，加兹达诺夫的文艺大众性被广泛关注，不仅在作家的故乡弗拉季高加索，而且在世界上都得到关注，因为加伊托·加兹达诺夫的创作已成为俄罗斯和世界文学的一个组成部分。2008年论文集《在俄罗斯和西方文学语境下的加伊托·加兹达诺夫》收录了特列季亚克娃（О. Третьякова）的文章《在加兹达诺夫和谢林的长篇小说中存在主义的“夜之旅”》（Экзистециальное《путешествие на край ночи》в романах Г. Газданова и Л. Ф. Селина），特列季亚克娃分析了加兹达诺夫和谢林的描写战争的长篇小说，这两个作家都在年轻时代经历过战争，加兹达诺夫是在俄罗斯参加内战，而谢林是在非洲和美国参加第一次世界大战，他们描写战争的混乱年代的小说文本相互呼应。并且小说主人公都因战争而背井离乡，他们的小说中涉及了旅行的主题，而在20世纪20—30年代的欧洲艺术中这个主题已获得了存在主义的意义，因为旅行的意义反映了死者通向阴间之路的心理历程。而在加兹达诺夫的小说中，有时道路和死亡的主题相重叠，特别反映在他的长篇小说《在克莱尔身旁的一个夜晚》《夜路》《亚历山大·沃尔夫的幽灵》和《一次旅行的故事》之中，这几部小说也被研究者视为存在主义小说。2009年俄罗斯收录最全的5卷本加兹达诺夫文集出版，其文学遗产迅速地进入世界读者的精神生活，这部文集使读者不仅能全面考察作者生平与创作，还能了解作者的世界观和文学观，文集将加兹达诺夫称为文学创新者和20世纪最有趣的俄罗斯作家之一，更是被誉为“新陀思妥耶夫斯基”。文学评论家涅切波连科（Ю. Нечипоренко）在其著作《加兹达诺夫之谜》中主张运用特殊的“神秘文艺学”来理解加兹达诺夫的创作。2011年出版的《俄罗斯研究：1917至今的文学》第6章中对比加兹达诺夫和托尔斯泰的作品来研究“战争中的人”。《俄罗斯文学》杂志刊登一系列评论文章持续关注加兹达诺夫小说艺术的研究动向，如：《加兹达诺夫和纳博科夫》（2003年第3期），《加伊托·加兹达诺夫和俄罗斯侨民文学中的存在主义意识》（2003年第4期），《加兹达诺夫和舍斯托夫》（2006年第1期）等。较突出的论著有：2011年基巴利尼克（С. Кибальник）的专著《加伊托·加兹达诺夫和俄罗斯文学中的存在主义传统》具体分析了俄罗斯存在主义传统的独特性和它为何被称为20世纪“唯象小说”中的折射，讨论了在俄罗斯存在主义和欧洲存在主义的传统语境中加兹达诺夫作品中的存在主义主题，以及加兹达诺夫和俄侨文学第一浪潮中的年轻一代具有存在主义意识的作家的创作对话，重点对比分析了他和纳博科夫、波普拉夫斯基、伊万诺夫等人的相似及相异之处。库兹涅佐娃（Е. Кузнецова）专门研究了加兹达诺夫的短篇小说诗学，将加兹达诺夫称为“短篇小说大师”，认为其短篇小说具有和谐的结构特点，而最突出的特点是其蕴含的存在主义的哲理智慧。

俄罗斯的读者和研究者强烈期待全面研究和重读一系列20世纪侨民作家创作的关于国内战争主题的作品，因为在苏联时期以及苏联解体之初，他们对数以百万在俄罗斯内战中惨遭蹂躏而离开故土去寻找更好命运的同胞们知道的并不多，很难想象在1917年后离开祖国而流落异乡的俄侨们的命运。这些载入史册的俄侨们，被清楚地打上了时代悲剧的烙印。研究“从哪里来”的历史学家彼得·科瓦列夫斯基在其著作《境外俄罗斯》中指出：“……在世界历史上没有能在其范围、数量和文化意义方面与俄罗斯境外类似的现象……俄罗斯散居人数在数量上超过且在文化意义方面接近其所有自苏联移居国外的人，因为它是那种现象的中心和推动力，这通常被称为俄罗斯的境外，但它应该被称为‘境外俄罗斯’。俄罗斯侨民绝大多数是由白军侨民构成。据统计，侨民的90%到95%是白军侨民。”[①]加兹达诺夫的作品能让其祖国的读者更清楚地了解俄侨们在20世纪20年代失去的一切，俄国革命和国内自相残杀的战争恐怖给这些人足够令人信服的理由，进而作出了离国别家的艰难决定。

① Ковалевский П. Зарубежная Россия. М., 1995, С. 86.

加兹达诺夫的作品在南斯拉夫也受到读者偏爱，几乎他的所有小说都被译成克罗地亚语。在该国的社会和政治的转变时期，加兹达诺夫的长篇小说还被理解为政治潜文本，由此丰富了克罗地亚文学。1950 年在英国伦敦和美国纽约同时出版了尼古拉斯·雷登（Nicholas Wreden）翻译的加兹达诺夫的英译本长篇战争小说《亚历山大·沃尔夫的幽灵》。美国斯拉夫学家吉耶涅什（Л. Диенеш）早在 1973 年就尝试把加兹达诺夫的作品当作艺术现象进行赏析，1977 年他在马萨诸塞州大学通过有关加兹达诺夫创作的博士论文答辩，并于 1982 年在德国慕尼黑出版了英文版的《境外俄罗斯文学：加伊托·加兹达诺夫的生平和创作——《作家的生平史》（1995 年被译成俄语出版），是第一部有关加兹达诺夫生平和创作的专著，作者注意到俄罗斯文学和哲学对加兹达诺夫创作的深刻影响，并解释了研究者忽视其记录法国抵抗法西斯战争的纪实小说《在法兰西的土地上》的原因是，对侨民的“右翼”来说该书太左；对“左翼”来说，它曾在战争期间和战后一段时期是爱国的，因此亲苏的倾向也是正确的。吉涅耶什认为：“……在加兹达诺夫的概念中能找到别尔嘉耶夫的哲学观点或卡西尔的‘符号形式哲学’，事实上，毫不夸张地说，这些哲学家的基本表达与作家作品的某些方面是非常相似的。”[①]吉涅耶什认为加兹达诺夫创作具有跨文化和哲理性的特征，尤其需要关注加兹达诺夫作品中存在主义的永恒主题之特点。吉涅耶什说，以列米佐夫为代表的将俄罗斯文学和西方文学融为一体的文学新流派已形成，加兹达诺夫和纳博科夫就是其中重要的作家，并首次坚持认为加兹达诺夫在俄罗斯侨民作家中受到的关注并不比纳博科夫少，鉴于加兹达诺夫创作中涉及的全球性和全人类之特征，还将其归为 20 世纪具有“存在主义经验”的欧洲作家之列。

在西班牙最早对加兹达诺夫小说的译介开始于 1955 年，在西班牙学术刊物上对涉及战争描写的长篇小说《夜路》和《亚历山大·沃尔夫的幽灵》的评论文章最多，西班牙的评论界将加兹达诺夫与奥地利作家及剧作家托马斯·伯恩哈德（1931—1989，知名的存在主义的虚无主义者）相提并论。目前，在意大利，加兹达诺夫已被评论家称为“有着广泛知名度和流行度的经典作家”。1952 年意大

① Диенеш Л. Гайто Газданов: жизнь и творчество (Перев. с англ. Т. Салбиева). Владикавказ, 1995. С. 85.

利语的《在克莱尔身旁的一个夜晚》首次出版，1996年在米兰再版，在标题为《理智的奇异之花》的前言中指出，加兹达诺夫在不同程度上受到俄法两国具有存在主义哲学思想的文学家及哲学家的影响。并且，加兹达诺夫的作品对意大利的一些作家产生了影响，如亚诺夫斯基（В. Яновский）和费尔津（Ю. Фельзен）。在国外加兹达诺夫的小说被改编成剧本，拍成电影和电视剧，这正是对其小说诗学的另一种艺术阐释。其崇拜者还在各类公众平台中发表相关评论，售书和出版物的网站对其也有宣传。

第二节　国内研究现状

目前我国关于加兹达诺夫作品的系统研究还寥寥无几。在中国，对俄侨文学中地位日益突出的加兹达诺夫的研究，无论在深度和数量上都与国外研究相距甚远。最先向国人介绍加兹达诺夫的是：刘文飞和陈方的译著《俄罗斯侨民文学史》（2004年版），该书中的第11章对加兹达诺夫及其作品进行了简洁评述，其中涉及了对加兹达诺夫的战争小说《在法兰西的土地上》的评述，并对加兹达诺夫的长篇小说中关于战争孤独、死亡和人性善恶等方面的生活哲学进行了阐述和分析，关注到加兹达诺夫在小说中经常强调死亡和生活“哑了火”，“故事叙述者和沃尔夫都在国内战争中嗅到了死亡的气息，死亡‘哑了火’”[①]。而中国学者对他创作的评论文章目前甚少：笔者从2011年开始研究加兹达诺夫的小说，陆续发表20多篇拙文，并出版了著作《加兹达诺夫小说艺术研究》（2015）和《跨文化语境中的加兹达诺夫小说研究》（2016），仅对加兹达诺夫小说中存在主义的艺术特征和互文诗学进行了探索性的研究。2012年恽律主编的《俄罗斯文学：传统与当代》（文学论丛）中收录了台湾政治大学鄢定嘉的论文《俄侨作家加兹达诺夫小说〈夜路〉中存在意识的探讨》，文章分为五个部分，通过加兹达诺夫惯用的二元对立的主题和其特殊的叙事手法，表现其独特的生命观，展现俄国侨民

① （俄）弗·阿格诺索夫．俄罗斯侨民文学史［M］．刘文飞，陈方译．北京：人民文学出版社，2004：420．

的“流亡情节”和“集体意识”中的存在焦虑，并且还指出加兹达诺夫的写作技巧深受欧洲文学的影响。2014 年 4 月曾澄和戴卓萌发表论文《论加兹达诺夫小说〈克莱尔家之夜〉的存在主义意蕴》（《俄罗斯语言文学与文化研究》）。2015 年 3 月杨正发表在《外国文学》上的论文《对话陀思妥耶夫斯基——加兹达诺夫〈黑天鹅〉的互文性解读》，指出加兹达诺夫的短篇小说《黑天鹅》和陀思妥耶夫斯基的长篇小说形成的借鉴及对话的互文性关系，指出这两个作家塑造人物时的区别：陀思妥耶夫斯基是对主人公们进行灵魂关怀，而加兹达诺夫则是关注其存在，并且通过举例说明二者在艺术观、价值观和存在观等方面的差异。在这篇颇有见地的论文后面还附有作者杨正文笔流畅的《黑天鹅》译文。2016 年四川外国语大学的古维奥所写硕士论文《加兹达诺夫创作中的自传性和存在主义》，2021 年颜宽的论文《记忆与现实——〈亚历山大·伍尔夫的幽灵〉中的镜像对称》亦是从存在主义视角分析侨民群体中那种以记忆取代现实的乌托邦理念。但这些研究与目前世界多国对加兹达诺夫作品研究的广度和深度相比，比例相差悬殊，因此，亟待进一步拓展研究。

综上所述，国外关于加兹达诺夫小说中的存在主义主题的研究已取得了一些成果，而我国对此问题的研究则寥寥可数。加伊托·加兹达诺夫的创作是俄罗斯和世界的文化的一个组成部分，这在俄罗斯早已是公理。由此可见，在我国加强对加兹达诺夫小说艺术的研究和译介活动是极为必要也是极有意义的。

第三节 研究动机、内容和意义

本书对相关存在主义的基本理论、观点等进行整理、阐述，旨在为接下来的文本分析提供理论支撑。

研究目标和意义：本书尝试着全面梳理和分析加兹达诺夫的战争小说，以其小说的诗学品质为审美切入点来进入其文本世界，采用宏观概括与微观剖析相结合的方法，既将加兹达诺夫的战争小说置于一定的时代与历史环境中进行全面考查，追踪作家人生和创作经历的文化背景，又以文本细读的方式对其重要作品进行个案分析，对具体作品的主题、人物形象、叙事策略、艺术手法等进行细致考察和微观分析，从而揭示存在主义视角下加兹达诺夫战争小说的价值和意义。在当前俄乌战争持续进行的国际背景下，进一步研究加兹达诺夫的战争题材小说不仅是因为其作品中深刻的存在主义思想和杰出的艺术叙事手法，更有着当下世界各国反对战争、争取和平的现实需求。对加兹达诺夫战争小说的研究，这也必将有利于读者认识到各国采取行之有效的反战决定和措施的重要性，使其深刻感受和平不应停留在虚幻的口号上，而应为了人类更和谐的存在，力争将其真正变为现实。

拟解决的关键问题：如何将俄罗斯文学和欧洲哲学思想中的存在主义传统界定、主题、独特性与加兹达诺夫的战争小说进行有机结合，合理论证其渊源和影响之间的关系。

拟采取的研究方法：本书将采取共时分析和历史探源、理论阐释和文本批评及心理学、哲学及社会学多学科相结合的原则，运用文学的哲学阐释、跨文化理论、传记批评、历史批评、文本细读等方法，具体分析和全面探讨加兹达诺夫战争小说中的存在主义意识，揭示加兹达诺夫对人、社会、精神之间的关系所倾注的关注和思考。

本书从存在主义视角研究加兹达诺夫战争小说的专题研究。研究方法的创新：运用跨文学、哲学、艺术等学科的方法，从广义和狭义上对其战争小说进行研究。研究内容的创新：将加兹达诺夫战争小说作为一个整体概念进行研究，将其置于俄罗斯和欧洲文学及存在主义传统语境中，尝试性地将其自传性长篇小说、短篇小说和纪实小说中的战争叙事进行对比分析，阐明加兹达诺夫作品中的存在主义主题和互文诗学，并将其与俄罗斯侨民年轻一代作家中具有存在主义意识的作家进行对比研究。

第二章　加兹达诺夫战争小说的文学和哲学渊源

战争题材是俄罗斯文学中长盛不衰的创作题材，揭示战争亦是展现人类的一种超常存在状态。在存在主义的文学创作中，战争主题占有特殊的位置。而战争对人的生命和自由的剥夺，造成人的孤独和异化，俄罗斯哲学和文学中，对这些问题和概念的思考和阐述更能体现俄罗斯式的存在主义感受。加兹达诺夫是具有奥塞梯血统的俄侨作家，俄罗斯的文化和哲学是影响和形成加兹达诺夫世界观的源泉之所在，在他创作中一直贯穿着逝去的俄罗斯主题，作为俄罗斯民族文化的承载者和继承人，其作品中充满对俄罗斯的眷念、对俄罗斯革命和战争的描述及反思。研究加兹达诺夫的生平和创作，首先要研究他和俄罗斯文化自身的关系，因为植根于文化之上的文学，是文化的文本镜像，也是文化的载体，优秀的文学作品中都蕴含着深厚的文化。加兹达诺夫喜爱的俄罗斯经典文学中的战争题材极大地影响了他的文学思想和创作。俄罗斯哲学深刻而独特的思想总是体现在他那些反映战争的作品里，他虽不是哲学家，但他对生活、人性及人的存在有着独到的体悟和见解，并通过叙事文本对它们不断地加以深化。

第一节　俄罗斯文学和哲学中的前存在主义传统

在世界存在主义文学和哲学的大花园里，俄罗斯存在主义文学也是艳丽多彩且芬芳四溢，其存在主义意识兼容了哲学意识和文艺思潮类型之概念。19世纪末的俄罗斯经济危机和20世纪初的世界大战造成了俄罗斯的社会动荡，人口的分崩离析以及人们的精神失落，这使得俄罗斯的作家和哲学家们开始关注人的存在意义，关注生与死、善与恶、今生与来世等问题，直面折磨俄罗斯人灵魂的意识危机，揭示知识分子对时代的悲剧性感受，并且重新定义和评价人的灵魂和选择，人的存在问题开始成为其关注的中心。在这一过程中，人在精神危机的泥潭里越陷越深，人变得越来越孤独，直面越来越陌生的世界令其精神越发不安。正如文化人类学家米契尔·兰德曼所说："人从来没有像现在这样成为有疑问的；他不再知道他是什么，并知道自己不知道。由于不能确定自己的道路，由于自己有疑问，因此，他以无比的忧虑研究他自己的意义和存在，研究自己来自何方、走向何方。"[①] 人的生存矛盾，让人们发现自己在世界中的稳定性并不真实，人类的道德价值和理性会被战争无情地摧毁，人在变得迷茫孤独，并且绝望悲观之时，就渴望知道，自己是谁，从何处来，到何处去。由此，俄罗斯宗教哲学一度繁荣，而其核心"说到底是关于人的问题。"[②]人与自然、人与社会、人与人的关系，以及善恶、困惑、顿悟、彼岸等问题，无一不引起俄罗斯哲学家和作家们的关注，因为战争的破坏、社会的聚变和意识的危机等诸多悬而未决的问题折磨着俄罗斯人的灵魂，对历史道路和历史任务的极度失望使俄罗斯人期待反基督者的王国，并使其产生了启示的情绪，开始反思过去，反思上一代人的不足，重新思考人的历史使命，立体地审视人的存在、人生意义以及人在世界中的崇高使命。在19—20世纪之交的俄罗斯前存在主义传统不仅是哲学家们倡导的，而且更是文学家们在文学作品中进行思考、感受和拓展的。叔本华的悲观主义哲学和尼采

---

① （德）M. 兰德曼. 哲学人类学（第1版）[M]，张乐天译. 上海：上海译文出版社，1998：47.

② 金亚娜. 俄国文化论集（第1版）[C]. 哈尔滨：黑龙江教育出版社，1994：39.

的超人哲学极大地影响了俄罗斯人对世界悲剧性的感受和对生活意义的思考，成为推动俄罗斯思想和文化的自我意识进一步前进的重要因素。

1910年代初至1920年代初，俄罗斯历经的第一次世界大战、革命、内战对那个年代的俄侨作家来说，是过去和现在的人生分界线，也是俄罗斯文学分流的重要分水岭，因为战争是造成俄罗斯侨民文学第一浪潮和第二浪潮的重要因素，战争不可能不影响俄罗斯作家的创作意识和作品内容。因为战争反映的是人的存在困境问题，而战争也是承载文学作品的哲学命题的一个基本母题。俄罗斯文化和哲学的关系是影响和形成加兹达诺夫世界观的源泉之所在。加兹达诺夫出生于圣彼得堡，他的父亲极有教养、喜欢哲学和旅行，他的母亲酷爱文学。父母的这些行为和喜好深深地影响了加兹达诺夫对生活的深入思考和对文学的喜爱，是其生存哲学和文学创作的启蒙。

俄罗斯存在主义哲学对加兹达诺夫有着特别重大的意义，因为对加兹达诺夫来说，有机统一的生活和生活的哲学，生活和伦理的审美态度，它们是统一的，即是由20世纪俄罗斯哲学家看作是理想的人类团结。加兹达诺夫的创作经受了战争和生活严峻的考验，这与其说是人生的磨难，而不如说是加兹达诺夫的文艺、理论和哲学的来源。

加兹达诺夫的创作吸收了存在主义文化哲学的精髓，通过作家亲身的经历、俄罗斯古典文学传统、文化与民族基质、伦理道德、哲学以及共济会等影响而变体，这些看似如此不同的向量却在加兹达诺夫的审美意识中完美地结合。托尔斯泰的作品及他的“博爱”原则，陀思妥耶夫斯基的创作手法和哲理思想极大地影响了加兹达诺夫。这体现出加兹达诺夫创作的独创性是对生活中某些残酷东西的揭示，是对某些令人陶醉的生活的抒情写照：存在——乌托邦原则，这可以在作家的个人经历，在作家的个性，在他的文化和民族基质以及他对共济会热情中寻找答案。空想社会主义理论家托马斯·莫尔（1478—1535年）最早提出的“乌托邦”一词，为人类社会描述了一个美好而理想的共产主义社会图景。“自莫尔以来，人们不仅把‘乌托邦’概念与社会主义社会联系在一起，而且还把这一概念与文学活动联系在一起，从文学的角度去解释和阐释‘乌托邦’……对‘乌托邦’的狂想是对悲观主义和彻底虚无的反抗，它是人类心灵追求幸福、安宁、快乐和自身解放的亘古理念及理想境界，是人类乐观向上、精神自足的美好乐园。”[①]加兹达诺夫无论在何种生活环境下，总是保持着积极乐观的生活态度，他崇尚美好的精神生活，并将这一存在——乌托邦理念寄托在自己作品的主人公身上，在作品中对各种存在的现象进行自己的哲理性思考和分析。

加兹达诺夫在作品中独特地、审美地表达了许多自身当时的感受和存在认识，还有当时现实本身所产生的东西——残酷的俄国革命的经验、内战、移民、参加抵抗运动，等等。加兹达诺夫熟知哲学家 H·别尔嘉耶夫和 Л·舍斯托夫等人以某种哲学形式对俄罗斯的阐述以及他们的哲学思想，尤其喜爱阅读别尔嘉耶夫主编的宗教哲学杂志《路》，他也像别尔嘉耶夫那样寻求生活的宗教意义，寻求永恒的含义。

20 世纪 20 年代末到 30 年代初，加兹达诺夫在生活条件异常艰苦的情况下，坚持在巴黎大学的历史语文系学习，主攻文学史、社会学和经济学，并以优异的成绩毕业，这为他的文学创作打下了坚实的理论基础和文学素养。可以说，加兹达诺夫文学创作中的审美意识和哲学思想不仅受到俄罗斯文化和哲学的影响，更是从法国及欧洲的文学和哲学中汲取了创作源泉。出生在 1903 年的加兹达诺夫正处在这样一个生存和创作的国际大环境，为了有一个和平的生存环境，流着哥萨克血脉的他毅然决然地参加了内战。战争确实改变了他的命运和生存境况，可怕的是：不仅没有过上幸福安康的生活，反而背井离乡成为侨民。但祸兮福之所倚，战争的经历和境外的栖居让他获得了创作的丰富素材，各种艺术流派交汇语境下的加兹达诺大的战争小说融汇了哲学、美学和道德的综合思想，其创作有现实主义和象征意义相合成的审美倾向。虽然加兹达诺夫小说的诗学品质是多种文化共同作用而成，但俄罗斯文化是其本源。加兹达诺夫首先是古典现实主义文学传统的主要继承人，继续着俄罗斯文学中普希金、托尔斯泰、陀思妥耶夫斯基、屠格涅夫、果戈理、契诃夫、布宁等人传承的那条主线，是他们的追随者。在加兹达诺夫战争小说的艺术品格和精神气质中弥漫着俄罗斯文学特有的理想主义情结、人道主义关怀、苦难意识和宗教情怀，可见，他很好地接受了俄罗斯文学中

① 赵杨．颠覆与重构：论俄罗斯后现代主义文学的反乌托邦性［M］．哈尔滨：黑龙江人民出版社，2009：4-5.

浓厚的民族宗教意识和那种自我忏悔式的内向型的心理传统。

在加兹达诺夫的行文之间所提到的俄罗斯作家数量之多，令人惊奇，他认为没人能超过普希金和托尔斯泰，加兹达诺夫的小说《梅丽公爵小姐》甚至是以普希金的小说主人公命名。“并且这种新文学的所有特征是建立在托尔斯泰为俄国文学（不仅仅是为俄罗斯文学）所开创的艺术空间。在这一空间出现了几乎所有的契诃夫的无故事情节的短篇小说和剧本；在这个坐标系中有布宁的《阿尔谢尼耶夫的一生》和他明显地对‘情节和外部影响’的忽视。”加兹达诺夫的作品与俄罗斯文学的经典作品有深刻的渊源关系，他前期的作品特征为：“明显的经典小说，有新的忧伤内容，有20世纪的‘阿尔扎马斯的恐惧’，有信仰和所有价值的丧失，同时有空虚的精神胜利法，以及最终战胜这些破坏性的意图。”[①] 在加兹达诺夫的短篇小说《第三种生活》中对此有着清楚的描述：“这是世界的另一种情景的可能性和我寻求一生得到的那种意义，每次当我感觉到我已找到它，它犹如影子一样消失了，或者实际上不是如我必需的空气一样的东西。但我，实质上，从未陷入迷惑，我一直明白，这感觉是不正确地、虚幻地。我曾告诉自己，如果我找到了这种意义，——我知道它存在着，否则就不值得活着——那么从这一刻起就开始了第三种生活，就像清澈见底的小河，不可思议地闪着粼粼微波，轻轻的、柔柔的，就像童年的最初回忆。这就是第三种生活：第一种生活当我不再是孩子的时候就结束了，第二种生活曾是旅行、战争、书籍、大学、约会和那些盲目的精神活动，这些强迫着我持续几小时不可思议地、专注地阅读那早已过去的罪行或者写一些后来让我感觉古怪的、不自然的短篇小说。我知道，摆在我面前的、数不胜数的多数事情和感觉中，在不为人知的整个世界中，只有一个幸运的入口通向这第三种生活；并且要幸运地产生唯一的幸福，就必须找到这个入口。”[②]这篇小说的第一人称叙事人历经战争和战后那种痛彻心扉的精神鸿沟后，其感觉和思想有了质的变化，突然摆脱了自己长期的精神折磨，看清了自己生活

---

① Л. Диенеш. Писатель со странным именем//Гайто Газданов. Собр. соч. : в 3 т. -М. : Согласие, 1999. Т. 1. С. 9.

② Гайто Газданов. Собр. соч. : В 5 т. под общей ред. Т. Н. Красавченко. Т. 2. М. : Эллис Лак, 2009. С. 371.

的本质，进而物质欲望消失，开始步入返璞归真的“第三种生活”——乌托邦的狂想。这种观点和经历过“阿尔扎玛斯之夜”的托尔斯泰的《战争与和平》中安德烈公爵受伤醒来时对存在的永恒意义之思考有近似之处，而不同之处在于加兹达诺夫是使用20世纪的语言来体现永恒的存在关系如何被侨居的现实无情地击碎之后，仍旧保持对生活的美好向往。

加兹达诺夫自己的“第二种生活”开始于武备中学的学习，1919年夏天，中学未毕业还未满16岁的未来作家就毅然决然地参加了白军，走向了高加索战场体验什么是战争，对于战争的胜负却不甚在意，毕竟是年轻，还没有生活阅历，也没有什么鲜明的政治立场。在战场上，加兹达诺夫以一个普通列兵的身份在铁甲列车上服役，目睹了大量的不同形式的死亡，亲身经历了战争的残酷。战争对他后来生活和思想产生重大影响，死亡主题和对存在的哲学思考贯穿着他的所有作品。1920年秋，加兹达诺夫随着所在部队撤退，从塞瓦斯托波尔到了土耳其的君士坦丁堡，1922年2月在其堂姐的帮助下继续他的中学学业。1923年11月毕业后移居巴黎。从学习、运动、约会、参战、再学习到离开俄罗斯这段经历及离开俄罗斯那痛苦的、依依不舍的、对未来又充满憧憬的复杂心情在他的第一部长篇小说《在克莱尔身旁的一个夜晚》里有着详细而传神的描述。加兹达诺夫的“第三种生活”就是他的创作，将自己的思想和对世界的存在体悟渗入主人公的意识之中。研究者们常将加兹达诺夫和他同时代的俄侨作家进行共时研究，他们之间虽有共性——纪念俄罗斯最好的东西：她的文化、自然、语言以及挣脱她的俄罗斯人，但个性才能体现其创作的独特性，例如：别列津（В. Березин）论《加兹达诺夫和波普拉夫斯基：同龄人》一文中提到，加兹达诺夫和波普拉夫斯基都是1920年11月随着俄罗斯内战中战败的弗兰格尔军队离开俄罗斯，并经由君士坦丁堡到达巴黎，侨居之初，他们的生活都很拮据，曾经的战士加兹达诺夫成了夜间出租车司机，波普拉夫斯基的曾经当过军官的兄弟也成了出租车司机。两个作家都对乘船前往法国而离祖国越来越远的场景记忆深刻，只是波普拉夫斯基是通过自己的诗歌《离开雅尔塔》（Уход из Ялты）直接抒发自己的情感——“……痛苦的心灵已走向永恒。/高高的船舷冷若冰霜。双手揣进大衣，是谁在张望？夜的东方红得多么缓慢！谁能想到这离别有多么漫长……/ 有人知道……一直到死？……我们会信仰、哭泣和燃烧，而幸福我们则永远免谈。”[①]波普拉夫斯基离开祖国的这种伤悲之情，加兹达诺夫可以说是感同身受，他是在自己的自传性小说《在克莱尔身旁的一个夜晚》中，通过第一人称叙事主人公进行情感的抒发，且大自然与其同悲——乌云密布、星星消失、船在昏暗的大海中驶向看不见的城市。

加兹达诺夫的创作中对过去战争生活的回忆倾向起着极其显著的作用，但他的一些主人公却想要“杀死”战争的悲惨记忆，也就是说，他们拒绝过去的生活，以便能够在未来“化身”。19 世纪以来的俄罗斯文学经典作家对加兹达诺夫的创作中的存在主义亦有不可磨灭的影响：小说《亚历山大·沃尔夫的幽灵》中的沃尔夫和 19 世纪莱蒙托夫的《当代英雄》的主人公毕巧林一样：英俊潇洒、风流倜傥、才华横溢，但却成了时代的“多余人”。《当代英雄》已显露出存在主义的文学意识，其主人公毕巧林天资聪颖且玩世不恭，出生优越的他享受了一切可以用金钱买到的欢乐，可是灯红酒绿的上流社会生活依旧无法填补他心灵的空虚。他为自己的存在而迷茫彷徨，不知道活着为了什么；他认为自己负有崇高的使命，但他不知道如何实践来完成使命；他身上蕴藏着无穷的精力，他渴望通过刺激的行动加以宣泄，参加军队，视生命如草芥，无论是自己的还是他人的生命。而在《亚历山大·沃尔夫的幽灵》中的沃尔夫亦是如此：在战争历经那次受伤濒死的经历后，也开始变得颓废，开始关注宿命。沃尔夫在战后改名换姓地将自己的战争经历构思到其小说《明天我会来》中，战争中与沃尔夫持枪互射的叙事主人公在读到小说后，根据那种战争的体验确认了沃尔夫的战士身份，并怀着满腔的兴趣想要找到这个曾与自己个人命运紧密相连的人，作为敌对双方的战士，他们的互射改变了彼此的命运，并且都患上了战后创伤综合症，使他们对生活、爱情等无法以正常的状态来面对，叙事主人公本以为找到沃尔夫后，能治愈自己的心灵创伤，但冥冥之中自有天意，他们的命运居然再一次因为爱上同一个女人而纠葛在一起，沃尔夫也再一次遭受叙事主人公的射击而殒命。毕巧林在“宿命论”那一章中消极悲观地感慨：“我们不能再做出伟大的死，不论是为了全

① （俄）弗·阿格诺索夫. 俄罗斯侨民文学史［M］. 刘文飞，陈方译. 北京：人民文学出版社，2004：398.

人类的利益，或者，甚至为了我们自己的幸福，因为我们知道幸福难以实现，于是漠不关心地从怀疑走向怀疑，就像我们的祖先从迷途奔向迷途一样，像他们那样，既不抱着希望，也不享有心灵在与人或命运进行各种斗争中所遇到的那种欢快，哪怕飘忽不定却也名副其实的那种欢快。”① 毕巧林作为一个自觉关注人的命运与存在意义的现代个体，他体现了作者的存在主义文学意识。

在《当代英雄》和《亚历山大·沃尔夫的幽灵》中两个不同时代的“多余人”毕巧林和沃尔夫身上体现了俄罗斯的一种朝圣情结，正如俄罗斯哲学家别尔嘉耶夫在《俄罗斯思想》一书中所说：“俄罗斯人总是有对另一种生活、另一种世界的渴望，总是有对现存的东西的不满情绪。末日论的明确目的是塑造俄罗斯人的灵魂。朝圣是一种很特殊的俄罗斯现象，其程度是西方没有见过的。……朝圣者寻找真理，追求天国，向着远方。……就其精神实质而言，俄罗斯文化最有创造性的代表者都是朝圣者，果戈理、陀思妥耶夫斯基、托尔斯泰、索洛维约夫和一切革命知识分子都是朝圣者。不仅有肉体的朝圣，而且还有精神的朝圣。朝圣不可能在任何有限的东西上静止，她追求的是无限。而这就是末世论的目的，是一种期望，即一切有限的东西都面临着终点，终极的真理被揭示出来了，未来将出现某种特殊的事情。”②加兹达诺夫有一部长篇小说就叫《朝圣者》，其中的主人公在穷凶极恶半生之后，想要追求肉体和精神的朝圣。

加兹达诺夫创作中的人道主义思想、冷静客观的叙述、简洁精炼之文风无疑是受到过契诃夫创作的深刻影响。但随着时代的发展，读者变了，作家自身也变了，作家不可能成为，似乎在世界中、在生活中、在创作意识中一丝不变的那样。并且，加兹达诺夫还认同契诃夫的这种观点：读者的要求是严格的，作品不应有丝毫含混的地方，文学艺术应按照生活的本来面目而进行无条件地、直率地描写生活。其实，在侨居之前尚未进行写作的加兹达诺夫，可能在最初自己的创作之时并未深入思考如何保存俄罗斯文学传统，但随着创作的深入，俄罗斯文学传统的影响会潜移默化地体现在其作品之中。加兹达诺夫与契诃夫的短篇小说创作在许多方面有共性——真实、简洁、诗意，同时从存在主义的视角描写各阶层

---

① 翟松年等．当代英雄：莱蒙托夫诗选［C］．北京：人民文学出版社，2005：71．

② （俄）别尔嘉耶夫．俄罗斯思想（第一版）［M］，雷永生等译．北京：三联书店，1995：194．

人物的生活：对普通、渺小、善良的底层人苦难和不幸生活的关注，描写普通人的心灵活动及孤独的存在状态，透过日常生活表现人生悲剧的同时，以诗意的方式表现人类的乐观主义精神，用抒情的笔调和哲理性的话语产生感人至深的艺术效果。加兹达诺夫独特的创作特点是将不同体裁与修辞格调相互结合，将现实的准确描绘与诗意的浪漫主义相结合，既忠实于文学传统，又在各种新艺术思潮流派的影响下表现出新的风格和语言的艺术创新。加兹达诺夫和契诃夫一样，在小说中通常将自然景物的描写作为故事发展或抒发小说主人公情绪的载体，以此来体现对人物的个性及命运的忧虑和思考。而且他们小说中的各类主人公“都试图过上真正的生活，但一般又总是得不到梦寐以求的精神上的和谐。无论是爱情，无论是献身科学，或是迷恋于社会理想，也无论是对上帝的信仰，这些在以前是求得人格完整的可靠手段，如今对主人公却一样都无济于事。世界在主人公眼里丧失了统一的中心，它远远不具备完整的秩序，所以任何一个世界体系都不能囊括这个世界。”[①]加兹达诺夫的小说深化了现实地描写处在社会底层的边缘人物被欺凌和被损害的主题，体现了作者同情那些无力抗争的小人物的人道主义思想，批判和否定了现实中的丑陋和不公正。因此，与契诃夫不同的是，加兹达诺夫的战争经历和侨居生涯，将俄法各个阶层的人物形象和生活状态都在加兹达诺夫的创作中得到了真实而深刻的反映，其小说是法国俄侨社会的实录和缩影。尤其是在加兹达诺夫 1930 年代的作品中可以明显地看出其受到契诃夫和果戈理的影响。

加兹达诺夫与布宁及奥索尔金的友谊可以说是众所周知的，并且两位作家对其作品都有善意而高度的评价。阿达莫维奇证实，布宁曾赞扬过加兹达诺夫对文体技巧的掌握、流动的语言、出人意料的准确的修饰语。这也是布宁作品的特征——人物的性格刻画极为细微，语言的可塑性。1934 年阿达莫维奇曾撰文称加兹达诺夫是布宁的“追随者和唯一的学生”[②]，因为这两位作家在各自的作品中持续地对逝去的俄罗斯进行追忆和再现，并且“调动所有的感官，将气息、形

---

① （俄）符·维·阿格诺索夫主编．20 世纪俄罗斯文学［M］．凌建候、黄玫、柳若梅、苗澎译．北京：中国人民大学出版社．2001：16.

② Красавченко Т. Н. Гайто Газданов: Философия жизни // Российский литературоведческий журнал. - 1993. -№ 2. -С. 97.

状、色彩、光影、声音、冷暖等种种因素将俄罗斯复杂、微妙的自然呈现出来"[①]。加兹达诺夫对布宁的评价极高，他也明确承认，自己确实吸收了布宁文学创作的一些技巧，但自己和布宁在本质和形式方面有截然不同之处：布宁属于19世纪，是俄罗斯侨民第一浪潮中的老一辈作家；而他属于20世纪，是年轻一代作家，虽然自己的世界观有显著的浪漫主义和理想主义的色彩，但其世界观、生活理念以及小说的创作技巧等却是新时代的产物。确实如此，加兹达诺夫的创作中虽然体现了俄国古典现实主义的许多传统，但也凸显了与19世纪经典小说的差别，其创作一直游离在俄罗斯侨民文学和俄罗斯文学的整体系统之间，正如C. 卡巴罗提的观点："加兹达诺夫的先锋主义的试验和追求，源于1910年代末开始的俄罗斯先锋派艺术，但在此语境下其自身确是后卫的……"[②]。评论界和读者送给他的各种头衔或多或少都有利于理解其创作，不过也很难猜透其创作之谜，这就是其创作的独特性之所在。

没有俄罗斯传统，就不可能有俄罗斯作家，它赋予了俄罗斯作家独特的俄罗斯书写方式的天赋，加兹达诺夫的创作经验成为该假设的一种可能性回答，身处东西方文化焦点的他积极地从俄罗斯文化和宗教哲学中汲取了自己所需的文学素养，其作品具有"始终面向终极，面向永恒，关注人生的意义、人类的终极命运问题"[③]的特征。加兹达诺夫无可置疑的文学和哲学才华决定了他对人的内心世界和外部世界的看法，对人的存在意义进行紧张的思考和探索，他的主人公身上体现了自己时代独特的精神内涵和行动准则。俄罗斯存在主义哲学中理想的人类团结思想对他有特别重大的影响，因为对他来说，生活、生活哲学以及人的伦理审美是统一的，他经受的严峻的战争生活考验也成为其文艺理论和哲学的来源。宗教存在主义者舍斯托夫的启示哲学"引发了加兹达诺夫一些早期作品中存在主义主题的表现，并成了俄罗斯境外文学中存在主义意识的基础，但目前仍估计不

① 张建华，王宗琥主编；张建华等著. 20世纪俄罗斯文学：思潮与流派 理论篇 [M]. 北京：外语教学与研究出版社，2012：241.

② Кабалоти С. Поэтика прозы Г. Газданова 20-30-х годов. СПб.，1998，С. 319.

③ 梁坤著. 末世与救赎（序言）：20世纪俄罗斯文学主题的宗教文化阐释 [M]. 北京：中国人民大学出版社，2007：1.

足的源泉。"[①]舍斯托夫建立了在悲剧哲学和宗教哲学基础上的非理性主义的美学和文艺学思想，他注重个体的生存体验，认为人只有进入神性的自由，才能重回上帝的怀抱，等等。这些思想对加兹达诺夫的创作思想产生了极其重要的影响。小说《在克莱尔身旁的一个夜晚》中维达里叔叔的哲学就是舍斯托夫哲学中"人即个性"之体现，维达里叔叔要自己的侄儿索谢多夫反抗客体世界中的战争，反抗腐朽的贵族阶层和宗教神职人员对人的奴役，希望他能认清战争的本质和危害，以自由精神进行创造和生活；短篇小说《转变》中有明显的舍斯托夫思想的影响；小说《黑天鹅》直接引用了舍斯托夫的《在约伯的天平上》一书中的内容，主人公的自杀体现出舍斯托夫明确指出的哲学思想——人生注定是悲剧性的，灵魂时常被孤独和黑暗所偷袭而变得疲惫不堪。在加兹达诺夫小说中对比了一些叙事人的生活无意义感和对死亡之渴求，这种抽象的思想不仅是对追求生活意义的必然否定，而且也能强迫其完成某种虚无行为。死亡和死亡的无理性使加兹达诺夫小说的主人公从生活的噩梦中惊醒过来，认为只有从自己的肉体中解脱出来才能实现所有的梦想，而死亡是最好的拯救。这就是加兹达诺夫受舍斯托夫的哲学影响而形成的观点，"其根本目的在于拯救迷失于物的现代人的灵魂。"[②]加兹达诺夫的短篇小说《第三种生活》展示了人"从客体奴隶的自我到自由创造的自我"的过程之艰难，但信仰犹如旷野外燃起的一盏心灯，让主人公受到自由的感召，汲取反抗战争的力量，指引着其前进的方向。

加兹达诺夫的知名研究者 Л. 吉涅耶什（Л. Диенеш）在自己的专著中写道："他的新颖性和意义在于将俄罗斯文学中对痛苦怀疑和形而上学恐怖精神的创造性发展，这在陀思妥耶夫斯基和托尔斯泰的作品中如此令人印象深刻并影响了西方，其结尾是由革命而人为地施加的。"[③] 显然，Л. 吉涅耶什已关注到加兹达诺夫作品中存在主义特征是受到陀思妥耶夫斯基和托尔斯泰的影响。陀思妥耶夫斯基和托尔斯泰的具有存在主义意识的作品构建了俄罗斯文学的存在主义传统，而

---

① Кибальник С. А. Гайто Газданов и экзистенциальное сознание в литературе Русского Зарубежья//Русская литература. -2003. -№4. -С. 53-54.

② 张冰. 白银挽歌［M］. 哈尔滨：黑龙江人民出版社，2014：111.

③ Диенеш Л. Гайто Газданов. Жизнь и творчество. Владикавказ, 1995. С. 20-21.

被称为是托尔斯泰和陀思妥耶夫斯基的继承者的加兹达诺夫，其作品中存在着这种存在主义的特质。陀思妥耶夫斯基在《地下室手记》(1864) 一书中描写：“一个人的内在生活，是他的情态、焦虑和决心——这些都被带进了核心，一直到所有的景象被揭露无遗为止。”[①] 陀思妥耶夫斯基无疑是提供了一个存在主义的广阔世界，《地下室手记》的第一章被认为是俄罗斯文学中所书写过的最好的存在主义序曲，陀思妥耶夫斯基也被认为是俄罗斯存在主义文学之鼻祖，其小说无不渗透着悬而未决的存在主义问题，而地下室人的痛苦和死亡是其自由的先决条件，饱受折磨是其典型特征，对生活的恐惧是其真理。加兹达诺夫的小说中亦有大量的这一类型的人物形象。宗教存在主义的代表人物舍斯托夫认为地下室人就是失去上帝之人，而失去上帝是造成其悲剧之源，真理则在善恶界线之外，受难者的信仰才是真正的信仰和真理的显现。不仅陀思妥耶夫斯基、契诃夫、索洛古勃等俄罗斯作家的作品反映了恶之世界中的人之孤独，其创作揭示了悲剧的存在哲学，成为加兹达诺夫学习和研究的目标。而且“在 20 世纪之初文学中孤独主题在安德烈耶夫、别雷、曼德尔施塔姆、索洛古勃、帕斯切尔纳克等作家和诗人具有存在主义内涵的作品中均有体现。”[②] 这些作家的作品也给加兹达诺夫的创作以启发性的影响。

第二节　加兹达诺夫与托尔斯泰的存在主义传统的影响和互文

加兹达诺夫曾经在一次文学谈话中说他的一个朋友这样认为：“如果托尔斯泰没有参加塞瓦斯托波尔防御战，那么他就不可能写出《战争与和平》，对此我并不想予以评价，甚至没有什么比这些东西更有害的假定式了。但我所知道的是——塞瓦斯托波尔防卫者们，除了托尔斯泰，没人写过《战争与和平》，并且也

① （美）W. 考夫曼编著. 存在主义——从陀思妥耶夫斯基到萨特［M］. 陈鼓应，孟祥森，刘崎译. 北京：商务印书馆出版，1987：10.

② 戴卓萌、郝斌、刘琨著. 俄罗斯文学之存在主义传统［M］. 北京：中央编译出版社，2014：220.

没人能写出来。”[①]加兹达诺夫关注到托尔斯泰描写战争的天赋和才能，并对托尔斯泰的作品深切地关注战争对人类幸福的破坏，思索人类的理性与痛苦，爱情与生死、灵魂与肉体、善与恶等一系列关于人类存在之问题产生了强烈的共鸣，认为托尔斯泰的作品对俄罗斯存在主义文学之形成有着重大影响，当然，也极大地影响了加兹达诺夫自身的战争小说创作。加兹达诺夫前期的作品《在克莱尔身旁的一个夜晚》《夜路》《亚历山大·沃尔夫的幽灵》及《一次旅行的故事》也明显有托尔斯泰的小说《战争与和平》和《安娜·卡列尼娜》的影子，但由于加兹达诺夫的作品中运用了俄罗斯文学在20世纪初以降的现代主义元素以及跨文化的特征，所以还是有别于托尔斯泰的创作。但托尔斯泰对加兹达诺夫的影响呈逐渐增强的趋势，加兹达诺夫后期的小说《醒来》《朝圣者》和《佛的归来》尤其受到托尔斯泰思想的影响，托尔斯泰宣扬的道德拯救接近于佛教，提倡个人自救式的猛醒、忏悔和改过自新。这几部小说中的主人公们就有这些道德自我拯救的特质。

在加兹达诺夫的文学评论《论爱伦·坡、果戈理和莫泊桑的札记》中，加兹达诺夫不仅介绍了托尔斯泰的作品，而且对其文本进行了细读和分析。加兹达诺夫从托尔斯泰的《战争与和平》里面，看到一个涉及了哲学、政治学、军事学、历史学、经济学和宗教学等诸多方面的庞大思想体系，托尔斯泰可以说是加兹达诺夫在1920年代末写作《在克莱尔身旁的一个夜晚》时的精神导师。托尔斯泰在小说中凭借自己的艺术天赋将战争与和平的场面安排得井然有序且分毫不乱，塑造了从战前到战时再到战后的一系列鲜明的人物形象，特别塑造了参加过战争的安德烈的形象，而罗斯托夫一家因战乱迁出莫斯科时娜塔莎与皮埃尔告别的场景也相当精彩，不仅体现了战争逐渐临近时，人们对未来的迷茫，更体现了战争阴影下人与人之间的浓浓真情。托尔斯泰在《战争与和平》中所关心的是精神与永恒，并多次通过皮埃尔、安德烈的思考来探讨这一问题。因为他认为，作家必须用正确的道德观来对待所写的东西。加兹达诺夫也认为正确的道德观是艺术原则之一和创作可能性的条件之一。加兹达诺夫的战后小说的存在主义观点可以说

① Гайто Газданов. О Чехов//Новый журнал, 1964. Кн. 76. С. 138.

其是托尔斯泰的追随者。

托尔斯泰的《伊万·伊里奇之死》带有存在主义色彩，而加兹达诺夫的多篇小说中涉及了各类人物的死亡，尤其是因战争而导致的死亡现象，如：《莎乐美的命运》《布拉克同志》等短篇小说。加兹达诺夫的短篇小说《三次败局的故事》中伊利亚·瓦西里耶维奇·阿里斯塔尔霍夫在飞鸽传书中也提到《战争与和平》中安德烈公爵的梦。可见，安德烈公爵之梦成了加兹达诺夫文本的一个符号，这是他受托尔斯泰影响的见证。加兹达诺夫最清楚地表述存在主义的意识开始于《在克莱尔身旁的一个夜晚》，存在主义意识在文中开辟了一个新的主人公，即其自身充盈而独特的内心世界。个性概念的本质在加兹达诺夫的小说《在克莱尔身旁的一个夜晚》中极有代表性。在故事的艺术花絮中不知不觉地提出那最复杂的哲性问题：生、死、爱情及那些未被解决的命运和历史事件的症结。加兹达诺夫在小说篇章中没有那种脱离现实和生活观察而进行抽象和空泛的赘述。那些偶尔加进故事中的人和事，也是为了使心理描述不至于太枯燥，并且这些琐事和偶然的事实更凸显了小说家的深思和时而尖锐的观察。加兹达诺夫睿智而讽刺的眼光非常犀利，通过叙事主人公的观察、思考、评论，试图在最平常的事情中看到其中第一眼所看不到的东西，并嘲笑生活中某些荒谬的东西。这部小说名为一夜之长，而实际叙述的却是主人公整整一生的故事。这种战争存在主义表现了人在战前和战争中的生存状态，以及战后对存在和对自由的怀疑。

《在克莱尔身旁的一个夜晚》是作家重要的成名作，在这本小说中特别体现了作者的世界观和哲学分析，小说中的人物形象和战争主题基于他的存在主义和自身体验。在世界中的人的存在和与之相关的“形而上”的问题引起作者的兴趣，特别对侨民“第一浪潮”年轻一代的作家来说它们是实际存在的问题，作者在自己的作品中有机地融入西方哲学，特别是那种思维的哲性方式和个人的独特类型，可以从 A. 纪德、萨特、加缪的作品中发现这种体现和合乎逻辑的延伸，法国的存在主义及文学大餐对巴黎俄侨作家产生了重要的影响。加兹达诺夫在长篇小说中关注个人的悲惨存在的问题，要描述对作家来说是荒谬的世界，他需要一个非典型的方法和新的艺术手段。哲学的转向迫使他创建一个特殊类型的主人公和作品的特定结构：“因为这样错综复杂的交织叙事的小说，它的每一个事件发生断裂、更新或骤降的完成都在回忆场中，是对自己提出瞬间印象或经验，稍纵即逝的想法或联想，作者的'我'的内心有力的方面。创建了一个复杂且反复无常的、破碎的节奏，音乐交织的故事，千疮百孔存在的主题：一个根本意义上被遗弃在一个陌生的世界，不变而稳定地'朝向死亡的存在'，用绝望的坚忍的尊严来面对荒谬。"[①]加兹达诺夫小说的所有片段和整体如音乐般地协调一致，在每一个片段中很容易找到不容置疑的优点，他的小说所有的构思，所有这种聪明而复杂的构思，较之其勾勒某些事件的轮廓、某些自然的画面更生动。

加兹达诺夫的自传体小说《在克莱尔身旁的一个夜晚》与托尔斯泰的自传传统的题材相似而结构有别，强调了一种鲜明的往事随想。《在克莱尔身旁的一个夜晚》是加兹达诺夫的自传性作品，因此，故事叙事主人公索谢多夫在国内战争时期的装甲列车上服役，其战争体验可以说是真实反映了作者加兹达诺夫的战争观。索谢多夫第一次参加战争时还未成年，还未能理解战争导致流血和死亡，荼毒生灵，影响人类的生存，以及随之产生极为复杂的道德现象。他的当过骑兵团军官的维达里叔叔认为红军是正义的一方，劝他不要为白军而战，但他执意参加白军，而在这场战争中，双方究竟是谁输还是谁赢，他并不感兴趣。年轻的他只想知道战争是什么样的，那时他身处白军的地盘上，就自然而然地加入了白军，这也仅仅为了满足自己对新事物和未知事物的渴求。善与恶的选择只是一念之间，他怀着如此单纯的想法参加战争，然而，战争不仅让俄罗斯国内生灵涂炭，也让他的一生不得不经历背井离乡之痛。正如托尔斯泰认为的那样——恶是出于人的无知。

在长篇小说《在克莱尔身旁的一个夜晚》中，叙事主人公意识流中的存在，却完全来自现实，这是一种文学新现象："两个成分不同的（俄罗斯的和西方的）元素汇合在一起 ——诞生一个新的令人震惊的小说经典，它贯穿着 20 世纪的'阿尔扎马斯恐怖'，带着信仰和所有价值的丧失，同时克服精神空虚，并最终战胜那些破坏性的愿望 ——加兹达诺夫创造了俄苏文学的一些新东西，这些，在

---

① Семенова С. Путешествие по《беспощадному существованию》(Гайто Газданов) //Семенова С. Русская поэзия и проза 1920—1930-х годов. Поэтика—Видение мира Философия. М., 2001. С. 91.

他之前是没有的。"[①]这部小说非常适合于二十世纪上半期类似的艺术现象系统。可以将《在克莱尔身旁的一个夜晚》的主人公索谢多夫和《战争与和平》的主人公安德烈进行对比研究，由此揭示战争对人类精神存在的影响。随着主人公年龄增长，俄罗斯主题也与青年时期的索谢多夫参加白军，走向塞瓦斯托波尔战场联系起来。战场上发生的无数的个人悲剧都与俄罗斯内战的时代大背景息息相关。主人公描述了在漫天飘雪的原野上坦克从已死的、受伤的、鲜活的战士身上碾过的惨不忍睹的场面，引发作者对生与死、对战争的深刻思考。索谢多夫后来随部队撤出俄罗斯，几年后在无名烈士方尖碑前，想到自己唯一的朋友、武备学校学员之死，那种损失感和忧伤感，在美好的天气和大自然的背景下显得尤为强烈。在这现实与非现实交界的状态中，孤独感、与祖国失去联系和面对未来的恐惧渐渐包围着他。死亡问题是存在主义作者关注的一个焦点，托尔斯泰的作品甚至以死亡命名，如《伊凡·伊里奇之死》，加兹达诺夫在1967年9月28日和阿达莫维奇的通信中对该作品进行探讨时，认为它比陀思妥耶夫斯基全部作品揭示的死亡更为可怕和深刻。

托尔斯泰的《战争与和平》中有对战争来临之前人们幸福生活的诗意描写。加兹达诺夫的《在克莱尔身旁的一个夜晚》中主人公回忆战前在自己祖父家的生活篇章，亦将精神、艺术、美、大自然等描写得浑然一体，这是一种远离战争的诗意存在。加兹达诺夫在小说中刻画了自己家乡人的生存状态和淳朴的待人接物的风俗，描绘了一幅幅形象十分鲜明突出、细节生动真切的情景画面：巍峨的群山、碧绿的青草、膘肥的牛羊、奔驰的骏马、原始的狩猎、逶迤的小河、拂面的山风、清晰的蝉鸣、八十高龄的爷爷骑马飞驰的矫健身影、孩童垂涎那未熟果子的娇憨之状。这一切被作者惟妙惟肖地刻画，运用声、色、味等通感逼真的修饰，无不让读者沉浸在那战前的美妙的时空里。然而，如此美好的生活和自由却被可怕的战争无情地摧毁了，主人公的纯真的初恋也因战争而悲剧性地毁灭。这也是加兹达诺夫对托尔斯泰的《战争与和平》的一种呼应，体现其爱好和平、反对战争的思想。

---

① Семенова С. Путешествие по《беспощадному существованию》(Гайто Газданов) // Семенова С. Русская поэзия и проза 1920—1930-х годов. Поэтика — Видение мира Философия. М., 2001. С. 9.

加兹达诺夫的《夜路》的叙事主人公在自己战后流亡的生活中看到一连串的失败，但所有这些都是在他的精神生活中进行幻想，他也坦言自己感知世界的听觉能力在逐渐丧失："我越来越开始感觉到这无声的交响乐世界，伴随着我的生活……这听起来还是越来越弱并且就要沉默了……想必可以代替这个巨大而缓慢的垂死运动。"[①]叙事主人公自我剖析这种逐渐出现的失聪和失明的荒诞感。叙事主人公注意到对自己存在的悲惨荒谬的理解不趋向自杀本身，不过，他并不否定对死亡、对达纳托斯（死神之子）的渴望："但奇怪的是，这样思考之后就从未有轻生的念头，这对于我是格格不入的，常常，甚至在我生活最糟糕的时刻；我知道，它不应该和那时常强烈的欲望混合，即每次当地铁列车出隧道到月台，与站台坚固的、石砌的边缘分离的时刻，扑到火车下面……"[②] 叙事主人公描述的不是个人的感觉或想法，而是有机地结合了一类人的感觉，这个内容令人想起安娜·卡列尼娜的卧轨死亡。正如舍斯托夫的评价："在《安娜·卡列尼娜》之后托尔斯泰所写的东西的所有意义"在于，"只有死亡并且是丧失理智的死亡才能将人们从生活的可怕的事情中唤醒"，而论这些作家的创作，如果戈理，可以注意到："一些作家，非常少的一些作家，感觉到他们的生活不是生活，而是死亡。"[③] 但叙事主人公的好奇心远不是唯一的感觉，替代其粗犷而强烈的感情的，那些平常折磨他的是长期未得到满足的愿望和接近某个人死亡的感觉，这使叙事主人公变得心情沉重、双眼布满血丝并充满盲目的激情，把他折磨得从镜子中认不出自己的脸。叙事主人公坦率地进行描述，其好奇心增添了永不满足的欲望、激情、遗憾、死亡感。

在托尔斯泰的创作中使加兹达诺夫最受触动的是他对力量的欣赏，对描写对象的了解和理解，对普遍接受的社会生活方式中包含的虚伪和反人性现象的敏锐感。加兹达诺夫的创作明显受到托尔斯泰艺术风格的启迪，这开拓了他的文学视野和思路，但他并不盲目地对其崇拜。加兹达诺夫在侨居时期经常接近底层民众，了解并同情其悲苦，在作品中对给其带来苦难命运的社会给予了无情的揭露

---

① Гайто Газданов. Собр. соч. :в 3 т. -М. :Согласие,1996. Т. 2. С. 580.

② Там же. С. 479.

③ Шестов Л. На весах Иова(Странствования по душам). Paris: Ymca-Press, 1975. С. 49, 103-104.

和深刻的谴责，进而反思知识分子的社会责任。这促使加兹达诺夫产生了对人生、对不合理的社会现象、对生死的独特见解，使其作品中怀疑、讽嘲的效果更强烈，使糟糕的侨民生活经验更具艺术感染力。1936 年在加兹达诺夫的《论年轻的侨民文学》一文中显示，托尔斯泰的声音对加兹达诺夫来说更为坚定，他认为托尔斯泰形成了各种真正创作的坚不可摧的基础，即使在生存和创作环境不佳的情况下，俄侨作家也应进行自己的创作。二战后，加兹达诺夫的创作向托尔斯泰靠拢得更加明显，托尔斯泰不仅影响了加兹达诺夫的随笔体作品，而且影响了他的小说作品，俄侨评论家阿达莫维奇在回忆加兹达诺夫时，也曾关注到这一特征[①]。人道主义思想和博爱精神贯穿在加兹达诺夫的小说创作之中，他后期的小说《朝圣者》《醒来》《玛丽公爵小姐》《祭祷》和《穷人》，如托尔斯泰的晚期小说一样，说教的特征较为显著，这体现了两位作家创作中的良心、同情、博爱、存在主义意识等方面的内在联系，有宗教存在主义的特征。加兹达诺夫的《佛的归来》中运用的有反乌托邦和"意识流"的文学写作手法，还使小说的侦探情节处在一个佛教哲学的框架中，探讨人在变化不定的世界中该如何应对自己的行为及意图，担负起道德责任。在小说《埃维利娜和她的朋友们》中作者没有否定任何一个主人公的生活道路和关于生存意义的思考，而是倾向于对灵魂升华和心灵激情的探讨。作者甚至想像托尔斯泰那样通过基督教的博爱和宽恕让人们团结抗恶，进而获得存在的意义。加兹达诺夫的战争小说从前期探讨战争前后人的基本存在关系，转变为后期关注战后资本主义社会中人存在的不合理性，这时其小说中的存在主义的主调是存在与虚无。Л. 吉涅耶什在《加伊托·加兹达诺夫：生活和创作》一书中写道："上面有人提出，加兹达诺夫的一生都是与陀思妥耶夫斯基的争论。这个问题以及他对托尔斯泰的钦佩需要更详细的讨论。"[②]

① Адамович Г. В. Памяти Газданова // Новое русское слово. 1971. 11. дек.

② Диенеш Л. Гайто Газданов. Жизнь и творчество. Владикавказ,1995. С. 264.

第三节 加兹达诺夫小说与陀思妥耶夫斯基小说的互文

存在主义流派将陀思妥耶夫斯基视为自己的先驱，陀思妥耶夫斯基的哲学观成了许多哲学家衡量和规范自己的世界观标准或是批判对象。1994 年在莫斯科出版有《俄罗斯侨民论陀思妥耶夫斯基》一书，可见俄罗斯侨民作家也深受陀思妥耶夫斯基的影响，西方批评界时常将加兹达诺夫与陀思妥耶夫斯基相比较，原因在于他们作品中的心理分析、对人的存在问题的思考以及“在充满许多未必真实的、巧合的犯罪情节背后，隐藏着哲理化的潜文本。”[①]对于生命和存在的悲剧性感受凝聚成这两位作家的哲学思考，使其小说带有哲理的特征，浸透着哲理的诗性，含有诗性哲学和精神哲学的双重特征，揭示人的本性具有善恶共同体的二元性，而人是一种悖论式的存在，是理性与非理性的统一体。别尔嘉耶夫认为人学是陀思妥耶夫斯基思想中的核心主题，人身上的恶、非理性、破坏欲、非道德主义和利己主义等恶魔式的黑暗一面，使一些人犯罪作恶甚至发动战争；而人身上的善、理性、人道主义等则使人反对战争、追求本真的自由和诗意的栖居。加兹达诺夫像陀思妥耶夫斯基一样坚信，人的精神世界是上帝与魔鬼，人神与神人的斗争场所，人之存在只有在个性中方能达到最高的表达，人则是善与恶永恒斗争的战场，人在追求善的斗争中才能抵达并超越人性之高峰，而善恶则是人之外在具有的个性的现实特征。加兹达诺夫同陀思妥耶夫斯基一样，认为“恶与善并存此世，它是无法被抹杀被忽略的一极，恶无处不在。”[②] 不过，受过战争洗礼的加兹达诺夫仍然坚信善良能战胜邪恶，建立新的生命观，这在其后期的小说中体现得尤为明显。

在加兹达诺夫的《亚历山大·沃尔夫的幽灵》和陀思妥耶夫斯基的《罪与

---

① （俄）弗·阿格诺索夫. 俄罗斯侨民文学史［M］. 刘文飞，陈方译. 北京：人民文学出版社，2004：420.

② 金亚娜，刘锟，张鹤等. 充盈的虚无——俄罗斯文学中的宗教意识［M］. 北京：人民文学出版社，2003：51.

罚》中都有着侦探小说的情节和冒险主题，同时，两个作者对人物的内心生活极为敏感和关注。陀思妥耶夫斯基对生活的悲剧怀有强烈兴趣，尤其偏爱对社会心理的内在紧张的刻画，而且总是把自己的主人公置于极端的社会境遇中，并因日常的、时下的社会问题所迫，进而做出给自己和周围的人带来毁灭性后果的决定和行为。加兹达诺夫的创作既继承了陀思妥耶夫斯基描写人物的复杂心理世界、精神疾病和生活阴暗面的技巧，又用新现实主义的表现手法刻画人的灵魂和内心世界，淋漓尽致地揭露人与人的关系、人与命运的抗争以及人的理想与现实社会环境的对立和矛盾，揭示异变的社会环境是人性扭曲和人性异化的根源，思考着“如何活”的存在主义的困惑。加兹达诺夫小说的第一人称主人公不止一次承认自己丧失了时间概念和严格的时序连贯性，而整个世界中的事件顺序都在每个具体人物的心灵之中完结，所有相似生活的连贯性都在具体人物命运的巨大转折中确立。在这一点上，加兹达诺夫同陀思妥耶夫斯基一样，在作品中更多地展现主人公在现时性的生存状态中的思想状态，将选择的权利还给主人公，而不是替他们做主来选择如何生活。

加兹达诺夫和陀思妥耶夫斯基的创作中相似的特征是基本上都贯穿着精神上的紧张，密切关注社会和个别人物在发展中的危机状态。在他们的笔下，“生活的每一步都孕育着尖锐的、意想不到的巨变和大动荡的各种可能性，在日常生活的表象下面潜藏着隐秘的地下室，这种力量随时都准备迸发出来，并且正在不断地迸发出来。”①加兹达诺夫的创作也体现出陀思妥耶夫斯基的“最高意义的现实主义”，但他对传统的继承也有着自己的原则，正如阿达莫维奇所注意到的：“当提到列夫·托尔斯泰时，他总是怀着深深的崇敬……他对陀思妥耶夫斯基也有如此高的崇敬，却附带着条件……”② 加兹达诺夫给陀思妥耶夫斯基的作品给予了极高的评价，但对他本人的个性及其生活却评价不高，并且“1930 年，短篇小说《黑天鹅》的主人公巴甫洛夫，正如我们前面提到的，在很多方面，是作者的

---

① （俄）格·米·弗里德连杰尔．陀思妥耶夫斯基与世界文学［M］．施元译．上海：上海译文出版社，1997：2.

② （俄）符·维·阿格诺索夫．20世纪俄罗斯文学［M］．凌建候、黄玫、柳若梅、苗澎译．北京：中国人民大学出版社．2001：16.

另一个自我，谈到陀思妥耶夫斯基如下所说：‘他是一个混蛋，我认为。’”[①]一些研究人员还从《黑天鹅》中发现了作家对陀思妥耶夫斯基的倒装句的直接引用，例如：“去澳大利亚”“去维护那个又老又胖的商人的妻子”（《уехать в Австралию》,《пойти на содержание к старой толстой купчихе》)[②]。他对陀思妥耶夫斯基的东西是批判地继承，虽然陀思妥耶夫斯基被视为一个兼为哲学家的伟大作家。

陀思妥耶夫斯基小说中的人物没有随着时间的流逝而从读者身边隐逝，而是时常伴随着人们的生活，并叩开其心扉，与其进行心灵和精神的隐秘对话，为其存在之困境进行沉思，为其如何自由生存提供指导，《地下室手记》和《卡拉马佐夫兄弟》是存在主义的序曲和先驱。正如美国的陀思妥耶夫斯基研究者苏珊·李·安德森所说：“陀思妥耶夫斯基强调自由、自由引起的焦虑，并企图把哲学和真实的生活统一起来，所有这些都把他与后来的存在主义者紧密联系在一起。”[③]而战争首先破坏的第一条自然法则就是在自然状态“人人平等”基础上的人之自由，引发人的生存焦虑，我们通过分析加兹达诺夫长篇小说《亚历山大·沃尔夫的幽灵》中留下战争创伤的几个主人公的生活，以及对人之存在的思考，可以揭示该小说文本与陀思妥耶夫斯基小说的互文关系。加兹达诺夫在故事的从容不迫和平静地叙述背后，在逻辑的纯粹唯理论的词汇组织背后，平复着陀思妥耶夫斯基所提到的内心激烈的紧张，隐藏着混乱的动态世界和贯穿着对生存方式的选择以及对自由与正义的思考。

陀思妥耶夫斯基在小说中揭示人的精神世界的悲剧，特别是丧失信仰的悲剧，并且不停地思考“罪与罚”的问题。《亚历山大·沃尔夫的幽灵》的小说文本在巧合的犯罪背后隐藏着哲理化的潜文本，主人公亚历山大·沃尔夫就是一个丧失信仰的神甫，他在战争中成了一个狂热的射击手，参战很长时间都没有受伤的经历，让他陡然忘记了战争的残酷性和偶然事件会在不经意间发生，产生了陀思妥耶夫斯基的主人公认为“一切都是允许的”的错觉，喜欢在罪恶的行为中得

---

① Л. Диенеш. Гайто Газданов：Жизнь и творчество. Владикавк. 1995. С. 264-265.

② Газданов Г. Собрание сочинений：В 3 т. Т. 3. М.：Согласие，1996. С. 781.

③ （美）苏珊·李·安德森. 陀思妥耶夫斯基［M］. 马寅卯 译. 北京：中华书局. 2004：2.

到快乐，游戏生活导致他最终走向毁灭——精神世界的瓦解和肉体生命的消失，他最终因其所犯的诸多“罪”而受到了死亡的严“罚”。

加兹达诺夫经历的战争年代形成了他独特的生活信条、写作风格和创作个性，在追求善的同时，思考着战争之恶的问题，并通过具体可感的形象来表达生与死的抽象的哲学思考。在《亚历山大·沃尔夫的幽灵》中充分展现了“心理的半侦探性”和“经典戏剧”相结合特征[①]，并且，小说里每个经历过战争的人都对战争中生与死、人道主义、彼岸世界等进行过严肃而深沉的思考，其心理活动和哲理思考都是用回忆的形式来叙述的。这种国内战争深刻的生死记忆及战争影响在加兹达诺夫脑海里沉淀后栩栩如生地艺术再现。“偶然性”一词在小说中的频繁使用，体现出命运的不可确定性，机缘巧合的情节推动着小说峰回路转并引人入胜地向前发展。最重要的是，陀思妥耶夫斯基在一百多年前思考的罪与罚、善与恶、生与死、自由与正义、理性与非理性等具有前瞻性和开放性的问题，在加兹达诺夫的作品中依然是其思考和求证的重中之重。加兹达诺夫经历了两次世界大战的困苦，体验了精神极度匮乏而物质极度繁盛的战后生活，更能将自身的生存体验通过作品人物之口来回应陀思妥耶夫斯基对世界发出的疑问与困惑，并进行反思。

第四节　加兹达诺夫和舍斯托夫

在俄罗斯和西欧文化交点上的加兹达诺夫的作品中的死亡主题、精神疾病主题以及对人性的幽暗面的反映，体现出其精神气质中的幽暗意识。列夫·舍斯托夫（1866—1938）建立在悲剧哲学和宗教哲学基础上的美学和文艺学思想，即他注重个体的生存体验，反抗思辨理性对人的绝对权威的思辨哲学，非理性主义的美学思想，通过“地下室”的途径认识真理，在善恶之间进行理性自由的选择，人只有进入神性自由才能重回上帝的怀抱，等等。所有这些都对加兹达诺夫的思

① Красавченко Т. Н. Газданов//Писатели русского зарубежья（1918—1940）［М］. Ч. 1.-М.：ИНИОН. 1993. С. 145.

想和创作产生了深远的影响。舍斯托夫的《在约伯的天平上》是加兹达诺夫的案头必备之著作，对在存在主义传统的语境中研究加兹达诺夫的创作显然是极为必要的：重新考虑加兹达诺夫有实质性的宗教哲学倾向和与欧洲存在主义的文学和思想的对比方面。这种对比对解释加兹达诺夫早期的存在主义意识的哲学文学基础来说极为重要，并且在这个意义上，具有特殊地位的是舍斯托夫的《在约伯的天平上》。

一、加兹达诺夫美学和文艺学思想的宗教哲学源泉

加兹达诺夫和舍斯托夫的哲学主题的基础很显然是受到俄罗斯宗教哲学和俄罗斯文学的影响，同时，身为侨民，他们也感受到了俄侨身负的巨大集体自卑感，原因正如 A. Г. 索科洛夫在《20 世纪 20 年代的俄罗斯文学侨民的命运》一书中所言明："无论是任何受伤的动物爬向自己的洞穴死去，还是人在生活困难之时会本能地追求他们的精神巢穴。黑暗的精神巢穴——血液，即种族、出身、祖训、记忆、童年。20 年代俄罗斯侨民的特征是集体追求'巢穴'——宗教。"[①] 同时，加兹达诺夫的创作和舍斯托夫的一些作品相联系 ：舍斯托夫的《在约伯的天平上》引发了在加兹达诺夫一些早期作品中存在主义主题的表现，而且是俄罗斯境外文学中存在主义意识基础的、但目前仍估计不足的源泉。[②]

1920—1930 年代的加兹达诺夫的创作和舍斯托夫的一些作品可以进行类型学意义上的比较。舍斯托夫对俄罗斯作家有着一定的影响，不仅加兹达诺夫和舍斯托夫的创作之路，而且两人已知的命运有相似之处。如果谈到加兹达诺夫与舍斯托夫引起联想的相似物，那就是带着辩论的目的对其进行比较和影响研究，俄罗斯著名哲学家津科夫斯基（В. В. Зеньковский）认为舍斯托夫的创作中充满着浓烈的激情："一种探索真理的内在的激情一线贯穿于他的全部作品，这种对于真理的探索表现为一种哲学的'穷根究底'精神和严厉揭露任何背离真正现实的

---

① Соколов А. Г. Судьбы русской литературной эмиграции 1920-х годов, МГУ, 1991. С. 15.

② Кибальник С. А. Гайто Газданов и экзистенциальное сознание в литературе Русского Зарубежья// Русская литература. 2003. №4. С. 53-54.

言论的精神。”[①]舍斯托夫在日常生活与存在中发现了浓重的绝望和对未知的恐惧，认识到人的孤独和渺小最终导致彻底的绝望，并由此产生绝望的哲学，也就是悲剧的哲学。这种悲剧的哲学深度体现在加兹达诺夫的战争小说中，尤其是《亚历山大·沃尔夫的幽灵》中受到战争影响而变得犹如活死人的沃尔夫身上。死亡意识和文化原罪意识是加兹达诺夫在生存层面的基本体验。加兹达诺夫从文化论整体控诉进展到从生存论对俄罗斯侨民中一些个体的文化劣根性和人性幽暗面的抨击，涵蕴极深。

俄罗斯境外文学的存在主义主题研究中起重要作用的女研究专家С·Г·谢苗诺娃在一系列场合中强调加兹达诺夫作品的本质形象。她在论《在克莱尔身旁的一个夜晚》中的自传性主人公尼古拉·索谢多夫时写道：“他置身事外，观察着周围的一切，——准确地说，他好像被剥夺了通常层面上对世界的兴趣：人们，他们的苦难，他感觉并不可怕的战争，但是那些进入其内心世界中的某些侧面的、边缘的东西的偶然反映，倒成了让他担心的东西：‘这可能是巨鸟的缓慢飞翔，或是某人遥远的呼哨声，或是一些道路的意想不到的转弯处……或是在黑暗中……不知名的动物的嚎叫声’”[②]。很显然，研究者表达的这种存在感和偶然性是加兹达诺夫所关注的生活细节，它们在某些时候就是一些危险出现前的影射，在加兹达诺夫的创作中，在描写战争场面时，有两次骑兵就是在道路的急转弯处马失前蹄，几近丧命。所以，这些被观察到的感觉特征也成为作家存在意识的一般特点：人的感情能够战胜对死亡的恐惧，有时却不能战胜对未知的恐惧。

加兹达诺夫的长篇小说《一次旅行的故事》中确实能看到存在主义思想，小说的主人公之一阿尔图尔是和瓦洛佳近似的人物，当“阿尔图尔在奥杰特家的偶然的娱乐晚会上，听到偶然路过的施托克医生用低俗和嘲笑的口吻讲述自己和一个妓女维克多利亚的浪漫情事之后，在巴黎的一条夜街上，受到控制他的‘无法克制的谋杀感’的驱使，用自己拳击手和钢琴家的强有力的双手掐死了这个在维也纳出名的妇科病和心脏病的专家。并且没有一丝后悔、同情及某种形而上学的

① （俄）津科夫斯基．俄国哲学史［M］．张冰译．北京：人民出版社，2013：361．

② Семенова С. Экзистенциальное сознание в прозе Русского Зарубежья（Гайто Газданов и Борис Поплавский）С. 81.

恐惧……”。阿尔图尔的行为使人想起加缪小说中可怕的谋杀，在浴场只是因为阳光而被打死的阿拉伯人。阿尔图尔的态度也和莫尔索的完全一致，在他身上突然冒出的“无法克制的谋杀感”，而这种荒谬行径的出现绝不是没有原因的。但他的源泉并非与莫尔索的存在主义没有区别，阿尔图尔认为任何事都没有意义，这可能对阿尔图尔是最好的解释。加兹达诺夫在这里关注人如何在荒诞中生存，并着重体现爱与反抗在其生存中的重要作用，这也是加缪的存在主义思想。

加兹达诺夫在长篇小说《夜路》中对费多尔琴科的“存在主义的觉醒”的论述有着明显的讽刺性：首先是他骇人听闻的精神迟缓和被压制的杀人愿望的力量，但在这种力量之中隐现出作家对这类人持续的兴趣。在整个小说中叙事主人公一直规劝费多尔琴科不要执着地关注存在的最新问题，尤其是在没有思想准备的情况下。并且通过这一整条情节线索暴露了现代思想的有害性，包括尼采哲学。加兹达诺夫小说中有各种各样的典型的死亡故事，这加强了小说的存在主义的符号存在感，事实上，甚至在加兹达诺夫早期的创作中完全采用存在主义立场的状况还不常见，因而这个主题的比重自身不是那么大。

二、加兹达诺夫的作品与舍斯托夫的作品的互文

加兹达诺夫在短篇小说《变形记》和《黑天鹅》中体现出其宗教哲学基础上的美学和文艺学思想。《变形记》的主人公菲利普·阿波洛诺维奇在决斗时受伤后却没有死，只是精神受到创伤，过早衰老，然而他所感受到自己死亡的记忆就像变成了致命疾病——绝望。正像在加兹达诺夫长篇小说《佛的归来》中的叙事者，菲利普·阿波洛诺维奇对死亡有过高的评价，他认为死亡才是最好的拯救，并遗憾自己活了过来。这个小说的内容容易使人注意到舍斯托夫对一些作家作品中死亡的评价，因为只有死亡并且是非理性的死亡才能将人们从生活的可怕的事情中唤醒，并且极少数的一些作家，感觉到他们的生活不是生活，而是死亡。这可用于对短篇小说《黑天鹅》的评价，该小说中有对《在约伯的天平上》一书的直接引用。它的主人公巴甫洛夫称陀思妥耶夫斯基是“坏蛋”，“故事的主人公认

为自己是天才的、小气的撒谎之人和欠着别人账的牌迷”[1]舍斯托夫在《在约伯的天平上》一书中亦有这一思想，此书中引用了斯特拉霍夫写给托尔斯泰的信，在信中引用了不太可信的有关陀思妥耶夫斯基年少时堕落的资料，并评论：“同他最相似的人物就是《地下室手记》的主人公，斯维德里盖伊洛夫和斯塔夫罗金。……但是，实质上，他的全部小说都是自我表白，都在证明，人本身就是能使任何卑鄙行径同高雅行为和睦相处的东西。这是对我的生平经历的一个小注，我可记录下陀思妥耶夫斯基的这个方面。”[2]这种思想在该书中相当广泛：在援引《作家日记》时，舍斯托夫认为地下室的人的自我感觉，就如陀思妥耶夫斯基的自我感觉。在另外一处舍斯托夫坚持要实践的陀思妥耶夫斯基所有人物的自传性，既存在肯定的一面，又存在否定的一面，有时陀思妥耶夫斯基不是描写人物，而是描写面具。但在面具下读者能看到一个真正的人，一个活生生的人，那就是作家自己。加兹达诺夫的《伤痕》和《夜间伴侣》等短篇小说中的女主人公都像是戴着面具的人，而第一人称的叙事主人公则是作者的自传性代言人，与女主人公各占天平的一端。

生活的无意义感和《黑天鹅》的叙事主人公对死的渴求必然会让加兹达诺夫将一些东西进行对比，除了对生活意义的必然追求的否定，这种抽象的思想和逻辑辩护也是无能为力的，然而，却能强迫人完成某种不存在的行为。在这方面它使人想起《在克莱尔身旁的一个夜晚》中的思想创造者维达里叔叔。当科里亚·索谢多夫提出关于生存意义的问题——在它面前，如自杀……为什么需要存在的这种可怕的无意义。维达里叔叔给自己侄子的回答显得那么的无说服力，两人的谈话充满着契诃夫般乏味故事的明显反应。例如：“现在你问我有关生活的意义。我什么也回答不了你。我不知道”。当考虑到加兹达诺夫受到舍斯托夫的哲学影响，并且结合舍斯托夫对契诃夫的解释，这种观点未必是偶然的。正如《黑天鹅》的叙事主人公的反应：“为了真正的上帝，快点说，这一刻，我做什么呢？……我什么也不能告诉你，卡佳。……凭良心说，卡佳，我不知道。”[3]叙事人只

① Газданов Г. Собр. соч.: В 3 т. М., 1996. Т. 3. С. 138.

② 舍斯托夫. 在约伯的天平上［M］. 董友等译. 上海：上海人民出版社，2004：81.

③ Газданов Г. Собр. соч.: В 3 т. М., 1996. Т. 3. С. 117.

能告诉提问者的问题之外存在的可能性：活着、吃牛排、吻爱人、生活转折的忧愁和未来的幸福。

在《黑天鹅》中叙事主人公发现自己所说的话不仅没有让巴甫洛夫拒绝自己的想法，而且他自己更显出对其见解的着迷，并认为只要人越过了死亡特征，那么他所有最好的梦想都实现了："实质上，我去了澳大利亚，他说。我走到外边，在早上，已经开始了日常生活：我看着身边来来往往的人群，愤怒地想，他们任何时候也不能明白最重要的事情；我感觉在那天早上，我听到了它并且明白如果这个悲惨的秘密变得人所共知，我会感到沉重而难受。"[①]这也与舍斯托夫的《在约伯的天平上》一书更为一致，在他对俄罗斯作家的存在主义特点的解释中，从果戈理到托尔斯泰，透过普罗提诺的哲学方法：普罗提诺为自己的肉体感到惭愧和害怕，他认为只有使灵魂脱离肉体，才能摆脱恶，因为肉体的本质是恶之源。舍斯托夫《在约伯的天平上》一书中详细透彻地考察了这一思想的出处和意义。死亡和死亡的无理性才能将加兹达诺夫的主人公从生活的噩梦中惊醒过来，他明白人只有从他自己的肉体中解脱出来，才能实现所有的梦想，这是他生前徒劳地想要实现的。

在《黑天鹅》中面临着和自己肉体的分离并没有引起巴甫洛夫特别的情感，然而它却使叙事主人公的心灵产生了遗憾："但我很惋惜，经过一段时间，这种有价值的宝贵的、这种无可替代的人类机制竟然停止了运动并从生活中消失……我一刻也不能忘记，巴甫洛夫被判处死刑，任何力量也不能挽救他，他的声音，那时在叫嚣，在动摇，就那样没有回响地消失，就那样沉寂在将要变成尸体的身体里。"[②]这一直接的死亡标记探讨了人在面对荒诞时所应具有的心态及其生存方式。巴甫洛夫说的"实质上，我去了澳大利亚"，指的是死亡之旅。这个引言差不多是来自斯维德里盖洛夫，然而将美国替换成澳大利亚对加兹达诺夫的一些想着死亡的主人公来说重要的多。斯维德里盖洛夫想要结束自己的生命，谈到死亡就轻松得好像自己要到另一个大陆旅行，加兹达诺夫和舍斯托夫在小说中展示的实质上是两种另外的更好的存在。

① Газданов Г. Собр. соч.: В 3 т. М., 1996. Т. 3. С. 142.
② Там же. С. 140-141.

存在主义主题非常显著地表现在加兹达诺夫的另一短篇小说《解脱》中，其主人公亚历山大·斯捷潘诺维奇是一个极其有钱的工程师，他只有和阿纳托利亚·阿列克谢·斯捷潘诺维奇开玩笑时才感到轻松些，可以几个小时避免体验那种充斥他生活中无法克制的痛苦感觉。正如《在克莱尔身旁的一个夜晚》的叙事主人公一样，亚历山大·斯捷潘诺维奇受到自己亲人死亡的折磨："他感觉，实质上，死亡对所有人来说，所有熟悉的东西……都失去了曾经的意义，就像一切有生命的东西都在极为荒谬绝伦地一动不动地看着他。"[①]使他体验到那种"阿尔扎玛斯的恐惧"："他徒劳地使自己相信，……所有这些他不曾感觉到的东西，那么也就是不存在的。"[②]可能，短篇小说的标题和结尾已经确定讲明这种幽暗意识不仅源于晚期的托尔斯泰，而且源于舍斯托夫的俄罗斯哲学的解释。死亡的突然到访，显示小说主人公对死亡的渴望，希望从生活的深层苦难中解脱出来。

在短篇小说《变形记》《黑天鹅》和《解脱》中的存在主义地位确立在客观体现人物的基础之上，而叙事主人公并不完全同意这一点。加兹达诺夫主人公的存在主义地位在很大程度上是映像的对象，依赖作家自己的观点。在这种情况下，巴甫洛夫的原型是最让舍斯托夫感兴趣的 Б. 波普拉夫斯基。通常连批评家都拒绝承认，存在主义意识出现在加兹达诺夫的创作中几乎是早于这个意识本身，这一体验也出现于长篇小说《亚历山大·沃尔夫的幽灵》和《夜路》。

加兹达诺夫作品中的哲学思想明显地有从舍斯托夫和尼采那里吸收的东西。存在者的存在与世界图景的关系还清晰地表现在《在克莱尔身旁的一个夜晚》中。这个小说的思想创造者维达里叔叔就是舍斯托夫哲学的直接体现者。尽管他的建议从未使人信服，他认为意义是假象，而合理性也是假象。人们要么没有根据，要么带着永恒的信仰却在不坚定地继续生活，而这种思想也几乎出现在舍斯托夫的所有作品中。存在主义的这种概念也是出现在《夜路》的主人公意识之中："这样，正如在天空可见的穹隆之后隐藏着我们的理解所不能达到的无限性。这样，在任何人类存在的外部事实之后隐藏着事物最深的复杂性、我们的记忆不能介绍、我们的理解不能达到的事物综合。我们注定死亡，因此，无能为力的观

① Там же. С. 368.

② Там же. С. 373.

察者所起的作用，……是偶然的，实质上，几乎总是没有说服力的，就像所有其余的东西。”[①]正如尼采关于生命体的存在思想：“我认为世界的价值就在于我们的解释；我认为过去的解释都是远景式的估计，借助这种估计，我们可以保存生命，……与我们相关联的世界是不真实的。”[②]在《朝圣者》中曾经是无知的亡命徒和皮条客弗雷德通过博览群书之后，想要造福他曾经祸害过的人们，但却随坠落的山岩落下悬崖身亡，他的荒谬死亡没有给他的目标留下时间，他重新回到那个他从中而来的冷寂的无生界，生活在这里展示的只是生命存在的短暂。

总而言之，加兹达诺夫感兴趣的存在主义的主题，虽然在其创作中远没有起到中心作用，但“舍斯托夫的体验”在加兹达诺夫创作中的主要变体表明了另一些东西：现代人意识的完整性如何被破坏，强调形而上学的心理。加兹达诺夫作品的叙事主人公不仅接近存在主义，在其作品中这个现代主义意识的特征是作为病态的行为来表现的，在一些作品中具有针对性，并且通过讽刺性的语调来显示。在加兹达诺夫后期的一系列作品中具有更明显的反存在主义的意象，讨论普通人如何真正地返回到其他人的生活之中。如果在加兹达诺夫晚期的战争小说还有和存在主义的文学及思想有相互联系之处，那么主要在于它的道德和乐观的存在主义。这有别于他之前的幽暗的悲观存在主义意识。

本章小结

加兹达诺夫的作品关注的焦点及核心是追求灵与肉的和谐发展，对人的本质和命运以及生命存在的意义的思考。然而，加兹达诺夫的神秘类似于初恋的神秘，有点害羞和尴尬，但却是无条件和真实的。这一点体现出加兹达诺夫和俄罗斯文学的深层联系。正如吉涅耶什所说：“他的小说是通过自己的定义，吸取俄

---

① Газданов Г. Собр. соч.：В 3 т. М.，1996. Т. 1. С. 458.

② 尼采. 权利意志［M］. 张念东等译. 北京：商务印书馆，1991：205.

罗斯小说的精髓，同时……创建以前在俄罗斯文学中所缺乏的传统。”[①] 这确实是加兹达诺夫毋庸置疑的优点。真正的博爱构成了加兹达诺夫的文学、宗教、哲学、美学和伦理学等的基础，并持续了他的一生。加兹达诺夫那将“生存”和“精神”紧密结合的人生就是一本内涵丰富的书，读他的作品能与他的时代产生共鸣，启迪人的生存智慧。

加兹达诺夫虽然是一个俄罗斯作家，但近半个世纪的法国侨民生活，使他的生活和创作也毫无疑问地受到现代欧洲文化和哲学的不自觉的熏陶。但加兹达诺夫没有被法国文化所同化，而是有机地吸收了法国文化，形成了在 20 世纪文艺实验之繁荣时期的加兹达诺夫小说艺术的独特性。随着加兹达诺夫的存在主义和人道主义思想的发展，他的作品加强了对现实社会的批判力度。加兹达诺夫在法国经受的严峻生活考验是加兹达诺夫的文学创作和对生活进行哲学思考的来源。可以说，加兹达诺夫文学创作中的审美意识和哲学思想也从法国及欧洲的文学和哲学中汲取了创作源泉，他被称为最具法国特质的俄罗斯作家。

在加兹达诺夫的战争小说创作中尤其体现了存在主义文化哲学的精髓，并通过作家亲身的战争经历、俄罗斯古典文学传统、文化与民族基质、伦理道德、哲学以及共济会等影响而变体，这些看似各异的向量却在加兹达诺夫的审美意识中完美地结合。加兹达诺夫创作的独创性是对生活中某些残酷的东西的揭示，这种存在主义的原则可以在作家的个人经历和个性中、在他的文化和民族基质以及他对共济会热情中寻找真谛。加兹达诺夫的存在主义哲学倾向可以通过其作品自身来解释，他力图在文学范围内寻求存在主义和人道主义的精神支持。在加兹达诺夫的战争小说中的存在主义主题，重点阐释人存在于世的可能性以及可能性的极限，他把自己的艺术重心都倾注到有关人的主题，因为在人的身上隐藏着解开世界上的恶之源，也隐藏着战胜恶的法宝。评论家吉涅耶什关注到加兹达诺夫和加缪长篇小说的修辞和哲学的相似性，以及道德的统一性。

---

① Диенеш Л. Гайто Газданов: жизнь и творчество (Перев. с англ. Т. Салбиева). Владикавказ, 1995. С. 293.

第三章 加兹达诺夫短篇战争小说中的存在主义因素

萨特认为，无神论存在的社会根源是战争。在《存在主义是一种人道主义》中萨特认为："人是先有存在，而后才有本质，人的本质是处在不断地生成之中的。人通过自己的选择而形成自己的本质，人永远处在不断地选择之中。"加兹达诺夫第一次因好奇而自发参加俄罗斯国内战争到他自觉参加反法西斯战争，体现出战争唤醒他的历史责任感，战争促使他关注人的存在，并在自己的战争小说中描述各国人民在战争中进行的思考和抉择。本部分阐述加兹达诺夫战争小说中无神论的存在主义，并分析对比加兹达诺夫与加缪、纳博科夫、尼采等人的创作及思想，突显加兹达诺夫战争小说中用清晰而朴素的哲理性笔触来体现人类永恒的主题。

在 1932 年春天加兹达诺夫得到米哈伊尔·奥索尔金的推荐，参加了在巴黎的俄罗斯共济会分会"北方之星"，成为共济会会员，这一长达 39 年的经历对他的日常行为和创作思想产生了极其深远的影响。共济会，字面之意为"自由石匠"，成员必须是身心健康且信仰坚定的成年男子。巴黎的俄罗斯共济会组织有着普世的目标和神秘的启示方向，其会员追求理性和自身完善的世界观，成员可以在不受外界干扰的情况下决定伦理和哲学事物。共济会的这些意识形态和宗教及哲学原则吸引着加兹达诺夫，他认为消除一切形式的不平等，传播社会和谐似乎是更可靠的个人计划。共济会在精神层次上追求道德完美，这是一个准宗教的博爱组织，"博爱"对加兹达诺夫至关重要，因为战争初期的"俄罗斯反乌托邦"

的痛苦经历教导他在生活中不抱有社会乌托邦形式方面的幻想，而后，至少在法国民主的痛苦经验给他展示了底层人民的生活艰难和局限。加兹达诺夫按照自己战后俄侨的生存境况，从非传统形式的共济会中来寻求排遣孤独的出路。他生存状况的独特性使他归属于巴黎俄侨作家中所谓的“被忽视的一代”，成为社会使命被剥夺的一代俄罗斯人。共济会成员称他“加兹达诺夫兄弟”[①]，不论他们的社会地位如何，他们都感觉彼此亲如兄弟，这让战后焦虑的加兹达诺夫在精神上感到了温暖，这种体悟也反映在他的短篇小说中。

第一节　加兹达诺夫短篇战争小说的哲学意识

在本小节中主要分析加兹达诺夫战争小说中体现了舍斯托夫的“悲剧哲学”意识，也就是不揭示世界存在的普遍规律，而是揭示人的生命及最高意义。人的生命是永无止境的存在链条上的一个微小环节，它受制于自然规律。人的生死与悲喜、愿望与情感、信念与梦想是人之存在和内在意义的第一性，而外部世界的一切对于人的命运和人的生长及发展来说，都是偶然事件。偶然的事件有时也会造成人的命运之悲剧，正如战争对人类的悲剧影响。人终有一死的命运也是加兹达诺夫思考的问题，对他来说，这不仅是一种自然现象，而且关乎人之命运的形而上学意义。战争给人的内部和外部的存在都造成了悲剧的影响，这种苦难具有深刻的存在哲学意义，这种“我痛故我在”触发人们关于战争的思考，对加兹达诺夫的哲学意识颇有影响的陀思妥耶夫斯基深谙此理，曾借其主人公之口说道：“痛苦——要知道，这是产生意识的唯一原因。”[②]而意识具有创造存在的意义，会对人的存在进行思考。战争造成的人之思考是其最有力的生存证明。加兹达诺夫在其战争小说中对人之存在的悲剧进行深刻的思考，并从战争前后人之存在的不同状态进行对比描写，通过各类主人公的视角进行观察，并通过其口进行阐释

① H·别尔别诺娃. 人民和分会：二十世纪的俄罗斯共济会会员［M］. 哈尔科夫-莫斯科出版社，1997：320.

② 陀思妥耶夫斯基. 双重人格 地下室手记［M］. 藏仲伦译. 南京：译林出版社，2004：207-208.

和警世。

短篇小说《第三种生活》中完全缺乏经典的情节，小说情节不是按时间顺序排列，而是在回忆的空间中进行记叙，每一个片段都代表叙事人的一个生活阶段。叙事人回忆某种对自己极为重要的东西，而且是某种不能保持沉默、一定要向他人讲述的东西，但这种精神的体悟对其他的人来说是完全不存在的东西。短篇小说的叙事核心是主人公的内部状态，叙事人描述了自己内心中多层的心理图像，毫不隐讳地揭示了自己内心最隐秘的东西，阐述了自己经历精神折磨的可怕状态和体悟到的生命本质。诚实而卑微的叙事人将自己的内部状态描述为某种疯狂和幻觉，甚至是精神疾病，这种手法是加兹达诺夫小说的典型特征。在《第三种生活》中也讲述了主人公寻求着新的知识时，死亡只是在求索之路上的一个事件而已："……甚至死亡也只不过是这持续等待的最可怕的时刻之一。"将死亡如此地等闲视之，这是主人公在追求共济会学说时的精神转变，他已日益走出战争创伤综合症的折磨。从这个短篇的相关的书名就能理解，共济会对加兹达诺夫的精神和创作的重大影响。

《自由时代的故事》——陌生化呈现人类生存的独特魅力

《自由时代的故事》是一个篇幅较长的短篇小说，由同一个叙事主人公讲述，小说中插入了阶梯诗，使整部小说不仅在形式上，而且在内容上都产生一种陌生化的美学。它的三个部分共有一段大量的题词，同时，每个小故事之前也有题词，这三个故事发生地的线路是俄罗斯——君士坦丁堡——巴黎，这个战败流亡线路也是作者人生中的漂泊之旅，因此，这篇短篇小说具有自传色彩。在这部小说中还可以看到加兹达诺夫和纳博科夫年轻时一样，都受到白银时代的诗歌影响，纳博科夫直接写诗，而加兹达诺夫在一些早期的短篇小说中穿插一些自由诗的元素，进行诗意的别样创作，这一特征也在后来的短篇小说《黑桃 8 协会》中出现过，但加兹达诺夫遭遇的现实使其渐渐放弃了这种文体的诗意体验。在短篇小说的第一个故事中叙事主人公依旧能真切地感受到俄罗斯内战的沉重印记："透过凝固的半透明大量沉淀的岁月，通过近十年的重重阴霾—— 我看着它，写下：塔轮缓慢的节奏，可笑的乌克兰历法和 1919 年底。"叙事主人公经过十年的侨居生活，开始反思曾经的战争，其实也是认识到自己当时行为的可笑，就像我们在读到加兹达诺夫的长篇自传小说《在克莱尔身旁的一个夜晚》的小说主人公的参战理由时的感觉一样，年轻的主人公当时也没有认识到战争对其一生的毁灭性影响。在短篇小说《自由时代的故事》的引言中作者写道："如果我们想在文学中进行平行比较，那么我们引用拜伦、伏尔泰和薄伽丘就足够了。其中包括，在俄罗斯文学中我们拥有的极其丰富的材料，开始于俄罗斯无政府主义的首批移民的革命者类型并结束于那些现代小说家，正如巴别尔。"[①]加兹达诺夫在《自由时代的故事》中直接引用法语《驴皮记》中《论巴尔扎克》中的句子作《暴动》的题词——"但现在对这些事件特征的描述，为其增添了新的角度。"来引出自己要叙述的故事，并在创作上吸收了巴尔扎克的批评现实主义的风格。这句引语总结了该小说的第一部分的内容，这有助于揭示作品的主题思想，辅助读者理解。但由于是法语的直接引用，在小说的整体形式上产生一种陌生化的视觉感，也引起读者的兴趣，加深读者的印象。加兹达诺夫在短篇小说的文本中还增加了叙述，但这些部分之间的连接非常弱。

短篇小说《自由时代的故事》的引言是由第三部分的人物阿斯盖特（苦行僧）写的"冒险理论"的论题，它也表达出作者对当时文学和生活的观点。对薄伽丘的引用也引起研究者的兴趣，卡巴洛季写道："引用薄伽丘的题词不是巧合。薄伽丘其实是文艺复兴、人文主义时代的象征之一，别尔嘉耶夫的'历史感'看到一种世界中心从神到人转变，将神独特地排挤到占主导地位的层次边缘。"[②]

在短篇小说《自由时代的故事》的第一部分也描述了人们在革命前平静富足的生活。第一人称叙事主人公首先亮明自己的观点，认为在其所承诺的一切中，他给自己留下了反抗的唯一权利。在叙事主人公的床上方的墙上挂着一只皮质精良的泛黄手套和一些面具，这是曾经的岁月之见证和象征，透过那凝固的、半透明的大量残余岁月，透过那近十年的痛苦沉淀，依旧引起他那业已消失且沉寂的记忆之重现。

在该小说的第三部分则展现出革命和内战后的另一种俄罗斯形象：残破不堪

---

① Гайто Газданов. Собр. соч. : в 3 т. М. :Согласие, 1999. Т. 3. С. 29.

② Кабалоти С. М. Поэтика прозы Гайто Газданова 20 - 30-х гг. СПб. : Петербургский писатель, 1998. С. 21.

的房屋，被毁坏和剥夺的生活，烧焦的林间空地，等等。接着伊利亚·瓦西里耶维奇·阿里斯塔尔霍夫对这种记忆进行更为深入地挖掘，其死去的战友被逐一列举，使读者更深刻地理解战争对此时期的俄罗斯社会的恶劣影响及对人们心灵的摧残。这一时期的短篇小说是用法国和俄罗斯的材料写成，在情节上仍然存在对战争的记忆，但它通过主人公的内心体验来实现，作者深入探讨在全面荒谬的生活中的人类孤独感，短篇小说的渲染手法不同于印象派，其小说关注的中心从事件转向心理过程。作者在短篇小说的第一段用一场台球游戏非常生动地隐喻了一次军事战斗："一些巨大的白球轰隆隆地跨越绿地，钻入球袋；长长的球杆，伸出击中，迅速撤退，被职业球手平稳的手拽回；叶卡捷琳娜·鲍里索夫娜空虚而温暖的心停止并下跌，……球紧张地接近洞口，最后一次打了一个颤儿：叶卡捷琳娜·鲍里索夫娜抓住威士忌酒。球下落了：生命结束"[①]。作者想要表明，由于战争，俄罗斯停滞了多年，就像落入袋子里的台球，陷在过去的深渊里。在《自由时代的故事》的第一部分叙事主人公论证了沃洛佳对其生命的影响："有关沃洛佳的记忆留下了——留给其他人的是很长一段时间，而留给我的是——一辈子。"[②]

加兹达诺夫对阿廖沙的描述也采用诗歌的形式：

"阿廖沙打了一个寒战，并没有回答。

是，严格地说，两个阿廖沙：

阿廖沙吸着雪茄

和阿廖沙没吸雪茄"[③]。

"并透过

蓝色的

烟草的

薄雾

阿廖沙的身影——牙齿间叼着烟火和完美无瑕的白色斑点手套——走近叶卡

① Гайто Газданов. Собр. соч. : в 3 т. М. :Согласие,1999. Т. 3. С. 524.

② Там же. С. 525.

③ Там же. С. 526.

捷琳娜·鲍里索夫娜”[①]。

这种阶梯型的叙事诗，作者通过隐喻、象征、叠加意象、拼接、跨跳等手法，使其节奏和风格的混合更能体现阿廖沙和叶卡捷琳娜·鲍里索夫娜的怦然心动的青春热情，增添叙事的生动抒情性，简洁地体现战争破坏了年轻人的爱情和生活，使其生活如烟雾笼罩，前途迷茫：

“叶卡捷琳娜·鲍里索夫娜，激动的

蓝色的

烟草的

薄雾的

和阿廖沙不寻常的声调

还有生活，这只是在晚上，

颤抖的，不听使唤的手将热茶撒到

阿廖沙的白手套上”[②]。

诗行对阿廖沙和叶卡捷琳娜的描述中有意强调修饰语“白色的”词组，白色象征着天真和纯洁，但睡在叶卡捷琳娜房间的沙发的阿廖沙却戴着有污迹的白手套，这一行为隐喻着他的行为已不再纯洁，因为他在监狱里杀死了一名警卫，但他却想用白色来掩盖肮脏，将自己沾满了鲜血的双手隐藏在白手套里。作者还用阶梯诗来描写阿廖沙、露西、萝扎·施密特的命运被革命和战争给毁掉：

“但透过凝滞不动的岁月之重重阴霾

一切都在反复、下跌，并再次顽强地升起

这不变的历史推演，

这是目录

这种生活的：

慢节奏

滴滴——

嗒嗒，

---

① Там же. С. 526.

② Там же. С. 527.

阿廖沙的雪茄
露西干裂的嘴唇
萝扎·施密特的帽子和手套，
北方的风景和革命
　　　　还有
　　　　已寂静下来的
　　　　俄罗斯的
　　　　炮轰声”。[①]

该小说第二部分《衰弱的心脏》具有一个更完整的结构，小说情节是按时间顺序排列，这个故事也分为若干片段，但彼此之间的联系要多于第一部分，它从一个片段向另一个片段平稳过渡，基本不易被察觉出组织中的空白，该故事具有讽刺意味的、怪诞的、夸张的、幽默的特征。

《自由时代的故事》的主要反抗分子是最后部分《企鹅之死》的主人公阿斯克特。这个人物是一个冒险主义的理论家、虚无主义者、无政府主义者和俄罗斯暴动的残余分子，他试图通过现实的历史叛乱来实现其形而上学的叛乱野心，他曾为红军服役，后来进入某一研究机构，徒劳地试图建立一个冒险行动的历史教研室。该短篇小说已经表明加兹达诺夫短篇小说艺术中的变化主要是在结构和成分的层面上，其情节还是用俄罗斯材料建构，但在修辞上似乎更加复杂和复调。小说主人公的命运也说明，想要通过非正义的战争或叛乱来获得所谓的自由，最终是自取灭亡。

短篇小说《黑桃 8 协会》的行动发生在俄国革命前和革命后，俄罗斯主题表现在一群年轻人和发生在他们生活中的事件描述中。从他们的例子反映了这一时期国家基础不稳定、法律被践踏、书刊检察机关匮乏。所有这些混乱气氛笼罩着俄罗斯。接着，战后的新政权渐渐获得了力量，而且更为严格地要求自己的政权。在该小说中作者赋予小说人物以生动的时代特征。

短篇小说《乞丐》中涉及了流浪老乞丐古斯塔夫·韦尔季耶对战争的思考，

① Гайто Газданов. Собр. соч. : в 3 т. М. :Согласие,1999. Т. 3. С. 529.

并且当时他也身处世界大战的国际环境中，当他老眼昏花之时，他看到报纸上对战争的报道，他甚至不能理解“朝鲜战争”为何意。韦尔季耶的存在也是作者极为关注的一个问题，他曾是一个富有而成功的企业家，他的钱都为别人花了，如女人、孩子、公司职员等等，但不是为自己，因此，他得到了善良、慷慨的名声。他在战争时期本可以用自己的财富资助受到战争破坏的国家和人民，但他却弃家流浪，因为他在闲暇之时阅读大学时代所看的那些书，它们在当时曾扣其心弦但如今却变得辨认不出。他就悲哀地发现自己丧失了对那些书中促使主人公行为的动机和感觉的理解力，这让他开始对权利、财富、战争进行思考。小说中接连用了 7 个设问句来展现韦尔季耶在那一时期的心路历程，他突然觉得现存的一切都没有意义，包括战争在内，这解释了他为什么会骤然放弃一切社会责任和义务，为了精神自由而离家流浪，几十年如一日地在街头行乞，直至年老饥病而昏倒在法国巴黎街头，最终孤独地死在医院。他这个灵魂漂泊的知识流亡者追求个体存在的勇气和自由让人敬佩，读者在他的流浪生涯中体味出别样的生存境遇和生命形态，但就个人价值来说，他的存在对社会来说，已经变得没有意义。

当已 76 岁的韦尔季耶如石雕的思想家一般站在地铁里乞讨时，听着拉威尔的《波莱罗舞曲》，让他突然回忆起自己曾经的富豪生活，并默默地思考着自己生活的意义，思考他为什么断绝了一切与外界的联系，禁锢并停止了自己作为一个人的存在，漠然处事：“多年来，自从他成为一个乞丐，他存在的特征之一就是，他已经几乎不再说话，不仅是因为他不想这么做，而且也因为没有任何说话的必要。词汇及其含义，对他来说同样早已失去了曾经的意义，就像他目前生活之前的一切。……有一天他看见有人扔的报纸：它躺在地铁走廊的灰色地板上，在其头版印着巨大字母拼成的词组：‘朝鲜战争’。他用昏花的老眼看了看报纸却记不起这个字母组合，也想不起它们的意义。这场战争，关注它的有世界各地数以百万计的人们，但对他来说却不存在，就像不存在其他的东西一样，除了他自己长长的呓语，通过它他缓慢而坚定地接近死亡”。[①]韦尔季耶走向行乞的生活，就是走向自我的旅行，后来是走向死亡之旅。他开始明白自己漫长的一生行将结

① Гайто Газданов. Собр. соч.：В 3 т. -М.：Согласие，1996. Т. 2. С. 613.

束，这是无可改变的。一旦他意识到自己接近死亡，他开始回忆自己过去的生活，从这天起，他站在地铁的走廊上，要么闭着眼睛，要么睁着眼睛，回想多年前占据了他思想的东西。这是很久以前，在他成为流浪乞讨者之前很长时间让他苦恼的问题，而如何回答它，正如他当时和现在都明白：这没有也不可能有答案。“这是关于他的生活究竟有何意义的问题，为什么需要它并且为了什么样的神秘目的而出现这个长久的运动，它现在已经导致他身在这里，在这个香榭丽舍大道下面温暖的石隧道里。”[①]他穷尽一生也没有找到生命意义的答案，但生命尽头是死亡的这一理念则贯穿了整个短篇小说。

在小说《乞丐》中的内容让人悲怜肃穆，但形成鲜明对比的是贯彻小说 48 次的拉威尔的《波莱罗舞曲》，音乐在这篇小说的叙述中成为烘托主人公情感的叙事背景。在小说开篇就讲述一个盲人青年在地铁道里反复弹奏《波莱罗舞曲》，而韦尔季耶静静地站在霓虹灯广告牌下乞讨，这两人一动一静的形象形成一个对比强烈的画面。音乐曾在韦尔季耶富有的生活中象征着他存在的单调性和墨守成规性，因此，他恨《波莱罗舞曲》，并且这一旋律曾让他厌恶，他把盲人青年用手风琴演奏的旋律视为对听力的机械刺激来承受。现在，他突然听到并记起这首曲子是拉威尔的《波莱罗舞曲》，他过去就觉得这个沉闷重复的野蛮而原始的节奏中有某种刺激神经的东西，总引起他的几乎是身体的厌恶，这个多年来都在引起他注意的旋律，此时却引发了他的联想，使他终于回忆起最后一次听它的情形，那是在很久以前的一场音乐会上。他眼前又清楚地呈现出音乐厅，指挥家的燕尾服和秃头，成排的椅子，很多熟悉的面孔，这些出现在他面前的男男女女，要么是穿着黑白搭配的燕尾服、领子和领带，要么是女性擦过粉的脖子和肩膀，裙子的袖口和领口边上闪耀着不同颜色的珍珠。回忆的画面犹如印象派绘画，充满鲜明的明暗对比，光线的眩目反射，在韦尔季耶的记忆中旋聚上升，其中闪现出他妻子在听演唱会时脸上和眼睛里冰冷愚蠢的表情，以及在夜间餐厅他妻子胖乎乎的手指不知疲倦地剥着牡蛎，喝白葡萄酒的贪吃形象，这一切交际活动都让他厌倦、疲惫而沮丧。只有回到家他才会有一种虚幻而短暂的自由。因此，韦尔

① Там же. С. 614.

季耶寻求的这种自由意味着背离他不喜欢的妻子，当他回到坐落在巴黎郊区的府邸，走进自己的卧室，就把门关上，自己独享自由空间。这实际上，就像回到他现在栖身的那个破木箱子，不同之处在于他现在享受着身心的自由，但物质上极度贫乏。

韦尔季耶得到的这种自由并没有使他生活得幸福和充实，他就像个活死人，不是生活，而是存在着，而他也绝不运用他得到的自由，他被剥夺了爱的情感，首先是对自己的爱。他唯一的愿望——对自由的渴望，他的理解是：“生活——这意味着有愿意争取的东西，要保护的东西。他无这方面的任何东西。不过，他有一个愿望——自由。但这也是没有价值的。他所需要的自由，不是为了能够做某事，没有它他就什么也做不到。他那时似乎对自由的渴望——也只是拒绝它承载的所有承诺，拒绝他活在其中的世界，并且他没有找到他逗留在其中或在某种程度上将它赎回的任何证明。”① 韦尔季耶的流浪史说明，人类的物质越富足，反而导致其精神的流浪感越强烈。

老乞丐对饥寒交迫的感受是小说作者战后侨居巴黎失业时的亲身感受，不过，他是被迫离开俄罗斯，也是得到人身自由却陷入物质窘境。当时有许多俄罗斯侨民不得不像韦尔季耶那样成为流浪行乞者。他们之间的区别是“古斯塔夫·韦尔季耶抛下财产不是因为他仇恨财富，而是因为他不能找到自己出现在世上的意义和其他人存在的意义。这是伤脑筋的俄罗斯问题，是俄罗斯人的心灵特征。他自愿为了心灵的休憩而成为乞丐，得到脱离所有联系和责任的自由。……若不是加兹达诺夫如此有才能、如此用心并且如此高瞻远瞩的话，他尝试着将俄罗斯灵魂植入到一个法国人体内就可能显得牵强。图像、语言选择的简洁和艺术的真实性，选择视角的组合排列，给文本增添了极大的鲜明度。留给读者的还有一个问题—— 韦尔季耶是不是有一个他一无所知的俄罗斯祖先？而非徒然，毕竟，他梦见过大雪和暴雪。”②在老乞丐韦尔季耶身上还出现了消极反抗的主题，他只是一走了之，而“这些词——财富、贫穷和反抗——可以进行不同的组合，但关

① Гайто Газданов. Собр. соч. :В 3 т. -М. :Согласие,1999. Т. 3. С. 620.

② Горбов. Я. Н. Литературные заметеки:Л. Зуров《Марьянка》-Н. Берберова《Маленькая человека》-Г. Газданов《Нищий》/ Я. Н. Горбов//Возрожление. -1962. -№129. С. 149-150.

键词，还是‘反抗’。韦尔季耶对财富没有仇恨，且对贫穷或行乞也没有任何期待。但他所有的生活——只要他还没有达到自由之前，就会放弃别人认为是最好的财富——他默默地和不断反抗强加在他身上的那个暴力系统，它从四面八方包围着他，它迫使他生活，虽不是他想要的，却不得已而为之。从来没有人问他，他想要这些或不想。”[①] 后来那些像韦尔季耶一样的反抗分子，成了反叛社会基础的嬉皮士。

在短篇小说《列沙叔叔》中加兹达诺夫又提到了自己在《夜路》中的战争体验：“我与其说准备赴死，不如说总是在内心深处鄙视生活，但我能，尽所有努力，理解那种悲惨的生活价值，它是如此强烈，尤其是在这里，在这个不幸的国家—— 而 20 余年前我经历的所有一切都那样的可怕和不可磨灭的清晰，在俄罗斯战争时期，一个 16 岁的男孩，在 1939 年 9 月之前的和平时期我徒劳地试图忘记一切 —— 所有这些东西在我身上如此强烈，就像过去，在 1920 年俄罗斯南部的那些难忘的日子”。[②]加兹达诺夫得出一个非常重要的有关任何战争原因的结论：是一个国家的民众在决定国家命运的国家元首领导下无知的状态。他对 80 岁的贝当元帅的评价很严厉，称其为“临终的、疲劳的、半死元帅”，将贝当元帅签署法国投降之举形容为贝当元帅的死亡之声，因为当一个人活到头，站在死亡边缘，他并不在乎别人会发生什么。深受流离之苦的加兹达诺夫痛恨任何在战争中不顾人民生死存亡的卑劣行径，对其进行口诛笔伐。

在短篇小说《最后一天》中的战争主题与家园被毁相联系。作为抵抗运动参加者的加兹达诺夫在短篇小说中，非常清楚地表达了自己对战争的态度：“我始终都厌恶这种大屠杀，这每场战争，并且从内心尽全力反抗它”[③]。叙事主人公认为，任何战争都会使国家和民族的利益受到无法估量的损失。他还思考了战争的荒谬性，并对此表达了自己的意见：“在我不成功的一次射击之后，我躺着，不断失去意识，并试图不呻吟，两颗子弹射进背部，在乡村公路边一个不大的潮湿水沟里，等待着，或死亡，或逮捕——我看到的第一张脸就是埃尔米特的脸。

① Гайто Газданов. Собр. соч.：В 3 т. -М.：Согласие，1999. Т. 3. С. 620.
② Там же. С. 554.
③ Там же. С. 556.

我至今还是不明白，他是何时并且如何得到所有我出发和失败的细节；但在任何情况下，我欠他的就是，一个小时后，我在担架上被送到某个地方，又经过半小时的抢救，总之我活了下来”[①]。埃尔米特的死亡和他的被射身亡一样荒谬：埃尔米特在清晨跳伞，当时天已微亮，敌兵从附近的哨所居然扫射击中他的头部。而主人公的家，作为抵挡外部急剧变化的安全掩体，在城市被最后轰炸的场面中，当周围的所有建筑都被炸毁，唯独主人公藏身的家却完好无损地保存下来，这也是一种荒谬的体现。这也是作者对“国破山河在”的俄罗斯寄托的美好愿望。

早在短篇小说《三场败局的故事》（1927 年）中加兹达诺夫将死亡视为一种连接着一切人的现象，这不依赖于他们的社会地位和物质情况，并且叙事主人公自己认为“死亡被我当作一种对个人的侮辱。时间教会我更为平静。现在我找出一些原因——并指出我的主人公们的命运中公认的自然性。我的狗死了是因为它不理解革命。瓦洛佳·切赫在战斗中死亡，——可能是因为这种命运本身也不喜欢独眼，尤其让它想起自己的眼瞎。犯罪，毫无疑问，是由艺术家完成，舒茨曼夫人是这种犯罪的受害者：我不能执意断言，她的无独创性和平凡是其被杀的原因，但这种假设比其他假设更有可能。”[②]最终，伊利亚·瓦西里耶维奇·阿里斯塔尔霍夫就这样悲惨地了结了生命，因为其本身的不合时宜以及违背时代的革命精神。在该小说中，死亡是将小说的三个故事串联在一起的无形之线，这三场败局的故事是被判刑的狱友用第一人称讲述，这是最软弱的狱友转向最反抗的故事。在俄罗斯他们共有四人，在 1922 年最残酷的岁月，叙事主人公的朋友被人毒死，因为他不肯将自己啃的骨头给他们。另外两个死在家乡。舒茨曼夫人的闺名叫多拉，是个犹太人，她最爱讲述自己的生活，用她那种平静的语调，她年轻时曾在很好的学校接受过教育，她与阿伦奇克结婚后，到乌克兰的赫尔松市开了面包店，虽然老是怀孕，但孩子们总是死亡，最终生下了马鲁霞。阿伦奇克为了保护多拉不受屠夫赫里桑夫骚扰，甘愿被暴打，并且安慰多拉说，上帝忍受一切，所以他不会碰你。屠夫赫里桑夫最终被自己的狗咬伤，患了狂犬病而死掉，

---

① Гайто Газданов. Собр. соч. ：в 3 т. -М.：Согласие，1999. Т. 3. С. 560.

② Там же. С. 13.

是恶有恶报。多拉认为，俄罗斯好心人的心比他们浓稠的血液更热一些。多拉最终不知被谁杀死在女儿马鲁霞的身旁。多拉生活的赫尔松市在21世纪的俄乌战争中遭受了重创，当今世界依旧需要反对战争，争取和平。这是该篇小说给我们的启示。

在《三场败局的故事》的第二部分，作者描述了记忆中发生革命前的俄罗斯人民的和平生活，这一切都伴随着主人公的感受而向读者传递着记忆中美好的俄罗斯：夏季风景如画的家乡，街道简单的名称，居民在和平的氛围中过着平静的生活。叙事主人公满怀深情地回忆起老犹太旧书商、身材如平板的妇女，等等；描述了日常生活和风俗礼仪，小城中的弹子房和旅馆，醉酒斗殴和双方和解的过程。随着情节的发展，叙事主人公回忆起革命后的俄罗斯，并塑造了忍受苦难、处在混乱和无政府状态的俄罗斯形象。这种混乱状态也被加兹达诺夫描述在短篇小说《布拉克同志》中，小说的行动发生在内战前几个月，所描述的痛苦和悲剧的场面让人觉得像“瘟疫流行时的宴会”。

在短篇小说《转变》中，叙事主人公在自己的梦中开始对俄罗斯回忆，伴随着雄蜂的嗡嗡声、小鸟的鸣叫声、乐团的音乐声和时钟的滴答声，他来到西伯利亚，并在额尔齐斯河中畅游。作品中叙事主人公的回忆伴随着孤独感，他在理解俄罗斯的同时，也将自己在现实生活中的孤独掩藏在逝去的岁月里，他认为流亡者是永恒的孤独者，他再未遇到过自己的老战友，他的伙伴们留下了在俄罗斯的一些住宅中响亮的笑声、游戏和对俄罗斯的忠诚，而流亡中的他却一个人生活在虚幻的世界里。现实中的悲剧就是在这种记忆的背景下产生，回忆俄罗斯对叙事主人公来说，是一种与死亡斗争的形式，是一种避免死亡的方式。同时，作者再现逝去的俄罗斯，重新诠释它，过去的时光在主人公的记忆中重新度过，并充实他的新认知。通常来说，在小说中任何现实的真正意义都是在过去、在记忆中获得的。

短篇小说《间谍》的开篇描写与长篇小说《亚历山大·沃尔夫的幽灵》中描写草原上的战争场面有些近似。《间谍》中的描述是：“瘦高的骟公马，我骑着它疾驰四俄里，子弹打中了它的头，当我向右拐了个弯，就从黏性的、浸泡过的耕地里甩到了坚硬的道路上。……它倒在了地上，我设法将脚从马镫子里抽出来，但下跌时，折断了马刺”[1]。在《亚历山大·沃尔夫的幽灵》中的情形是“就在一条道路的拐弯处，在此处几乎弯成了直角，我那匹全速疾驰的马瞬间就重重地摔倒。……我和它一起跌入柔软而黑暗的空间，因为我的双眼闭着，但及时将脚从马镫子里抽出来，在下跌时几乎没受什么罪。子弹打中了它的右耳并穿透了脑袋。”[2] 短篇小说《间谍》和长篇小说《亚历山大·沃尔夫的幽灵》中被叙事主人公用枪击中的主人公濒临死亡的场面也极为相似。在《间谍》中的描述是“走了几步，转过身。一个在巨大黑马上的骑手沉重而缓慢在我后面奔跑。我看见他把枪背在身后，他的刀从鞘里拔出。……我掏出左轮手枪，一个大而重的手枪，当骑马人离我二十几步远的时候，我开了枪：马立即猛倒一边，他就从马鞍上甩下来。……我过去停下马，抱下那个人并且把他放到地上，看着他的脸。……血从他的嘴唇间流下，他睁着眼睛”[3]。在《亚历山大·沃尔夫的幽灵》中的类似描写：“站起身来，我一转身，看到……一个职业骑手骑在一匹高大的白马上。……但我还有一把左轮手枪，我费力地将它从新而紧的皮套里拔出。……然后我看到骑手扔了缰绳，将步枪搭在他的肩膀，仍在瞄准。在那一刻，我射击了。……一种无法控制的欲望，让我想看到我杀了谁，……我俯向他，看到他已奄奄一息，粉红色的泡沫从他双嘴唇间涌出并破裂。他睁开自己无光的眼睛，什么也没有说，就再次闭上。”[4] 这两个小说相距十年，将两者的文本相比，可以发现在加兹达诺夫长篇小说的句法层面有更详细的结构，与他初期小说的实践相比有了更多的插入结构，他运用它们的表现力作为修辞手段．例如，长篇小说中有修辞语“从新而紧的皮套里”，可以看出第一人称叙事主人公是第一次拔这把左轮手枪，具有戏剧效果的是他居然一枪击中要害。在《间谍》中的事件参与者也是几乎生活在同一时期的年轻人，但是他们却有不同的性格和迥异的命运：罗伯特总是有一种敢于冒险的勇气并愿意为朋友两肋插刀。叙事主人公在射击后很伤感，得知是罗伯特，他对罗伯特的不走运感到抱歉。相反，罗伯特在企图炸死其

---

① Гайто Газданов. Собр. соч.：В 5 т.-М.：Эллис Лак，2009. Т. 1. С. 517.

② Там же. С. 517.

③ Газданов Г. И. // Гайто Газданов. Собр. соч.：в 5 т. М.：Эллис Лак，2009. Т. 1. С. 517.

④ Там же. С. 7.

视为敌人的主人公时，没有半点示弱，并解释了自己的行为和间谍活动，辩称所有的残忍都合情合理，这是对“存在即合理”的诡辩。

短篇小说《间谍》用片段性和离散性的描述解释了主人公回忆最近事件的生动性。加兹达诺夫将这一幕纳入长篇小说中，并将其详细加工，保留了短篇小说的关键细节，如年轻人、地点、情况、参与者、马、左轮手枪等。由于长篇小说中描述的事件已经历了时间的考验，作家添加了详细的心理描写，用整整四页描绘了幸存下来的叙事主人公在短短几分钟内的活动。如，“我站了几秒钟……在这一刻，我射击了……我仍然一动不动地站在，我的马的尸体旁边，有两三分钟时间”①。加兹达诺夫重复此事表明了这影响了他的未来，确实有现实性和自传的特征。短篇小说的情节没有什么错综复杂之处，甚至也没有按事件发展顺序来指明确切的时间。这个小说由五部分组成，各部分之间主要由第一人称叙事人的讲述将事件联系起来，主要的人物是叙事主人公、罗伯特和法国间谍，这是加兹达诺夫的第一个掺杂法语词汇和句法的短篇小说，法语运用得很恰当，并有适当的叙事基调。小说前三部分描述了发生在俄罗斯内战中的事件，因此造成叙事主人公多年流亡巴黎，故事发生在巴黎郊外的一个烟雾缭绕的小咖啡馆。小说最后一部分只有两个句子，似乎是完全没有任何意义，也与前面的文字没有任何联系。很明显，短篇小说的结尾并不涉及情节的结束，这留给读者意犹未尽的感觉。

短篇小说《罗马人》的第一人称叙事主人公也是所描述故事的行动者，这个短篇小说回忆了主人公在武备中学的学生时代，是其品德形成和身体成长的时期，作者用自己典型的方式阐述了自己对许多重要生活问题的立场。小说由两位主人公和一个情节合成一个坚实的线性时间的情节结构，没有高潮和悬念，其中最引人注目的是主人公的思想观点，主要是叙事主人公与老师阿列克谢·鲍里索维奇争论有关罗马人的截然相反的观点。阿列克谢·鲍里索维奇愤怒地看待罗马时代的衰落在俄罗斯复现，当他论罗马人的过错时，其实影射的是革命群众，他向年轻人警告这点，但年轻人用自己的方式理解罗马人。叙事主人公勾勒出俄罗

① Там же. С. 31-32.

斯的那段时间和后期罗马之间的平行线："……对我们来说是进入了罗马时代晚期。革命公开了：我们在街上遇到醉酒的武备中学的学生，放声高唱浪漫歌曲，已经展开了在城市里的首次自由恋爱的联赛。……罗马人——这就是我们，我们注定要做很多。我们革除败坏的道德和基督教的消极性，我们将重振空洞的和欢快的哲学种类，我们将启发成千上万的人，我们将保留精心积淀了两千年的知识，但我们将返回到出卖灵魂的宗教时代；我们将创建放声大笑的、放纵的神，不像阴暗的唯一真神"①。这里的晚期罗马指射革命前的俄罗斯，而罗马人指射新一代的革命者。短篇小说中作者让两种对立的人物之间的争论没有达成共识，他认为争论产生真理，但他没有直接回答关于生命意义的问题。

在短篇小说《罗马人》中加兹达诺夫将革命的俄罗斯与世风日下、倒退并即将消亡的晚期的古罗马相比较。具有典型概括意义的"罗马人"在小说中具有不同的含义：从历史分析的语境来说，它指的是丧失道德品质者和破坏准则者。从导师的观点和对年轻一代的影响来说，它指的是所有像卡尔·马克思那样革命的、行动的、引导自由并创建新事物的人。然而叙事主人公冷漠地看待政治转变并得出结论：它完全错了。同时，他也在文本中展示了令他迷茫的社会现象。

在短篇小说《祭悼》的开篇作者寥寥数笔就勾勒出世界大战造成了全世界人民之生存悲剧："这是德国占领巴黎的残酷而悲伤的时期。战争占据了越来越多的空间。成千上万的人越过俄罗斯冰冻的路面，战争在非洲进行，炸弹在欧洲爆炸。到了晚上，巴黎陷入冰冷的黑暗，任何地方灯都不亮并且窗户不发光。只有在极少数的冬夜，月亮照亮了这个冰冻的、几近幻象的空城，就像被某种可怕的想象力创建并被遗忘在启示录的世界末日。在高层建筑中，早已不再供暖，冰冷而潮湿。"②此情景在读者面前铺开了一幅世界遭受战争荼毒的残破画卷。接着，作者通过巴黎被占区的日常生活来展示战争的狂暴影响。战争让曾是不夜城的巴黎陷入一片黑暗和冰冷之中："人们身着破衣烂衫，街上很少有人，汽车早就停跑了，轻便马车在城里行使，这进一步加强了对几年期间整个国家生活的悲剧离

① Гайто Газданов. Собр. соч.：в 5 т. М.：Эллис Лак，2009. Т. 1. С. 582-583.

② Там же. С. 579.

奇的印象。”[①]在这种战争的环境下，人们的生活悲惨异常，但那些在战前游手好闲的一些人却发了战争财，作者—叙事人讲述了在 1942 年严冬发生在巴黎郊区一个咖啡店的奢靡状况。那些操纵黑市发了战争财的俄罗斯人住在弃家躲避战乱的法国富人的豪华住宅里。

加兹达诺夫真实地描述了巴黎被占领时期俄罗斯侨民的不同阶层的境况。在 1942 年的严冬，叙事主人公有一次去巴黎市郊的一个小咖啡馆会见一个熟人，发现在吧台旁有穿着很好的人喝着白兰地、兰姆酒和甜酒咖啡，吃夹火腿的三明治，而这些东西不但叙事主人公，而且当时的许多人已经很久没有见到了。后来叙事主人公成为咖啡馆的常客，知道了这个咖啡馆是俄罗斯人的黑交易所。战前，在和平温饱时期，这些游手好闲之人大部分都不工作，不是因为他们找不到工作，而是他们根本不想工作，原因是出于一些模糊且顽固地拒绝像所有其他人那样生活的想法：去工厂工作，在一个糟糕的旅馆租了一个房间，并且每两个星期领取一次工资。这些人在欧洲生活的现实状态是：“他们许多人在木制的简易房中过夜，这种由木板钉合的阴暗幽黑的木板房建在巴黎郊区杂草丛生的空地上。他们知道所有的巴黎廉价客栈，巨大的集体宿舍铁床上方微弱的昏黄灯光，这些一直散发着酸臭味的黑暗地方中潮湿的凉意。”[②]当德国军队占领超过一半的法国领土之后，这些好逸恶劳之人的生活发生了非同寻常的变化。他们没费太多精力就突然有了奇妙的致富可能，而且几乎不用工作。没有讨价还价，他们就在德国军队和与它相关的机构批发所有的商品，他们成了德国采购商和法国贸易商之间的中介。正像在阿拉伯的童话中，昨天的失业者发财了。他们现在生活在温暖的家中，其中有他们的前业主离开时留下的不知内容的画作、上好的地毯和舒适的椅子。他们手上戴着金表和金手镯，手指上戴着真正的宝石戒指。他们每个人在过去都有复杂的生活：在不同国家中的城市道路和街道上行走，他们步行走过的遥远距离是他们可能做梦也想不到的距离。

加兹达诺夫的短篇小说《祭悼》中叙事主人公望着发了战争财的沃洛佳，常常冒出这种想法：如果不是所谓的社会差异，这个无家可归的人应该成为任何地

① Там же. С. 579.

② Там же. С. 580.

方大型珠宝店的老板。在某种意义上加兹达诺夫是一个宿命论者，他继续思考生命的意义、真正的幸福。他再次提出的金钱里没有幸福的观点：这个咖啡馆的所有顾客都买了画，就像他们购买黄金或硬币。这些人有了他们从未有过的、突然被唤醒的一些生涩和不稳定的贪婪，但是，没有接受西方形式的资本原始积累。物质的富有促使这些俄罗斯商人开始了解美丽的东西，他们开始很奢侈地购买艺术品。作者一叙事人认识了其中一个叫格列高利・季莫费耶维奇的俄罗斯人，两人是在歌唱家瓦西里・伊万诺维奇那里结识，格列高利和瓦西里是发小，瓦西里是两人共同的朋友，他得了严重的肺结核，极少能下床，然而一旦他弹起琴、唱起歌来，就完全看不出他生了病，他的精神存在超越了其身体存在。格列高利的小名叫格里沙，他花重金买的一幅《绑架伽倪墨得斯》（Похищения Ганимеда），得知是赝品后，他也并不遗憾，他被宙斯鹰攫走美少年的那一画面深深震撼，觉得自己就像那个鹰爪下的少年，被命运之神给攥着而不知前途在何方。文化程度低的格列高利无论是对这幅画的购买，还是对画面的理解，都是错的。但作为俄罗斯人，他对鹰有一种本能崇拜的情结，在他看来，画面的内容就是他和俄罗斯的内在关联。战争让背井离乡的他突发横财，但他感觉灵魂和肉体犹如在空中飘着，没有踏实感和幸福感。而画中的鹰带着一个年轻人展翅高飞，这画面是格列高利的梦想和追求。可见，主人公在潜意识里感觉自己是一个失败的人，这个例子显示其无知。这样奢侈而无精神寄托的生活并没有给格列高利带来预期的幸福，他时常会对比过去和现在的生活：

我现在生活得很好，当然。但我只看到，我以前错误的梦想。例如，我记得有一天晚上，在里昂，在冬季。没有钱，没有工作，没有房间。我在建筑工地中度过了一夜，还是在一个屋檐下，尽管也淋不着雨。天很冷，没有什么可以盖着自己。我躺在那里，您知道，在木板上，我睡不着觉——怎么也暖不热——就开始梦想。这就是，我想告诉您的，格列高利・季莫费耶维奇，见鬼，有集中供暖，铺着床单的床。到了晚上，妻子供应晚餐：香肠、小吃、牛排。这才是生活。他的眼睛变得沉思。——但事实证明，这一切都是错误的。不是这回事儿。其实，不仅在这方面。在于什么——我不知道，但我知道，不在这方面。现在，我拥有这一切：房子、大餐、妻子，甚至浴室——这样活着，我不想。但事实证明，这还不是全部。我现在是这么认为的。这就是人遇到麻烦，好比，或者说，在贫困中。他是傻瓜，感觉这是最重要的事情。没有这种贫穷，一切都很好。这就好了，没事了。得到幸福，像童话中，给他着装穿鞋，给他公寓和其他一切，人们会说 ——好吧，现在活着，就是幸福的生活。在哪里可以得到它，幸福是什么？是洗澡，还是什么？[1]

格列高利在生病去世前和作者一叙事人探讨了人之存在的意义，他深切地感到仅有物质的富有对幸福来说是不够的。

短篇小说《祭悼》的主要事件是沃洛佳为死者格列高利举办的宗教追悼会，到场的有各界朋友、咖啡馆的常客和俄罗斯移民。在祭悼时所有的人都用整齐一致的合唱安魂祈祷，这首同心同德的、主题中含有俄罗斯文化的宗教歌曲将所有的参加者团结到统一的俄罗斯精神中，响彻着俄罗斯文化一统性的主题。《祭悼》贯穿了所有的人都注定死亡的主题，表现出作者的宿命论思想。而俄罗斯侨民齐声高唱的安魂曲展现了俄罗斯人的凝聚力、精神坚定性和宗教。

加兹达诺夫描绘了听到音乐时叙事主人公的感受，使用排比句加强其不可磨灭的印象，这有利于转移和加强叙事主人公的情绪状态：“安魂曲从来没有让我感到如此激动人心，在巴黎这个阴沉的冬日显得那么棒。我从来没有感到这种不由自主而又强烈的力量，其中没有的东西，也许是人类的天才还没有达到这样一个可怕的完善，就像在这个热烈而庄严的层面与声响运动的组合中产生的这样一个痉挛的力量。在此之前我从来没有这样的凄美绝望，感觉死亡以不可抗拒的方式接近所有的我所爱之人。”[2]

叙事主人公的状态似乎处于一个熟悉的恍惚状态，祭悼使接触永恒成为可能，超越死亡，使流亡者找到自己的根，让他们在战后失去祖国的心情中相互接近。“而且过一段时间之后，我开始觉得，没有它什么都不存在，这是一个永恒的愿景，短期进入这种偶然的历史现实，我们生活在其中，用别国的语言说着别国的词汇，不知道我们要去哪里，忘记了我们来自哪里”[3]。这是一种存在主义

① Гайто Газданов. Собр. соч. : в 3 т. М., 1999. Т. 3. С. 585.

② Гайто Газданов. Собр. соч. : в 3 т. М. :Согласие,1999. Т. 3. С. 589.

③ Там же. С. 588.

的哲学思考。

短篇小说《黑天鹅》中幻想的现实和现实的幻想相互交织，小说中出现了“魔幻现实主义”的独特艺术手法，智利文学批评家对这一术语的阐释是，在魔幻现实主义小说中，作家的根本目的就是试图借助魔幻来表现现实，而不是把魔幻当做现实来表现，小说中的人物、事物和事件本来就是可以认识的，是合理的，但是作家为了使读者产生一种荒诞的感觉，便故意把它们写得不可认识，不合情理，拒绝给以合理的解释，像魔术师那样变幻或改变了它们的本来面目。于是现实在作者的虚构想象中消失了——在现实消失（即魔幻）和表现现实（即现实主义）之间，魔幻现实主义所产生的效果就像观看一出新式剧目一样令人惊叹，也像在一个新的早晨的阳光下用新眼光观察世界：其意象即使不是神奇的，至少也是光怪陆离的。作家的意图是要制造一种既超自然又不脱离自然的气氛，其手法则是把现实改变成像精神病患者产生的那种幻境。①

加兹达诺夫的后期小说是对有关生命的意义、现实性、生命的多义性等许多问题的回答。小说的主人公作为典型人物在作品中反映着主题，作者采用对比的原则来布置他们的存在方式。在加兹达诺夫的作品中，主人公对昔日革命前温馨美好的俄罗斯生活的回忆，总是伴随着对某种恐惧和灾难的预感；当回忆战争中和战后的一些事件时，远离祖国的孤独感使主人公在不可避免的死亡和困苦面前也体验到了恐惧感。

第二节　加兹达诺夫短篇战争小说中的人道主义思想

人道主义精神是加兹达诺夫的文化心理最重要的组成部分，对其生活和战争小说的创作有十分深刻的影响。加兹达诺夫提倡在战争中，当人面临荒诞与死亡时，只有进行乐观而勇敢地抗争，人生才会拥有希望和未来。加兹达诺夫短篇战争小说中的人道主义思想体现了他坚定的处世理想和对世界、对全人类的责

---

① 刘象愚，杨恒达，曾艳兵．从现代主义到后现代主义［M］．北京：高等教育出版社，2002：422．

任感。

短篇小说《幸福》的主旋律肯定了生命是令人鼓舞的，而战争改变了人们的幸福生活，但是，马德琳对安里·多伦不离不弃的情感和照顾，安里和安德烈之间的父子情深、失明后的安里对人之存在和战争的思考，无不体现作者的人道主义存在观。作者的意图显示在小说篇名《幸福》中，安里和安德烈这两个人物的观点回答了有关幸福这个具有深刻哲学意义的问题。在安里误服奎宁失明后，安德烈和马德琳都为他感到难过，主人公安里对自己的儿子安德烈说："……什么是灾难？如果这是死亡，那么一切都结束了；如果这不是某人的死亡，而是改变，那么想想吧，你面临着多么大的喜悦；你改变了，然后在这个变化的状态中你将重新了解所有的这种你曾经知道的喜悦。这就是一切生活的开始。"[①] 正是这种灾难给予失明的主人公开始新生活的推动力。通过这种死亡及灾难的象征，主人公对生活有了新的理解："重要的是我活着、思考着并且做着我愿意做的事情，——某块幸福的云彩从远处向我靠近，它从我童年时就跟随着我，——它笼罩着我和我亲近的人们；与它的幸福云彩向背的、所有的一切都是无力的，所有的一切都是无用而可笑的；而那有着无尽的欢乐的东西是任凭什么也不能从我这里夺走的。"[②]安里虽对自己的失明有过一时的痛苦和难过，但他也不想深究自己遭遇不幸的意义，因为他认为有深爱他的儿子和继妻之相伴，他对生活又有何惧，并且他感觉自己像是变成了一个新人，他开始用心体验世界，因为"在眼睛能看得见的时候，安里总是忙于生活，无暇顾及生活中的很多细节，当他看不见的时候，他就有时间回忆生活中发生的各种事情，过去与自己有关的人，哪怕是动物。"[③]在和妻子一起散步时，他能感受到妻子察觉不到的风之存在，他让妻子不要以为他的眼睛看不见了，就像能力回到童年或是变成了白痴。事实上，视觉的消失反倒让他的其他感官更为敏锐，当他坐在沙发上，他能听到马德琳坐在椅子上弹簧发出的声音和她翻书的沙沙声；他能听到儿子安德烈用笔写字的声音，并由此判断儿子的思绪是否中断；他能根据汽车的马达声来区分窗外马路上往来

① 刘象愚，杨恒达，曾艳兵．从现代主义到后现代主义［M］．北京：高等教育出版社，2002：300．

② Гайто Газданов. Собр. соч. :В 3 т. —М. :Согласие,1996. Т. 1. С. 315.

③ Гайто Газданов. Собр. соч. : в 3 т. —М. : Согласие. 1999. Т. 3. С. 308.

的汽车品牌。他还能根据进入房间的人带动的气流强弱来分辨此人的情绪和状态，尤其是他能清晰地感觉到马德琳依旧爱他，尽管他已是一个盲人。

小说《幸福》的叙事时间随着安里·多伦的感受和思考而倒流到过去，叙事空间从他感受到的周围存在之物转移到他的内心空间，他会时不时地想起自己的过去。他回忆结发妻子难产而死的那天早上破晓时分天空的卷云、小狗杰克、巴黎街景、患难战友、战争感悟、幸福生活，等等。安里·多伦对战争有着沉痛的回忆："然后他看到巴黎的街道，满满地都是人，——在倾盆如注的泛光雨水之中；一些街角闪烁的绿色和红色的信号灯；头顶上方遥远的、缓缓移动的天空，北方湖泊的淡蓝色冰面，——还有黄色的、令人窒息的云漂浮在巴黎无数的街道上空的那一年，当战争被宣布时，他和自己的同志们在夜间乘坐被火灼烧过的卡车缓缓驶向前线。——现在他们在哪里？——多伦想。——莫迪埃死于1916年8月。而贝尔纳呢？——多伦回忆起，贝尔纳如何面带其特有的悲伤之情说着：我会死于战争结束的当天。——他每天都唠叨这话，让所有的人都那么烦，以至于忍无可忍的多伦，有一天就怼他：——不，战争结束的时候让一切都玩完吧！——在临死之前贝尔纳抽搐得多么可怕，——多伦继续回想。——嗯，这发生在什么时候呢？停战协议前的一个月。是的，贝尔纳弄错了时间。"[1]

安里·多伦在回忆战友的死亡之后，又开始长时间地回忆起战后的幸福生活，就是他在体验过炸弹的轰隆声、掩体和机枪的扫射之后的生活。哪怕是他已经失明，但相比那些在战争中失去生命的战友们来说，他依旧是最幸福的人。虽然他还是会梦见战争，但他做梦的时候，是躺在自家有着清爽被单的床上。他知道死亡、饥饿和一切可怕的事情都留在了过去，而在他面前的是财富、健康、幸福和一切在晚年值得珍惜的东西。

小说《幸福》的倒数第二节作者按照时间的顺序，对安里·多伦最近一段时间的生存状态进行讲述，安里已不再从总体上思考生活得是好还是坏，只是有时和儿子争论一下，他认为生活中的美好多于悲伤，虽然他双眼已盲，但他的精神和身体的能力顺利地结合一体，这也让他能同时理解安德烈和马德琳，认为他们

① Там же. С. 309.

两人都正确，但最终还是他最正确。安里在家里独坐时，听到各种各样的声音，这些声音是他眼睛能看见之时所不曾特意关注的，根据这些声音而形成了别样的清晰世界，他感觉自己曾受到了视觉欺骗，于是开始重新定义自己以前所认为的幸福生活，他开始变得沉默而忧郁。马德琳认为安里直到这个时候才明白自己不幸的所有意义。在小说的最后一节，安里开始思考自己对世界的新理解，他对儿子无意识的躲避，只因不愿儿子不好或悲伤，想给他留一席不受打扰的净土。但不知所以的安德烈却因此而难过。安里和儿子安德烈以及妻子马德琳的关系最终能冰释前嫌，主要是因为安里之梦。这是一个有寓意的梦，在梦中安里看到一条波涛滚滚的无垠之河挡住了他的路，从远处可看到对岸有郁郁葱葱的树林，在梦中他看到水和树，他想游到对岸，但激流阻止了他的行进，他抬头看到了天穹和星星。当他越来越累，想要放弃之时，有个声音劝他不要放弃，最终游到了彼岸，坐在了绿色的草地上，沐浴着金色的阳光。在这个象征着人生希望之梦后，他又恢复了以前的乐观状态，一家人又开始其乐融融。安里认识到自己看不到许多不幸的东西就是一种幸福，而相对于灾难和改变了的东西，一切都微不足道，不必自寻烦恼。他甚至看到童年时期的幸福云朵从远处飘向了自己，尔后醍醐灌顶：光明和黑暗不会相混淆，也不会消失。在《幸福》这个小说中主人公安里·多伦参加战争依然能够平安归来，却在和平时期服药致盲，这是命运给他的捉弄，但他得到妻儿不离不弃的照顾，因此，人道主义的思想在这篇小说中占有重要的地位，同时，体现了主人公安里·多伦独特的自然体验，追求人与自然的和谐生存，反对战争的人民思想。

短篇小说《列沙叔叔》（1942）被分成了不同的时间片段，它们之间没有联系，仅靠叙事主人公的意识流进行过渡。小说基于传记的事实，第一人称叙事主人公的原型是作家妻子的一个亲密朋友的丈夫格奥尔基·谢尔盖耶维奇·卡兰塔罗夫。这是一个具有深刻的哲理思维的短篇小说，反映了作家的创作技巧日趋成熟。短篇小说中的整个故事都与叙事主人公有关，小说写得很现实，在它里面感觉不到艺术虚构，并且主人公的内心世界是敞开的，作者通过叙事主人公，思考了斯拉夫的类型和俄罗斯的灵魂。在短篇小说中响彻着对未来的不确定性，其主旋律是对战争的态度，并涉及人类的存在问题，主人公与列沙叔叔以各种由头谈论它。

短篇小说的开始是大段的介绍，故事开始于1942年，然后返回到战前的1930年。叙事主人公回忆起自己在内战中的经验，并将其类推到法国人和俄罗斯人之间、内战和第二次世界大战之间人类悲剧背景下的个人命运。叙事主人公对比群体和个体，谈到自己的异类，虽没对比善良与邪恶，但认为善恶的存在是不可分离的，它们彼此是相互依存的联系，而每一个肯定的道德也是虚幻的和有条件的。

在这个短篇小说中加兹达诺夫第一次很鲜明地展示出自己的国籍，他认为俄罗斯国籍一般是所有或几乎是所有的俄罗斯人的特征，因为那些构成了几乎所有欧洲人的存在感的有形资产，对俄罗斯人来说几乎不存在。他思考了关于俄罗斯和欧洲的价值观和心态，探讨了法国战败的原因和战争的弊端。这些思考显现在叙事主人公对列沙叔叔的回忆中，当叙事主人公第一次见到列沙叔叔的时候，他已是个64岁的矮瘦老头。叙事主人公很惊讶他动作的快速和精确，他的青春步态和精力充沛的眼神。加兹达诺夫刻画的这个文学肖像，后来变成了《伊万诺夫的信》（1963）中的人物，它创建了一个心理特征，外部和内部状态之间充满对比。

在短篇小说《列沙叔叔》中作者认为自然在人类和个人的生命中起着重要作用。列沙叔叔把大自然看作心灵世界的中心，并且与它融为一体。加兹达诺夫认为他对待自然的泛神论态度已不再有现实意义。在最后的日子他是越来越依恋他居住的森林，越发不喜欢人类社会，叙事主人公曾想象他合乎神话法则的结局，就是他应该在一个极好的天气去森林里就一去不返了。他用特有的泛神论态度对待自然，在这个意义上说，他身上完全没有现代性的东西，因而叙事主人公感觉，他仿佛属于遥远的十九世纪。加兹达诺夫的自然描写常常成为情节发展的心理和情感的背景，自然风景的营造有助于揭示人物的内心状态，有时候可成为其精神状态的一个标志。主人公的世界观、性格特点和心灵之美不是源于爱国主义的抽象概念，而是通过大自然产生的深厚感情，小村庄是他在异国他乡找到的栖息之所，大自然在这里不仅可作为一个审美价值，也可作为最高的道德范畴，它象征着家园的感觉、存在的充盈和相互理解的幸福。

短篇小说《最后一天》（1943年）在加兹达诺夫生前没有发表。短篇小说具有螺旋式结构，并且被描绘的叙事时间段和被描述的事件重叠。这个短篇小说以第一人称独白的形式叙述，但作者避免直接对话，而使用间接的叙述。短篇小说可以有条件地分成几个部分，其情节有着某种时间顺序，但会被插叙、意识流、回忆和空间的哲学思考而打断。在小说序言中叙事主人公试图用很含糊的所谓神秘事件的预测引起读者的好奇心，因此他并没有给故事发生的城市和国家命名："关于这些事件，它们带着无情的意外猛攻了我最后居住的城市"①。小说的开始并没有任何清晰的叙述，而这延迟进入小说主体的部分几乎占据了短篇小说的一半。叙事主人公给出的故事时间是战争的第五个年头，这赋予事件的真实性，并指明：在战争之后，世界已经面目全非。《最后一天》是叙事主人公进行全方位对过去的回忆，但他同时也是自己行动和感受的参与者及讲述者。小说中依旧有加兹达诺夫式的讽刺、荒诞、模糊、偶然的作用、叙事主人公的行动、透过迷雾对现实的描述、所描述事件的不真实状态，等等，所有这些让人想起卡夫卡的小说。加兹达诺夫倾向于存在的幻想，涉及所有寻求生命意义的问题、个性分裂和精神恍惚。

主人公的行动发生在两个不相交的现实中，城市的生活与他以前的生活完全不同，轰炸和彻底摧毁城市仅依赖几个人的行动。从这个角度来看，非常具有象征意义的是主人公藏匿其中的房子。他在那里等待轰炸，周围的一切都突然被毁坏和死亡，但房子仍然如故："轰炸结束两个小时后传来电话铃声。这在城里似乎令人惊讶，这里，当然，很久以前已没有电，没有水，尤其是没有电话。"②主人公描述了战争中可怕的地狱般的情景，有一种不可抗拒的视觉效果，此时他已不是参与者，而只是一个观察者，整个短篇小说是对战争和暴力的抗议。

在加兹达诺夫短篇小说中的主人公是有悲惨损失和不幸经验的人物类型，是其小说中一些重要主题的表达者。讲述者在加兹达诺夫的小说中没有具体化，有时他甚至没有名字。但他有自己的生活故事，他思考并深刻感受着自己的悲剧，通过他的感受而理解他周围的世界，他所有的感情都集中在他的精神生活中。

加兹达诺夫近年来引起了文学工作者和读者的兴趣，但对他的研究远未完

---

① Гайто Газданов. Собр. соч.：в 3 т. М.，1999. Т. 3. С. 556.

② Там же. С. 572.

成。他在短篇战争小说中体现的人道主义精神值得进行深入研究。

在国外和敌对的世界中丧失的情感和无处安身的感觉加剧了失去家园的加兹达诺夫的存在意识。加兹达诺夫 1920—1950 年代所写的战争小说只有在存在主义和人道主义的视角下才能理解。在文学中新主人公所揭示的存在意识是其本身的、自给自足的有着某种独特思考的内心世界。这类主人公始终是社会的陌生人和具有历史动机的个体。这类主人公的世界仍然是内部的和封闭的空间，它们从来没有被概括为人们的生活和世界，因为它们是混乱的，不可知的和敌对的空间。加兹达诺夫小说的主人公是一种个人的典型类型，有一定的损失和痛苦的经历，是反对战争、存在主义和人道主义的表达者。讲故事的人，作为加兹达诺夫的叙事人，完全不是客观部分，通常他有自己的故事，昔日的闹剧，他沉思着和深刻地感受着周围的世界，其所有人道主义的思想都集中在自己的内心世界。

加兹达诺夫的抒情主人公是别人生活的旁观者和观察者。叙事朝向“自己”的方向，即转向内在的叙事主人公。但是关注自己的意识深处，那个最“虚构”的生活，并加剧了作者的意识反射。加兹达诺夫揭示人类灵魂的隐秘所在，因此事件转到次要地位。他的主人公总是处于选择状态，他们是自由的，但他们选择的并不总是顺利的，有时也会有一个悲剧性的结局。

第三节 《布拉克同志》和《莎乐美的命运》——女性在战争中的生存法则

短篇小说《布拉克同志》以俄罗斯国内战争为主题，塔吉雅娜·布拉克年轻貌美，但受到命运的捉弄，被爱情冲昏头脑，参加政治聚会，成为无政府主义者恐怖分子，最终变成战争牺牲品。短篇小说《布拉克同志》表现为英雄的浪漫故事，可以视为一个成熟的作品，因为它里面已经有连续而深思熟虑的文学思想，这是从现实生活中提取的叙事材料，并创建其内部的关系和互动，从中已经可以观察到作家的创作改进，突出了文体的多样性。“一方面，存在着残酷自然主义的‘暴动’，白色的、红色的、恐怖分子的、讨伐者的可怕的万花筒。另一方面有‘英雄系列’的象征意义，稍显简略，内容粗浅，其中甚至有商业流行性，

‘国家基本功能’，出现‘苏联的神圣’的字样。”[①] 这种矛盾统一性也出现在短篇小说《罗马人》中。

短篇小说《莎乐美的命运》中第一人称叙事主人公讲述了战争前后安德烈和莎乐美之间的爱情和命运，并通过叙事主人公和一个意大利人谈到的参加战争的莎乐美和一个意大利鞋匠结婚的故事，而使在战争中被人误以为已死的莎乐美“死而复生”，这是一个战争改变人们命运的令人唏嘘的悲剧故事。在小说《莎乐美的命运》中加兹达诺夫描写了莎乐美的两种极端生活：战争中莎乐美与死亡遭遇后，其性格和命运发生了重大改变，从一个各方面非常优越的美女学生而甘愿变成一个朴素的、对物质要求不高的鞋匠之妻。莎乐美贫穷的生存方式使其精神变得自然而朴素，彻底回归到人的本真性格之中，回归到“本我的生命之源”，让读者产生强烈的共鸣。

在小说的上半部主要是第一人称叙事主人公讲述在法德战争爆发前，安德烈和莎乐美相识相爱的美好时光，塑造了这两个青年男女在精神和面貌上令人刮目相看的耀眼光芒。为小说后半部受到战争荼毒的安德烈和莎乐美沦落到社会底层的悲剧命运埋下伏笔。叙事主人公和安德烈是在巴黎上大学时认识，青年才俊安德烈在绘画和诗歌方面极有天赋，他的画作得到了业内专家的高度评价，且他的创作和精神力量让其在艺术和文学上的追求永无止境。在他的存在中占据主要地位的还是那些澎湃的激情，这促使他进行尝试并将艺术问题置于第二层面。有一天当他们的同学遇到了一个长得像莎乐美的女孩，从此安德烈迷上了这个外号叫莎乐美的女孩。她二十二三岁，非常漂亮，但她画着荒诞的妆容：用黑眉笔将自己的两条细直眉化成了上挑的弯眉，总是将胭脂红的嘴唇涂成紫罗兰色，这种化妆让安德烈一见倾心。她随丈夫姓马丁，她说自己的丈夫不在了，她没什么钱，住在拉丁街区的一个小旅馆里，她似乎不用“是”或“不是”回答问题，而喜欢用反问句，戒备心较强，这体现在她灰色的大眼睛总是带着生气的表情，哪怕在其笑容里都有某种细微的、让人不解且无的放矢的怒气。莎乐美的与众不同吸引着安德烈，他送法国象征派诗人的书给她，但她认为自己不需要，并拒接他的电话。最终，在安德烈的热烈追求下，莎乐美回应了他的爱情，那种突如其来的幸

---

① Сыроватко Л. Газданов-новеллист : в 3 т. М. : Согласие, 1999. Т. 3. С. 778-779.

福让他应接不暇而难以自持。叙事主人公却并不看好他们的爱情，因为叙事主人公认为莎乐美的荒诞生活源于其想象力和难以摆脱的自我中心主义，她执着于自己想要的生活，过得肆意而张扬，拒绝为自己所做的行为和结果负责任。她俘获了安德烈的心之后，却告诉他，他不是她需要的那个人。但安德烈却认为没有莎乐美，他的生活则没有任何意义。安德烈和莎乐美在一起生活了几年，莎乐美多次从安德烈身边去了又回。安德烈总是给她发长如信件的电报，将她呼唤而归，一切又重新开始。但战争的到来，改变了这一切，除了安德烈对莎乐美那颗挚爱的心。

当德国军队占领巴黎后，莎乐美就消失了。后来，安德烈被德军俘虏。而叙事主人公听说莎乐美在南方参加了游击运动，并在战争期间嫁给了一个欧洲的银行家，但拒绝和他一起离开法国，在游击队和法国部队作战时被杀害，被葬在阵亡将士公墓。莎乐美的这种经历和《布拉克同志》中布拉克的经历相似。安德烈被俘获释后，听说了这一切，但他没有找到莎乐美的坟墓，这为小说后来峰回路转的情节埋下了伏笔。

转眼十年过去了，当叙事主人公在巴黎再见到安德烈时，一下子没认出他，因为他不仅变老，而且秃顶了，这是战争和爱情的双重打击造成的。安德烈一见到叙事主人公，就回忆起他们战前的时光，谈到莎乐美，他想要知道莎乐美死前的最后时刻在想什么，在叫着谁的名字。叙事主人公感觉不可思议，反问他："你也参加过战争，你怎么能提出这样的问题？你知道在这种情况下，人们常常来不及想什么和喊什么名字。"[①]但长久沉湎于爱情的安德烈很内疚那一时刻不在莎乐美的身旁，他很不明白，为什么都是参加战争，他却活着，他非常遗憾没有死在莎乐美所死的地方，他为自己还活着而感到羞耻。

安德烈无论精神面貌，还是生存状况，在战争前后都相差悬殊：战前的他，意气风发，干着自己喜欢的工作，觉得未来一片光明。而战后的他，颓废消沉，从事用来糊口的工作，自己都觉恶心无望又可耻。因为战后为了糊口，具有艺术天赋的他只好为歌剧院写那些自己认为鄙俗而白痴的东西，感觉自己像慢性中毒，可又无力摆脱。安德烈怀念大学时期常读的法国诗人马拉美、瓦勒里和奥地

① Гайто Газданов. Собр. соч. : в 3 т. М. :Согласие,1999. Т. 3. С. 567.

利诗人里尔克，但时过境迁，自己再也写不出像在大学时代所写的东西。安德烈问叙事主人公，如果莎乐美还活着的话，会对此时的他说些什么。其实对于这个问题，他自己应该是常常思考，但没有了精神寄托的他，却无力摆脱自己的存在状态。对他来说，过去的岁月除了给他现在的生活增添了对莎乐美无休无止的回忆，最值得注意的一个特征就是：他过的不是他想要的生活，并且不做任何努力来改变自己的生活。事实上并没有什么事来强迫他从事自己认为可耻的职业，但他在艺术上已不渴求年轻时候追求的未来，亦不再渴求莎乐美带给他的生活意义。对于一个有自己审美眼光的人来说，强迫他工作的东西是道德堕落的底线。很难希望在安德烈的这个年龄，他能突然开始其他的生活，这方面能影响他的就是对莎乐美的回忆，任何女人都不可能替代莎乐美在他生命中的位置，因为从他们失联以后的一年又一年，最初的回忆就留在他的脑海里，战争期间没忘记，战争之后更没有磨灭。这一点从安德烈写的关于莎乐美的书中就能窥探他的全部思想，他将莎乐美写得天真烂漫，但在叙事主人公看来，全书塑造的莎乐美的形象是如此的虚伪，且没有说服力，与叙事主人公所见的莎乐美完全不同。安德烈的这种行为与加兹达诺夫的长篇小说《飞行》中的女主人公对其亡夫的形象塑造是殊途同归的方式：自动忽略了死者曾经的恶劣，将其想象为一个完美的人，并深爱自己臆想的爱人而不能自拔。而叙事主人公所能回忆的莎乐美，关于她悲惨死亡的故事，就像当时登载在报纸上，但现在已被遗忘的许多战争中的事件一样，但可以推测的是，如果莎乐美活着，那么历经过战争的安德烈的生活将会是另一个样子。小说的作者在此处又为莎乐美的出现埋了一次伏笔，也是一条隐形的叙事脉络。

本章小结

加兹达诺夫的短篇战争小说让现代读者和研究者产生了无可置疑的兴趣，其叙事的独特性和对人物存在状态的细腻描述是极为重要的因素。加兹达诺夫小说让人联想到最经典的俄罗斯小说语言和俄法两国的存在主义思想，这种特征很早就引起侨民批评家的注意，G. 阿达莫维奇指出加兹达诺夫小说的独特不是浮于表面，而是来自小说文本深层敏锐的、残忍的、冷淡的、尖锐的讽刺，最重要的是他用那种令人惊奇的无大喜大悲的视角来展现人与周围世界的存在关系。

加兹达诺夫的短篇战争小说反映出一个战士兼侨民的印象和视野，他作为一个有存在主义哲学视野的作家，用他那不寻常的独特的叙事策略征服了俄罗斯侨民读者和世界读者。加兹达诺夫的短篇战争小说是其根据自己的生活体验和创作目的，将战争生活素材中诸多的人物、事件、场景等进行审美配置，经过独特的叙述视角的选择、叙述语言的锤炼和叙述节奏的调节，并重新排列组合叙述关系和叙述时空顺序，组成战争小说的叙述结构。M. 斯洛尼姆对加兹达诺夫的创作方式特征极为关注："……他的故事和他笔下人物的行为处在某种离奇和偶然的情况下，处在事件和感受的不断的游戏中。在加兹达诺夫的这些早期短篇小说中已显示出他有'建设'特殊的、自己的、逻辑的和真理的内在规律的世界的能力，或许，完全来自现实。"[①]这类短篇战争小说是对生活的重塑，他按照自己的文学观念、审美意识及思维方式决定从哪里开始叙述、衔接、穿插主人公经历的战争体验，并且，人道主义和存在主义思想在其短篇战争小说创作中也体现得极为明显。

① Слоним М. Литературный дневник: Молодые писатели за рубежом // Воля России. -1929. -№ 10/11. -С. 116.

第四章　加兹达诺夫战争纪实小说中的存在主义因素

本部分主要对加兹达诺夫战争纪实小说《在法兰西的土地上》中的战争观进行文本分析，并细致解读其存在主义意识。这一部分主要对比分析加兹达诺夫与俄罗斯侨民第一浪潮中年轻一代作家作品中的战争记忆和存在主题——死亡、孤独感、自由与责任以及生命的意义。

二战时法国巴黎沦陷的1942—1945年间，加兹达诺夫和妻子一直坚守在巴黎参加抵抗法西斯的运动，还与自己的好友阿·列文茨基一起创办了地下报纸《抵抗》，并参与对很多人的营救。他的英勇无畏受到同时代人的尊敬，他被尊称为“英雄的加伊托·加兹达诺夫”。二战结束仅十天左右他就出版了用法语写的纪实小说《保卫法兰西》（俄文书名为《在法兰西的土地上》），再现了法国抵抗运动的真实情况。1947年斯洛尼姆在《文学纪事》（俄罗斯卷）上，托瓦里茨·马克在《法国的俄罗斯志愿者、游击队员和抵抗者公报》上撰文，肯定地回应了这本书。在法国危难之时，加兹达诺夫积极参与抵抗德国法西斯之行为体现了他是个有社会良知的知识分子，且他的文学精神和人道主义精神使他能够在不同时期书写出反映时代发展的文学作品。他的生活虽然已融入法国，但俄罗斯在他心中永远是神圣的，也是他创作的源泉，他从来都不愿听别人说祖国俄罗斯的不好。二战后加兹达诺夫发表了大量反映俄罗斯内战的短篇小说。

在加兹达诺夫作品中表现战争主题的最醒目的一部作品就是《在法兰西的土地上》，这部纪实小说讴歌英勇不屈、保卫和平的俄罗斯人民，宣扬俄罗斯的民族精神。加兹达诺夫在作品中没写苏联游击运动在法国的历史，而是通过再现从纳粹集中营逃生的苏联游击队员在法国抵抗德国法西斯的一个个具体的事件来展现俄罗斯精神，折射俄罗斯国内同时进行的反法西斯战争。

第一节 法国的存在主义对加兹达诺夫思想和创作的影响

加兹达诺夫虽然是一个俄罗斯作家，但近半个世纪的法国侨民生活，使他的生活和创作也毫无疑问受到现代欧洲文化的熏陶，但加兹达诺夫没有被法国文化所同化，而是有机地吸收了法国文化，结果出现了在20世纪文艺实验之繁荣时期独特的加兹达诺夫的小说艺术。马尔沙克曾对加兹达诺夫的文学素养感到惊奇："就文学意义而言，他了解一切：德国文学、法国文学，还知道所有的作家。"[①] 并且，加兹达诺夫曾在20世纪30年代多次举行文学晚会。

加兹达诺夫在法国流亡之初，经常变换职业或失业，这使其能深入体验和观察到当时的法国底层社会生活，并在其作品中真实地反映俄罗斯侨民的苦难生活和悲惨命运。随着加兹达诺夫的民主主义和人道主义思想的发展，他的作品加强了对当时社会的批判力度，而更重要的是追求自由的观点。加兹达诺夫（1903—1971）和萨特（1905—1980）是同时代人，法国的文学和哲学对加兹达诺夫有着深刻的影响。在当时的世界背景下，萨特的"存在主义是一种人道主义"被加兹达诺夫欣然接受，这也与加兹达诺夫的共济会会员的思想相吻合，使他在法国能积极投身保卫巴黎，参加到反对法西斯德国的侵略战争之中，积极关注人、自由、道德和人类未来。萨特在海德格尔的"人的实在先于本质"的基础上提出"存在先于本质"的学说，认为人必须为自己的存在和行为承担责任，英雄和懦夫之间的差别就在于他们的"自我选择"，人虽然是自由的，但还是处在一个有组织的社会处境之中，人一旦做出选择，不仅自己需要承担责任，而且也使他人

① Гайто Газданов. Собр. соч. ：в 5 т. -М. ：Эллис Лак，2009. Т. 5. С. 457.

承担责任，经历战争洗礼的人类需要重新找到自己，而精神和肉体饱受战争摧残的个人也需要重新体现真实的自己。

加兹达诺夫加入俄罗斯共济会组织“北方之星”之后，继而成为其发言人，1936年他的两场报告为《论共济会的纪念日和永恒》与《论“被蹂躏的灵魂”》，加兹达诺夫持续关注人的精神和肉体的存在之关系。在共济会中首要的行为方式应该就是忍耐，还有就是尊重他人，道德和善良已经融进加兹达诺夫的血液里，浸入他的骨子里。战争中的痛苦经历教导他在生活中不要有社会乌托邦的幻想，并且法国的自由民主展示给他的只是虚伪，自身的存在状况使他十分珍惜共济会内部这种的四海之内皆兄弟的感受，这也反映在他的作品中。虽然在共济会的报告中加兹达诺夫总是谈论文学，而很少论及道德，但经历过战争和流亡生活的加兹达诺夫认为在人类大家庭中只有将人们的意志统一起来，共同采取行动才能拯救人类自己。只有用生存的道德伦理来指导人们，一旦遇到灾难，人们才能不只是考虑拯救自己，而且还要拯救他人的命运，因为他人的命运也是自己的命运。共同的命运已经把彼此联系在一起。加兹达诺夫在二战中参与抵抗法西斯的运动正是基于这种理念。加兹达诺夫的作品关注的焦点及核心是追求灵与肉的和谐发展，对人的本质和命运，以及生命存在的意义的思考。然而，加兹达诺夫的神秘类似于初恋的神秘，有点害羞，有点尴尬，但却是真实的。这一点是加兹达诺夫和俄罗斯文学的深层联系。加兹达诺夫的小说吸取俄罗斯小说的精髓，同时建构了俄罗斯文学中不具有的特征，这确实是加兹达诺夫毋庸置疑的优点。在法国经受的严峻生活考验丰富了加兹达诺夫的文学创作素材，促进了他对生活进行哲理性思考。法国的文学和哲学对他也有极大的影响，表现为：“‘加兹达诺夫那纯粹而朴实的理性小说’与其说是，可能，像大家说的，是受普鲁斯特影响的结果，倒不如说是受整个法国文学某些传统的影响。……据说，加兹达诺夫好像成了‘说俄语的法国作家！’”[①]

真正的博爱构成了加兹达诺夫的文学、宗教、哲学、美学和伦理观的基础，

① Гайто Газданов. Собр. соч. : в 5 т. -М. : Эллис Лак, 2009. Т. 5. С. 9.

并持续了他的一生。他创作的三个短篇小说《路灯》《幸福》和《第三种生活》阐明了共济会的象征，并在《伊万诺夫的信》中揭露了那些骗取慈善机构经费来过奢华生活的可耻之徒。在后期的作品《朝拜者》和《醒来》中，加兹达诺夫开始站在全人类、多方面的层次来思考人和世界的关系。高尔基在谈到艺术家创作时说："艺术家是自己国家、自己阶级的感官，是它的耳朵、眼睛和心脏；他是自己时代的喉舌。"[①]将"生存"和"精神"紧密结合的加兹达诺夫的人生就是一本内涵丰富的书，他的作品体现了在异国文化环境下对传统现实主义进行的超越、深化和艺术创新。加兹达诺夫在与朋友的通信和文学评论中曾提出：为什么众多当过医生的人之中只有契诃夫能成短篇小说巨匠？为什么无数参加过战争的人之中只有列夫·托尔斯泰写出《塞瓦斯托波尔故事集》和《战争与和平》？如果能回答出这些问题，也就能回答为什么在法国众多的俄侨夜间出租车司机中只有他写出了被视为"司机文学"的《夜路》。这源于加兹达诺夫对历史及存在有着非凡敏锐的感受，并积极地参与生活，细致地观察生活，哲理地体悟生活，独特地描述生活。

俄罗斯赋予加兹达诺夫的灵感和精神使其能够在俄罗斯境外依然坚持俄语写作，并在不同时期创作的作品中通过不同主人公的视角塑造了逝去的俄罗斯形象。加兹达诺夫认为，当时在俄罗斯侨民作家中有99%的小说家仍在用贫乏的、标准的语言，以及某些从谚语中借用的词，或满含忧伤的公式化的表达法。不过，他也公正地强调："不能认为文学创作活动都是由勃洛克、别雷、列米佐夫、高尔基、曼德尔施塔姆、帕斯捷尔纳克、巴别尔等人组成。……因此，也不可能希望所有人写的东西都能像托尔斯泰和普鲁斯特写的那样。……并且，我认为，应该……提到莫泊桑，或巴尔扎克，或果戈理"[②]。加兹达诺夫在这里提到的作家都是他非常钦佩并受到他们影响的作家，这一点可以从他的创作实践中体现出来。法国作家阿尔贝·加缪对其也有深刻影响，两人的创作思想和生平有很多相

① （苏）高尔基. 论文学［M］. 北京：人民文学出版社，1978：190.

② Критика Русского Зарубежья (Часть вторая) // сост. Е. А. Дмитриевой. -М. : Олимп, 1998. С. 268-269.

似之处。

加兹达诺夫在法国生活的时期正是20世纪存在主义哲学在法国盛行的时期。存在主义哲学倾向于通过文学来解释自身，在文学范围内寻求支持。许多欧洲经典哲学家如克尔凯郭尔、胡塞尔、尼采、海德格尔、马塞尔等人的观点也极大地影响并深化了加兹达诺夫的文学创作。“自十六、十七世纪起，法国文学中就产生了一种特殊类型的道德作家和‘哲学作家’。他们的特点是对当时的个人和社会生活中的‘病态’问题极为敏感并有强烈的兴趣，他们善于把这些问题用精美的、经过反复推敲的、富于哲理的形式提出来，并立即就深刻地捕捉住生活的各种基本矛盾。”①加兹达诺夫就属于这类作家。人们之间相互帮助和相互爱护的道德体系不仅体现在加兹达诺夫的《朝圣者》中，而且体现在《亚历山大·沃尔夫的幽灵》中，这部作品最大限度地揭示了法国哲学思想和俄罗斯侨民作家创作的独特综合特点，小说中运用并发展了存在主义的创始人之一阿尔贝·加缪提出的“反抗”和“革命”的概念，其行动者是主人公亚历山大·沃尔夫。加兹达诺夫和加缪的长篇小说与哲学小说的风格是很接近的：“《朝圣者》的作者可以作为俄罗斯的加缪来讨论，加缪的《瘟疫》和《西绪福斯神话》具有：不顾一切，不顾及所有的生命都是被周围灭绝人寰和不可战胜的邪恶力量所包围，都处在‘围城’中，不顾及‘瘟疫’，不管它是自然的还是社会的，我们必须继续生活、工作和帮助他人。这是当之无愧的人，这构成了他的英雄主义。然而加兹达诺夫接近加缪之处，不仅是在彼此的伦理哲学中，而且是两位艺术家之间有惊人的共同点：他们的现代主义是在创新中看待生活问题，而不是在形式上进行令人震惊的创新。”② 加兹达诺夫受到加缪艺术作品的影响主要表现为书写手法的相似、形象的一致性和情节过程等方面。但将两个作家的创作特征完全混为一谈也是错误的，因为在加缪的哲学和艺术作品中可以观察到某种类型化的倾向，但“令加兹达诺夫感兴趣的是具体的特征和现象。在这个意义上，他更接近另一个哲学家兼

---

① （俄）格·米·弗里德连杰尔．陀思妥耶夫斯基与世界文学［M］．施元，译．上海：上海译文出版社，1997：83-84.

② Л. Диенеш. Гайто Газданов：Жизнь и творчество. - Владикавказ，1995. С. 181.

存在主义作家——Г. 马塞尔"。[①]当然，加兹达诺夫在描述人物形象的时候，也会不自觉地使用类型化的形象概括。

可以说，法国文学中的象征主义、意识流、批判现实主义、超现实主义、存在主义、新小说、魔幻现实主义等诸多创作手法都在加兹达诺夫的作品中有着具体体现。在加兹达诺夫的创作中尤其体现了存在主义文化哲学的精髓，并通过作家亲身的经历、文化与民族基质以及共济会的影响，在其审美意识中完美地结合起来。在加兹达诺夫的创作中体现了存在-乌托邦的原则：对战争中某些残酷的东西揭示的同时，又有对某些美好生活的抒情写照。

第二节　《在法兰西的土地上》体现的战争观

加兹达诺夫在纪实小说《在法兰西的土地上》的题词中特别强调："在这部书中没有任何虚构。在它里面发生的所有事实都是在现实生活中发生过的。所有的人物在现实中都存在。我所描述的一切，要么是我亲眼所见，要么是我从事件的亲自参与者的口中或是通过他们的书面记载而了解，要么，最终，我是通过官方文件知道的。"[②]《在法兰西的土地上》叙述的令人信服的纪实性正如 А. 巴赫拉赫的观点："……在书中所描述的全部事件，没有引起读者的丝毫怀疑，尽管有片段性，但重新创建了一个真正史诗的完整画面—— 英雄的，甚至在一定程度上如神话般的。"[③]这种史诗般的创作方法真实地归纳了现实的思维和形象，而不是由艺术家所创造的间接世界，作者对战争的分析伴随着对现实世界的重建，用纪实的叙事手法构建艺术作品的生动组织、环境、真实材料，其准确性和可靠性的最重要意义是作者分析战争无比残酷和战士英勇无畏的基础。小说《在法兰

① Возвращение Гайто Газданова：научная конференция，посвященная 95-летию со дня рождения：материалы и исследования // сост. М. А. Васильевой. -М. ：Русский путь，2000. Вып. 1. С. 78.

② Гайто Газданов. Собр. соч. ：в 3 т. -М. ：Согласие，1999. Т. 3. С. 677.

③ Сыроватко Л.，Никоненко Ст.，Диенеш Л. Комментарии //Газданов Г. И.// Гайто Газданов. Собр. соч.：В 3 т. － М.，1996. С. 838.

西的土地上》的作者从内容选择、真实再现、细节运用等方面对战争主题进行了周密细致的分析。

小说《在法兰西的土地上》的叙事主人公在作品中的身份较为复杂，他对真实战争的描述动机不只是出于个人的纯粹研究兴趣，其身份还是一个参加了保卫法兰西战争的冷静观察者。《在法兰西的土地上》采用了历史叙事的方法，此方法的第一个例子是呼吁采取战争行动的真实片段，主要描写1943年8月在法国北部一个营地的苏联游击纵队。加兹达诺夫列举了三个片段：不断进行暗中对抗德军的战斗、联系法国的同志们和难民营里逃生者参加游击斗争。作者在小说中引用了在法国的每个苏联游击队员必须执行的行动誓言。这种尊重文本的原因是想让读者见证战争的真实并清楚地理解：所有宣誓之人都会毫不犹豫地为了自己的誓言而英勇赴死，誓言表达了他们对发生的这些事件的观点和态度，以及他们的行动在战事中所起的重要作用。小说中通过插叙的手法引用了地下工作者的英雄队长亚历山大·佩切尔斯写给加兹达诺夫的一封简短的信，它写于停止对敌行动之后，“至于我，我满足于在我的祖国和人类面前履行我的职责……从18岁起我一直在参与争取自由的斗争。”[①] 加兹达诺夫引用这封信传达了对这个英雄的尊敬和钦佩，因为他在战争中对德军做了一系列极其大胆的反抗行动。作者在小说中直接引用了难民营军事委员会的任务计划，这个计划是由1943年11月在法国成立的战俘联盟中央委员会制定，其主要的行动任务是：组织战争积极分子、进行破坏活动、发展青年一代、关心同志、准备展开起义。加兹达诺夫还援引了中央委员会的部分报告。它是专门汇总中央委员会的报告意见，加兹达诺夫详细地说明了报告结果可实现的条件。小说《在法兰西的土地上》叙述的这一系列反抗德国法西斯的行动与“抵抗运动”的概念相符：“抵抗运动，一般而言，特指第二次世界大战期间，欧洲被德意法西斯占领奴役下的国家与人民广泛开展的反法西斯运动。它区别于苏联红军和英美等国的大规模正式的军事行动，而主要开展于敌占区，因地因时而异。例如，出版反法西斯的地方性报纸和期刊；在工厂

① Гайто Газданов. Собр. соч. :в 3 т. -М. :Согласие,1999. Т. 3. С. 722.

里组织怠工、罢工；在城镇发动示威游行和抗议活动；刺杀法西斯骨干分子；破坏敌占区交通运输线；袭击法西斯的军用设施；刺探军事政治情报；开展游击战；为盟军或苏军的军事行动提供向导、地理情报，或是配合其行动而先期发动起义，保卫城镇水、电等工业设施等等。”①

加兹达诺夫还援引了游击队指挥员们写的三个报告：第一个写的是在法国北部的苏联游击运动的领导得到了来自法国的支持：“苏联爱国者的斗争，将不会成功，如果当地居民不支持我们苏联人。我们一直感受到法国人民兄弟般的援助。这一点我们永远铭记，永远感谢法国同志的斗争。”②对英雄的崇拜使法国普通老百姓变身为抵抗运动的战士，如果没有他们的帮助，苏联人的抵抗是不可能成功的。小说引用的第二个和第三个文本是总参谋长安东·瓦西里耶维奇的报告。这个报告阐述了 1944 年 6 月中央委员会在逃亡苏联战俘的队伍组织过程中的作用，以及如何帮助其进一步联合法国游击队员。加兹达诺夫引用了关于沙季永郊区的战斗报告的正式文本。在被宪兵误捕的苏联游击队员斯米尔诺夫的故事中，作者还引用了两封信：一封是斯米尔诺夫写的信，另一封是市长的回信。小说还引用了一些游击队员留下的信件内容和题词标语，所有这些真实的引文为作者建构特殊艺术空间中的鲜明人物提供了素材，有力地阐释这些平凡而英勇的抵抗运动者最重要的特征，展示其为真理和崇高目标而不惜牺牲宝贵生命的可贵精神。

加兹达诺夫运用这种叙述历史事实的方法再现战争的特点，也确定了作者的特殊地位：作为无所不知的作家，有时会成为其讲述事件的见证人；虽然他并没有作为主人公参与其中，但他参与小说事件的特征也很明显。作者-叙事者站在细致的研究者、无所不知的史学家和编年史家的立场上，仔细分析引起其高度关注的每一个鲜活的战争事件，并对一系列复杂的行动过程和结果给出自己的解释。作者-叙事者精确地指出了第一次战争口号的日期和来源，这个信息的历史目标本身就很明确，他简洁真实地描述作为一个整体的游击运动的纪实故事。叙

① 延艺云. 欧洲抵抗运动［M］. 北京：光明日报出版社，1991：3.

② Гайто Газданов. Собр. соч. :в 3 т. -М. :Согласие,1999. Т. 3. С. 742.

事主人公用最朴实的叙述手法描述了游击队员的军事行动，其陈述语言已接近游击队员自己的语言。叙事主人公有条不紊地讲述俄罗斯侨民组织的形成日期、任务和进行军事活动。叙事主人公在这本书的结尾这样确定了自己的叙事立场，说他从来没有给自己定下关于故事顺序的目标。但他不得不直接接触这次运动的组织者，不得不结识许许多多普通的抵抗运动者，因为这些英雄们不仅不愿意写出，甚至从不说自己的英勇故事。并且，叙事主人公自己承认作品中对历史事件的描述过于分散，因为这本书的主要目的不是研究历史事件本身，而是对每个英雄故事进行记忆保存，是为了这些英雄们免遭后世子孙的遗忘，因为任何人都没有这样做的权利。叙事主人公还用历史叙事的方法，通过分析整组的零散文献来证明抵抗运动者们顽强的英雄主义，而这种英雄主义无法用任何方式来进行解释。小说《在法兰西的土地上》有若干关于英雄的短语搭配和分析个人英雄主义的具体例子，作者在真实材料的基础上得出关于英雄崇拜的以下结论："这可能是某种古老神秘的本能斗争，是人类生存的最强大的生物因素的一种表现……这是盲目和英雄本能的一种表现……俄罗斯人不知道，他们为何斗争并且他们为何而死。"[①] 叙事主人公不考虑俄罗斯人的这些英雄本能的行为动机。俄罗斯人不像欧洲人那样清楚地了解他们为何战斗，苏联游击队员的英雄主义与欧洲的英雄主义没什么不同，他们采取行动是源于这种质朴的英雄主义——为了保护家园，这种真诚的爱国动机不应受到任何质疑，"保护家园"这个无限的综合概念已融入俄罗斯游击队员的情感和意识之中。因此，高度团结和保护家园的概念正是俄罗斯游击队员愿望和意志的体现，是其战斗本能之基础：如果被关进德国集中营的苏联战俘们没有这种进行斗争和获得自由的强烈欲望，他们就不可能怀着这种顽强的英雄主义而克服战争中的种种磨难，并在一般人可能会死掉的地方顽强地生存，在其他人被打败的地方获得最终胜利。叙事主人公这样强调和说明是为了避免人们低估苏联游击队员的英雄主义。《在法兰西的土地上》真实刻画了一系列抵抗运动者的光辉形象。

---

① Гайто Газданов. Собр. соч. :в 3 т. -М. :Согласие,1999. Т. 3. С. 682.

叙事主人公分析俄罗斯战胜纳粹德国的几种原因：其一是俄罗斯人民的民族本质和潜能；其二是苏联人民有着显著的集体主义，渴望为国家利益而工作和战斗[①]；其三是巨大的民族力量和民族团结使保护祖国者的目标特别明确。叙事主人公认为：在俄罗斯的历史中似乎从来没有这种时期，在此期间所有的民族力量和资源，国家的所有权利都集中到为这个伟大国家的生存和生活而斗争。这种坚固的政治团结是战争中民族团结的因素之一，也是在法国的苏联游击队较易组建的原因之一。同时，法国人也甘愿冒致命的危险去救苏联游击队员的生命："有多少不知名的农民，有多少年轻人、士兵和军官献出一切并做了一切，为了从德军那里救出苏联游击队员？他们个人的直接利益完全不要求他们这样做"[②]。战争让法国人抛开自我利益，自发地转型为抵抗德国法西斯的英雄。

叙事主人公也分析了德国失败的原因：首先是闪电战术；其次是德国没有考虑与俄罗斯战争的两个决定性因素——巨大的空间和游击运动；还小觑了俄罗斯人民的自我保卫的力量。叙事主人公不能理解德国从了不起的征服者转化到可怜失败者之谜：昨日，认真负责地处死法国人质的德国军官；明天，在德国战败后，将用同样的热情做胜利者命令他做的事情——打扫街道或清洁靴子，对他的自尊却没有任何明显的伤害。叙事主人公谈论了各种民族共同体在战争胜败中的决定性因素，强调了战争的非理性，它不依赖理性和逻辑，而是依赖精神。叙事主人公认为战争使个性和个人主义的根本特征几乎完全消失，任何个人行动都只是为了集体，集体主义具有取得胜利的基础特征，正是俄罗斯游击队员在集体意识主导下的军事行动导致了胜利。

加兹达诺夫的《在法兰西的土地上》使用多点采样法分析自己的研究对象，详细地分析一些人的特殊个性，从中透视社会阶层和人民群众的凝聚力。作者用历史分析法在作品中呈现如下文本：请战申请、誓言书、地下英雄的信、战俘营委员会的计划目标、法国战俘中央委员会的报告、游击队指挥官的报告、游击队

---

① 此处就是加兹达诺夫的观点，他并不反对苏联政权，虽然他是白军，但他当时年仅16岁，并不明白战争为何物，参加白军，仅仅是因为他当时处在白军的战区。他其实在1930年就申请回苏联，只因为高尔基去世，而未能成行。

② Гайто Газданов. Собр. соч. :в 3 т. -М. :Согласие,1999. Т. 3. С. 725.

员们的信和只言片语等。《在法兰西的土地上》这部小说中的历史概念与列夫·托尔斯泰在《战争与和平》的历史概念有一定的相似，即历史主题是人民和人类的生活。《在法兰西的土地上》的作者尝试着公正地研究群众的英雄本能，纪实地揭示其英雄气概，想在后世对其怀有感恩的民众记忆中烙下抵抗德国法西斯运动的英雄群像，不仅恢复其心理背景，而且用历史分析的方法创建了一部史诗般的纪事著作。

《在法兰西的土地上》展现在读者面前的有安东·瓦西里耶维奇、瓦西里·波里克、上尉瓦西里耶夫、瓦夏、斯米尔诺、费加、上尉亚历山大和其他不愿透露姓名的苏联游击队员的英勇形象。俄侨作家加兹达诺夫将其称为苏联人，对这些可歌可敬的英雄们他感到既熟悉又陌生，他本着客观的叙事态度真实地刻画以马克西姆·高尔基的名字命名的苏联游击队员的生活事件和战争故事，颂扬苏联人民的素质和能力，尤其是他们具有的谦虚性格、酷爱自由的天性，以及他们超人般的坚毅精神、动物般的忍耐力。可以说叙事主人公讲述的集中营的囚禁条件，他们逃出来并找到游击队的故事是所有这些品质的证明。抵抗运动的英雄亚历山大大尉特别谦逊，当叙事主人公让他谈个人的地下活动时，每次他都固执地沉默；在法国北部的苏联游击运动的领导人，也坚决回避谈论自己参与抵抗运动的故事。加兹达诺夫作为抵抗运动的一员，在写作中保持着观察员的身份，但他承认自己偏向其研究的主要对象："为了面对这些人，了解他们过着怎样可怕的日子，了解他们曾经历怎样的条件后仍在继续战斗，不想对他们表示不由自主的感激之情，则需要有那种极度的冷静，而这在我自己身上无法找到。"① 加兹达诺夫描述的艺术形象，他们经历了集中营中无与伦比的、前所未有的、毫无人道的悲剧，发生在他们身上的每一个故事，不仅是实例，而且是奇迹般的丰碑，让叙事主人公坚信：世人必将感谢他们，而不会将其遗忘。因此，游击队员日常生活的一部分也得到独立的意义和实证的价值，这表明作者观点的复杂性。

我们可以用生理分析的概念解释苏联游击队员在法国体现出人本身的超强附

① Гайто Газданов. Собр. соч. :В 3 т. -М. :Согласие,1999. Т. 3. С. 772.

着力，而用心理学的概念揭示其复仇渴望："超越一切——理性的基本条件，自我保护的本能；超越对死亡的恐惧——在他们身上存在着不屈不挠的复仇欲望……在很多情况下，这些人被那种本能的复仇渴望所激励，这是从浪漫主义的文学时代就已腐朽不堪、用旧并且听起来像陈词滥调，引起一种蔑视的微笑……但是现在，在这场战争期间，那些词语又重新充满血腥"[①]。小说中的这种理论有其实践部分：一个十三岁男孩的故事，他所有的亲人都被德军残忍地杀害，他整天因无法复仇而愤怒地哭泣，所要求的只有一件事，就是给他发一支枪。苏联游击队最终发给其武器，他就变成了一个残酷的复仇者、孤独的战斗机。几乎所有参加抵抗运动的苏联游击队员都有超人的英勇毅力和特殊的精神力量，他们就算成为战俘，也不承认自己被战胜了，中尉瓦西里·波里克和士兵费加的形象就是其明证，他们的神奇存在几乎令人难以置信，充满了不可思议的反抗力量和斗争，但它不是偶然的，它"反映了那种抑制不住的和永恒的力量，这创造了他的祖国……"[②]，这一点与Л. Н. 古米廖夫的民族起源理论相互呼应。通常从德国俘虏营逃跑的大多数游击队员最坚强的精神力量只能支撑其逃跑一次，而费加却能绝无仅有地逃跑五次。

所有苏联游击队员都极度仇恨法西斯德军，消灭德国士兵和军官似乎是这一时期他们生活的唯一目的。叙事主人公将这种仇恨解析为两种类型，一类是因特殊而非凡的动荡造成的可怕仇恨；另一种是平静而经过深思熟虑的仇恨，如安东·瓦西里耶维奇的仇恨属于第二类，而其他人具有的是一种激烈而无法抑制的憎恨情感。德军的滔天罪行造成他们这样超乎寻常的强烈仇恨，他们每个人都有一部血泪史，如：一个法国军官讲述的有关俄罗斯囚犯在集中营的遭遇，这个故事出自法国军官之口，而不是俄罗斯军官之口，就进一步强调了情况的客观真实性。

---

① Там же. С. 685-686.

② Там же. С. 691.

第三节 《在法兰西的土地上》体现的人道主义精神

存在主义是一种人道主义，它是一种每个时代的人都有的感受，在人类历史上我们随处都可以辨认出来，但只在现代它才凝练而为一种坚定的抗议和主张。人道主义就是将人、人的尊严、人的本质和人的生存等放在最重要的生活位置上，并将追寻人的幸福为生存的终极目标。加兹达诺夫和法国存在主义哲学家萨特在《今天的希望》中的观点一样，认为："希望是人的一部分，在人类的行为方式中始终有希望在。"并且他毕生都在关注人、道德、人道主义以及对人类遥远未来的期望。当基于道德的人道主义使人处在真实地、全面地存在的时候，人与人之间的关系达到一种和谐的兄弟般的关系时，才是真正的人的存在，才是真正的人道主义，这与马克思所提出的"人终将成为真正的全面的人"是殊途同归之主张。加兹达诺夫深受加缪的存在主义影响，《纽约时报》曾给予加缪高度的评价："这是从战后混乱中冒出来的少有的文学之声。充满和谐又有分寸的人道主义声音。"[①] 加兹达诺夫被称为"俄罗斯的加缪"。

1940 年 6 月，德国法西斯军队占领法国巴黎及其北半部，对全体法国人民而言，战争是一场巨大的生存灾难，而在反法西斯战争初期的法国抵抗运动者"经常就像身处漆黑夜晚中盲目摸索的状态，他们只能依靠自己的理性来进行活动，寻找志同道合的抵抗者。这些早期的抵抗运动者在缺乏相互了解的情况下，进行活动，而这些活动无论在理论上还是实践中，都成了未来抵抗运动的种子。"[②]加兹达诺夫和大量的国际人道主义者参加了保卫法国的抵抗运动。作为一名抵抗运动的英勇参与者和老战士，加兹达诺夫从作家、观察家和人道主义者的立场刻画了各类有反法西斯的共同目标并自发在法国共同抗战的各国抵抗运动

① 柳鸣九. 从选择到反抗——法国 20 世纪文学史观（50 年代——新寓言派）[M]. 上海：文汇出版社，2005：111.

② H. R. Kedward, Occupied France: Collaboration and Resistance, 1940—1944, Oxford and New York, Basil Blackwell, 1985, P. 47.

者。《在法兰西的土地上》刻画的所有苏联游击队员参加抵抗运动的思想和行为都有着惊人的相似：特别是在他们行动的初期，没有人给他们任何行动指示和思想领导，支配他们行为和思想的基石是人道主义，是消灭战争，保卫和平。这使得他们所有人的行动相同，自觉形成一个巨大而统一的组织，这反映了其行为和动机的绝对同一性，他们做得就像执行详细计划的人实施的那样，这种相似性也导致了个人故事的惊人巧合：各个完全不同的苏联人的故事彼此非常相似，如同重复描写从德国战俘营逃出来的某个苏联战俘日常生活的集体变体。这种相似现象的出现显然不是出于理性，而是本能，是一种常见的体现思想情感综合体的集体意识。就像鱼群，没来由地就突然完全同步地从一个方向变为另一个方向。安东·瓦西里耶维奇就是由集体意识产生的这种共性特征：当他抵达法国，一直支撑着他的就是他成千上万的同胞拥有的同一种感觉。在苏联战俘中只有意志最强的人才能成为游击队员。这是那些甘愿为正义而冒生命危险的人的选择，他们的反法西斯行动是最强例证，正是他们的品质和其产生的原因使其成为《在法兰西的土地上》的主要分析对象。例如两个苏联游击队员对抗四十个德国兵的战斗故事。叙事主人公同样重视描述领导人的生活和活动，通过一些统治人民的个人活动来表达出整个民族的活动，并在普通的抵抗运动参与者的形象中凸显出历史发展的规律。

叙事主人公描述了在法国的苏联游击队员们的生活纯洁性和对战斗纪律的特殊理解：他们日常生活的纯洁体现为当队长和队员安静地在一起饮酒时，他们之间没有权力的影响和职位等级压力；而一旦谈到战斗任务时，他们似乎才进入一种特别正式的关系中。

苏联人和欧洲人对人之自由和财产有不同的概念，也是由苏联人身处的政治环境造成的：他们对生活在其中的制度模式的感觉到了那种不变的、自然的程度，他们无法想象任何其他的政治制度。他们深信自己生存环境的安全，“他们，经常，免于担心每天的面包，人身安全的问题；他们领取工资，然后领取养老金，在各地，在任何政权下，捍卫自己的利益……国家，他们给国家的权威提供无限的、毫无疑问的信任。他们知道，无论他们身在何处——在地下，在水中，在北极，在北极冰川——都有人帮助他们，支持他们，照顾他们"[1]。这种感觉本身作为人之存在整体的一个部分，体现出二战前的苏联人对自己的生存境遇的满足，也使"他们不能明白，比如咖啡馆或商店可以属于某个私人，比如电力或气体燃料可能不是国家财产，比如通常所说的可能是那种经济的无政府状态，在他们看来，是欧洲特有的……"[2]苏联游击队员认为在法国没有自由，不喜欢法国的那些密封式公寓和无尽的个人义务，他们也完全不能理解法国人的节俭，以及他们忙碌得几乎没有日常娱乐，行为受限，99%的欧洲人在自己一生中走过的距离，都不及一个年轻俄罗斯游击队员五年走过的距离的1/10。但苏联的这种让人满足的栖息环境却被战争给破坏殆尽，战争不仅在苏联蔓延，而且使苏联人流落到境外的战争区和集中营，生命和尊严皆被践踏，他们更体会到人道主义在战争中的重大意义，并将其在异国他乡践行。

由于生存的环境和国家体制的差异，苏联人与欧洲人不仅对某些问题的评价不同，而且行为方式和声音也有所区别，因为每个人的声音旋律和眼睛表情都有其特殊的意义，是能体现一个人真正本质的特征，一般情况下，它们不能隐藏或改变。苏联人有其特殊的声音和语调，《在法兰西的土地上》的叙事主人公根据这点可以立即从人群中将苏联人和欧洲人区分出来，他认为苏联人的声音更亲近自然，因为苏联人的天性没怎么被人类文明毁坏，就更接近自然，小说中通过塑造一个不愿透露姓名的苏联游击队员的形象来强调其贴近大自然的固有存在动力："当不需要执行行动时，此人就如死人一般、不可理喻地安静地躺着；在必要时，他能以令人难以置信的速度移动。在西方，这种体力的、身体的表现……是运动员才具有的……他从旁边过去，像狼一样，每一个动作都体现惊人的身体协调。他似乎做好了一切准备：在任何时候，他都能用自己狼一般悄声的步伐以非凡的速度逃脱，或以相同的正确无误的手法迅捷地死死卡住敌人的喉咙。"[3]这是叙事主人公强调的正在发生的一些细节，颂扬苏联人民的素质和能力，尤其

① Гайто Газданов. Собр. соч.:В 3 т. -М.:Согласие,1999. Т. 3. С. 724-725.

② Там же. С. 710.

③ Гайто Газданов. Собр. соч.:В 3 т. -М.:Согласие,1999. Т. 3. С. 714.

是他们具有谦虚性格、酷爱自由的天性，以及他们超人般的坚毅精神，动物般的忍耐力。跟踪发掘这个苏联游击队员如狼一般的动作和特征，强调其自然性的存在。这种寓意也曾出现在加兹达诺夫的另一部反映战争的长篇小说《亚历山大·沃尔夫的幽灵》中，“沃尔夫”是“狼”的英译，其另一寓意是“会变化的人”，沃尔夫也是一个被战争毒害的主人公。

生存环境不同，造成苏联游击队员不接受也不理解欧洲文化，虽然怀着人道主义精神的他们身处法国，并为保卫法国而战，但苏联游击队的姑娘们毫不掩饰其不喜欢欧洲电影，她们认为苏联的电影能触及人的灵魂，而法国的电影却很肤浅无趣。

叙事主人公不止一次地观察到，苏联游击队员中的绝大多数人有着非欧洲人的面部表情和眼神：当巴黎街头走过苏联战俘时，他们的穿着和其难以言说的面部神情，很容易立即将他们与其他欧洲人区别开来。小说《在法兰西的土地上》详细描述了具有人道主义精神的苏联游击队员娜塔莎的肖像细节，表明它对分析者兼作者的重要性。心怀人道主义和反对战争的娜塔莎虽然没有亲自参与过战斗，但她通过参加农业生产来帮助游击队员提高生活质量。而身处大都市巴黎的她总是感到寂寞无聊，感到身心的不自在；作为一个农民出身的俄罗斯人，也只有在森林和大自然中，娜塔莎才感觉到诗意生存的惬意和自由，不为物欲所累，追求精神自由，其行为体现出“自然使人善良，社会使人邪恶；自然使人自由，社会使人奴役；自然使人幸福，社会使人痛苦。”[①]娜塔莎寻觅精神家园的自然行为展示了一种诗意的存在方式，也体现了加兹达诺夫对人类生命和生存的终极关怀。娜塔莎这个坦率又敏感的俄罗斯姑娘，坚强地承受了那些超出其生存境遇的一系列冲击：游击战争、建设、计划、肃清、战争、辗转异国他乡，等等。娜塔莎具有非常典型的苏联姑娘的身形：“……她有丰满的、结实的身材，带着那种农民的辛苦，这是典型的，看来，对目前一代的俄罗斯妇女极为普遍：我在这里或在新闻纪录片中看到的几乎全是这种苏联姑娘。在任何情况下，这是大多数人

① 鲁枢元. 生态文艺学［M］. 西安：陕西人民教育出版社，2000：12.

的类型”[①]。娜塔莎和大多数苏联公民一样热爱和平与自由，向往人类的文明，崇尚人类的文化。虽然是在战争时期，但她竭尽所能地阅读和吸收所有她能学到的东西。娜塔莎的典型特征是道德上有机的纯洁性和内在精神的整体性：“无论在德国的强迫劳动，还是俘虏的有辱人格的地位，然而，它们都不能破坏那种道德的纯洁，这是她所具有的特点，她眼睛的表情如此明白无误地证明了这一点”[②]。娜塔莎的肖像和性格日益显现出典型的、独特的俄罗斯人民的特征，大多数游击队员的人物画像刻画体现出一个民族的整体特征，其中包含了苏联的女游击队员、苏联姑娘、俄罗斯姑娘的人物特征。加兹达诺夫也刻画了那些与男性并肩参加抵抗运动的英勇无畏的俄侨女游击队员形象，特别关注她们参与抵抗运动的动机：在国外已经生活了几十年，对祖国虽然只留一个粗略的概念，但事实证明，民族感和人道主义精神在她们心里最强烈，为了人类的和平，她们随时准备牺牲自己的生命，但并没指望其英勇的行为会使其能荣获勋章，或是得到法国人民对其人道主义的援助行为表示感谢。

加兹达诺夫分析来自完全不同阶层的俄侨游击队员的形象，这些具有人道主义的苏联游击队员的共同愿望就是抗击敌人和保卫人民。安东·瓦西里耶维奇是其中具有代表性的主人公，他是反法西斯抵抗运动的显赫人物，深谙苏联人民，但当涉及侨民时，他坦承自己这方面的知识浅薄，虽然他可以和其他俄侨们一起围坐，帮他们分类整理战争的信息资料，但这是一类特殊的群体，俄侨们有着不同的过去和别样的心态，他们知道一些他所不知道的事情。

苏联游击队员中有多方面的人才，在战前他们都是自己专业领域的佼佼者。叙事主人公讲述了两个舞台演出的天才，那个身材健硕的男性天才舞者不喜欢安德洛玛克，他跳的舞不比任何专业舞者差。而他的舞伴，那个苏联姑娘也有不可否认的舞蹈天赋。叙事主人公讲述的另一个故事是一个有演讲天赋的女游击队员，她的演讲才能犹如法宝，她能栩栩如生地讲述所有她想要讲的一切很有趣的东西，叙事主人公在他的生活中从来没有遇到如此惊人的完美艺术家。加兹达诺

① Гайто Газданов. Собр. соч.：В 3 т. -М.：Согласие，1999. Т. 3. С. 761-762.

② Там же. С. 762.

夫刻画其他国家的侨民游击队员和地下工作者的人物形象，不像刻画苏联游击队员的形象那样立体而细致。加兹达诺夫用最详尽的方式讲述了阿列克谢·彼得罗维奇是如何机智地逃脱被枪毙的厄运；谢廖扎的那种非凡却显得漫不经心的勇敢形象令人啧啧称奇；加兹达诺夫甚至用一名沙皇军人的誓言来证明其参与战斗的誓死决心，同时也刻画了那些无名英雄侨民的英勇形象。

加兹达诺夫还分析了与苏联游击队员并肩作战的法国抵抗运动的战士以及普通法国人的形象：从忠于巴黎公社理想的三个老革命姐妹，到掩护苏联游击队战士免受迫害的普通法国人波里克的形象；与安东·瓦西里耶维奇接头的法国地下组织女代表的形象："……三十五岁左右的法国女人，半农民的类型，非常难看，全然不像女人，且不会引起任何人的注意——警察、宪兵和盖世太保。中年家庭女佣人的这种类型，当然，是极好的保护性的外表……其行动具有非凡的献身精神"[①]，还有其他隐姓埋名且已成为地下工作者的典型形象：几个像她一样做同样工作的女共产主义者。她们的生活时刻都在冒险，她们甘愿为共产主义和法国献身。但她们当中有一些人既不是法国人也不知道什么是共产主义，为什么值得为它去死。仇恨德军是苏联游击队员的明显驱动力之一，而这些女性甚至没有特殊的个人仇恨德国的原因。她们这种行为的唯一可能就是一种反战的英勇本能，这种本能和英雄的行为组合使其为世界和平而献身。还有被波里克隐藏的那个法国女人的形象：一个三十岁左右戴眼镜的女人，有着表情呆滞的、不引人注目的脸。叙事主人公甚至相信，她就算在德国枪手队面前被枪毙也是那种平静的表情。正是这些缺乏特征且不愿透露姓名的平凡人，其内心却极为坚强，并且行为表现出浪漫主义英雄的能力和毅力，其异国情调的献身行为成为常态的、超出个人狭隘利益的行为结果。这表明每个人自身的潜在动力使其具有常人所无法达到的整体目标，这是在战争时期抵抗法西斯战争的人们所具有的身心存在状态。参加抵抗法西斯运动的法国铁路工人和宪兵英勇地援助苏联游击队员，通常情况下，在从巴黎出发的火车上几乎不可能得到座位，然而苏联游击队员们还是能优

① Гайто Газданов. Собр. соч.：В 3 т. -М.：Согласие，1999. Т. 3. С. 681.

先有座和出站，这种便捷而安全的行动是苏联战俘和侨民游击组织的领导和代理们齐心协力的结果。正是俄法两国抵抗运动者的这种普遍情感和人道主义，支配着法国宪兵假装值班疏忽，而使那些苏联人从德国战俘营逃脱，并沿着法国公路和铁道到达巴黎，再参加抵抗法西斯的战斗。

皮埃尔上尉是一个具有自觉英雄主义的人物形象，像他这种具有人道主义的人，明确而坚定地知道自己因何愿意赴死，也坚信值得其自愿赴死。这个具有非凡勇气的年轻上尉有金色的头发，深邃的蓝眼睛和温柔少女般的面容。他不是因个人原因而仇恨德军，更确切地说是源于比较抽象的反战理由："他是一个法国知识分子；除了对德军的纯粹的民族敌意，除了纯粹的爱国动机，导致他拿起武器的还有其他原因，道德和文化秩序。这些像他一样的人在这种强制性的整体荒谬氛围中感到窒息，在被德军占领的所有国家这是一个不可缺少的功能。"[①] 这个人物形象中被揭示的是大多数地下工作者在自觉地进行抵抗行动。

《在法兰西的土地上》的作者叙述从典型现象到个别现象过渡的情况下，在个人独特的范畴内分析意大利女地下工作者也很有意义。她是一个特别有价值的同志，她懂俄语和法语，并且随时准备献出自己的生命。虽然她是共产党员，但她的党性不是其惊人勇气的动力，她的共产主义当然是这种行为的表面理由。最重要的是，她觉得自己的所作所为有益于人类共同的事业，她清楚自己不只是一个通信兵，她的行为在每种情况下都决定着数十人的生命，正是对他人生命的负责态度促使她每天做着自我牺牲的勇敢行为。

地下工作者莫妮卡由于生存环境的影响，对自己的财物达到了舍命不舍财的地步，这一特点如果在和平时期也不算什么诟病，但在战争时期执行任务的时候，她的这种守财奴的特性就会抹杀其赫赫军功："她具有不懈的、随时准备完成任何最危险任务的特征，对她来说，不存在不可能完成的事情。她的所作所为，可能需要一整本书的记录，其出色的成就……是不可否认的……然而，队员们……只有当绝对必要时，只有在执行任务时，才同她讲话。……这些游击队员

① Там же. С. 744-745.

都鄙视她……她那种悭吝和不可理解的贪欲特征，她任何东西都不扔掉，开车或随身带了很多不必要的财物……”①。叙事主人公进行整体调查，试图找出她遭到普遍敌意的真正原因，虽然是吝啬抹杀了她的战功，但也正是它激发了她的才能，她不愿意自己和同胞们的生存之本遭受敌人的破坏。

在伟大的反法西斯斗争中，加兹达诺夫既是俄侨文化之巨将，又是英勇的反法西斯斗士，在其战争小说《在法兰西的土地上》如实地分析法国抵抗运动者的战时生存状态，这种创作手法产生了震人心魄的艺术力量，这充分显示了“在每一个民族处于生死存亡之际而进行的悲壮的‘大合唱’中，总少不了文学艺术家们的声音。”② 因而，加兹达诺夫以文传递的不仅有文化、精神、意志，还有民族该有的东西和民族传承。

本章小结

加兹达诺夫战后流亡法国，随着他对法国社会文化和政治情形及周围现实的深入理解，在法国遭受德国法西斯侵略之时，他挽救正义的渴求和人道主义的情怀又被激发，再次踏上战场的现实对他来说不可避免。作为在社会中起着独特哲学家作用的艺术家，加兹达诺夫首先是作为普通人而存在，同时他又是一名英勇的抵抗战士，如实地揭示战争的创作对他来说是一种尝试，他将个人印象、纪实的材料和战争状况连接成一个叙述整体并使之和谐。加兹达诺夫的一些小说主人公有着战争造成的不同程度的内心创伤，分析这些有助于更好地理解战争对人之存在的破坏。并且，对加兹达诺夫的战争小说来说，重要的特征之一就是在遭受战争毒害后的扭曲的精神世界中，作者和那些有着扭曲意识的小说人物一同来寻求和谐生活的新道路，但事实上，每次都证明主人公获得幸福是如此艰难，而且痛苦和死亡是不可避免地存在体验和存在结局，是战争中和战争后经常遇到的悲

---

① Гайто Газданов. Собр. соч. :В 3 т. -М. :Согласие,1999. Т. 3. С. 764-765.

② 罗国祥. 法兰西灵魂的崇高正义之美——法国抵抗文学美初探 [J]. 法国研究. 1992，(02)：54.

剧，对经历过可怕记忆的人们之间的不理解，无尽的孤独——这就是加兹达诺夫主人公的必然归宿。加兹达诺夫纪实战争小说中的命运主题表明，只有消灭战争，人类才能进行幸福的追求，而对幸福的追求就是生命的历程。

加兹达诺夫对战争中的各类人物形象的塑造和分析，是想要捕捉这些人物存在的意义："……人的命运，这是我应该想要彻底了解的，所以不由自主地，有力地吸引了我……在庞大而沉默的运动中，曾吸引着我的，正是在缭绕的朦胧中日常的生和死的世界，在此世界中，当然，没有什么开始和结束的概念，正如没有意义和方向的概念……任何生活，被纳入某种熟悉的和有悖常规的线路——开端、发展、结束——都令我非常感兴趣"[①]。加兹达诺夫需要观察经历过战争的芸芸众生的存在状况，这些人有可怕的战争记忆，其心灵有难以抚平的创伤，有离国别家的忧伤，更有无止境的孤独。生命的存在应是一切问题的基本出发点，随着加兹达诺夫对战争现实的深入理解，其坚持正义和人道主义的渴求不断增强，这促使他尝试着将不同人物的战争印象连接成一个整体来反射战争造成的残酷现实，在纪实战争小说中复现的那个战争世界中，他尝试着和那些深受战争毒害的主人公一起寻求和谐存在的新生之路。

经历战争和流亡生活的加兹达诺夫深知只有将世界视为人类大家庭的思想和具有人类命运共同体的观念，才能将人们的意志统一起来，共同采取人道主义的行动来拯救人类自己。人们只有用人道主义和存在主义的道德伦理作为指导，才能在遇到灾难时不只是考虑拯救自己，而且也要拯救他人的命运，并自觉地将人类共同的命运紧密联系在一起，"从道德上支持采取联合行动，来拯救我们濒临危险的人类大家庭。"[②]加兹达诺夫在二战中参与抵抗法西斯的运动正是基于这种理念。

① Гайто Газданов. Собр. соч.:В 3 т. -М.:Согласие,1996. Т. 2. С. 622.

② （圭亚那）施里达斯·拉夫尔. 我们的家园——地球［M］. 北京：中国环境科学出版社，1993：192.

第五章　加兹达诺夫长篇小说中的战争叙事和存在主义因素

在加兹达诺夫的长篇小说中作者和叙事人的关系并不明确和统一，在每一个具体情况下其言语涉及了有关两者的生平和心理相互接近的不同程度。加兹达诺夫发表了九部长篇小说：《在克莱尔身旁的一个夜晚》（1929，《Вечер у Клэр》）、《一次旅行的故事》（1934，《История одного путешествия》）、《飞行》（1939，《Полёт》）、《夜路》（1941，《Ночные дороги》）、《亚历山大·沃尔夫的幽灵》（1947，《Призрак Александра Вольфа》）、《佛的归来》（1949，《Возвращение Будды》）、《朝圣者》（1953，《Пилигримы》）、《醒来》（1965，《Пробуждение》）、《埃维莉娜和她的朋友们》（1968，《Эвелина и её друзья》），还有一部未竟的小说《政变》（1972，发表），其中有五部小说是用第一人称进行叙事：《在克莱尔身旁的一个夜晚》《夜路》《飞行》《亚历山大·沃尔夫的幽灵》和《佛的归来》。其中涉及战争改变主人公命运的长篇小说有《在克莱尔身旁的一个夜晚》《夜路》《醒来》《佛的归来》和未竟的小说《政变》。加兹达诺夫的自传式长篇小说《在克莱尔身旁的一个夜晚》和《夜路》中的叙事人都可以被视为典型的“存在主义英雄”。

在加兹达诺夫的小说人物形象后面升起作者形象——有着战争创伤的作者，曾经经历重大的人类悲剧——战争，但却没有迷失，也没有失去“自我”。第一人称叙事人可能属于作者，对其文学环境和文学创作来说是不断被反射的客体。加兹达诺夫的许多小说人物，包括与作家或作家写作相关的叙述人。

加兹达诺夫的第二本小说《一次旅行的故事》是用第三人称所写（主人公沃

洛佳，不至于与作者相混淆），但小说叙事的核心不存在：它事实上是一系列的短篇故事，唯一的连接是沃洛佳，所有叙述的东西都是他看到或知道的事实。所有其他的人物和事件是通过他联系在一起的。确实在小说中没有围绕着题材而发展的那种事件。沃洛佳和阿尔图尔——就像一个人的两半（正如在其他作品中，也许是最具加兹达诺夫特征的人物形象）。首先在这部小说中包括随笔的片段，在人物的思考和印象的形式中，描写有关蒙帕纳斯的气氛，索邦大学的教学质量，写作形式，生命之流的不可逆性，等等。在其小说诗学中出现一个新元素：随笔的方式，这已成为二十世纪文学的特点之一，说明现代派艺术的独特性。在这部小说中，加兹达诺夫刻画了一个刻薄、残忍且有讽刺特征的蒙帕纳斯的常客，通过阿尔图尔·汤普森来反映法国存在主义和法国文学对蒙帕纳斯文化圈的影响，这个其貌不扬的艺术家有着饥饿的面孔，穿着可笑的衣服，但却兴致勃勃地与人争论着塞尚、毕加索、藤田等，还时常放肆而详细地称赞法国诗歌并引用波德莱尔和兰波的诗歌，这位处在法国当代散文的强烈影响之下的年轻作者，是一个崭露头角的哲学家——罗马思想史的作者，出版有关俄罗斯反抗上帝的书，以及关于弗拉基米尔·索洛维约夫、柏格森、胡塞尔的极为有趣的文章。在该小说的下半部分继续蒙帕纳斯的主题，但故事是从阿尔图尔的外表转向其内心独白的形式，穿插直接引语，说明诗人变得越来越少是因为诗在“减弱”，因为对诗人来说，至少能大量写作并且在某时学习某东西，虽然蒙帕纳斯的诗人没有申请特殊文化的要求，但一些基本的描写片段和一些文化必须有闪光点。加兹达诺夫通过阿尔图尔的感受和情绪，开始建立自己的联想记忆链，并这样描述小说创作过程：创建的完整性印象几乎是非理性的冠冕堂皇之语，成功保持无法解释的叙事节奏，仿佛一切所写的，皆是不可言述的，而字与字之间流淌的无形之物是发生在这本书中的人类存在。但是，当阿尔图尔试着这么写，几乎没有注意短语建构，而是关注这一切的节奏和那非理性的、音乐的运动，故事因此变得沉重而毫无意义，并且虚假难忍。只有在极少数时间，当他不考虑如何编写和需要做什么时，他几乎是随心所欲地写作，没有思想，没有间断，他在一些偶然话语的帮助下，顺利地表达出他想表达的东西；一段时间后重读这些篇章，他清楚地记得那引发出它们的那种感觉，使其保持相反的遗忘规律，它们是不朽而虚幻的生活。

这种创作的方式，非常像加兹达诺夫在短篇小说《幸福》（1932 年）中所描述的创作过程。

在小说《夜路》中的讲述源自一个晚间出租车司机，而作家本人，众所周知也是一名干过 25 年的夜间出租车司机，在这部小说的文本中有很多的自传细节，由它们建立了一个可识别的加兹达诺夫生命旅程的题材："正如在其他国家，我要么是流浪者，要么是一个战士，要么是一个学生，要么是情非得已的旅行者，我从来不知道什么会发生在我身上以及是否能找到我自己，在所有荒谬绝伦的位移结果中，我是见证者和参与者——无论在土耳其还是在美国，在法国还是在波斯，抑或在这里，在巴黎……"① 但是他以观察者身份出现，仍保留主人公和作者之间的距离，所有描述的事件都由叙事人的评论和意见组成，如同小说《在克莱尔身旁的一个夜晚》和《一次旅行的故事》的自传性叙事主人公：尼古拉·索谢多夫和沃洛佳·罗加乔夫，在《夜路》中也有这种主人公类型——自传性的叙事主人公：夜间出租车司机，他甚至没有名字，也许是因为他在小说中太容易被辨认出，总之对于他——一个在法国的年轻俄罗斯移民来说，被赋予了作为一名记者或作家的文学创作能力，同时，也见证了战争对他的形形色色的顾客造成的生存威胁。在所有的加兹达诺夫的战争小说中的叙事主人公——都是有创意的个体，有智力和鲜明的个性，其中有些主人公与写作活动相联系（《亚历山大·沃尔夫的幽灵》的记者、《在法兰西的土地上》的叙事主人公，《佛的归来》中的叙事主人公，等等），其对映体的存在只强调其重要性，与周围众人的差异。影响加兹达诺夫的主要因素是触摸人物的内心世界，他笔下人物的现实生活被抒情世界中的存在所替换——一个幻想的、旅行的世界，主人公在这个世界中的命运变成完全是一个陌生人的、偶然经过的路人的命运，而其内在想象力的游戏与真实的切身感受无法区分。

在《佛的归来》中第一人称叙事者应朋友之约，写了一篇关于 20 世纪 30 年代战争的长文，但这篇文章必须署上一个非常有名的政论家兼作家的名字。叙事主人公不怀疑他自己能否写出这种文章，虽然对其一点也不了解，但能同意也不

① Гайто Газданов. Собр. соч.：в 3 т. М.，1999. Т. 2. С. 621.

过是因为朋友信誓旦旦地说，这个知名的作家除了赛马运动之外，不会被任何领域的知识所累。最主要的是因为他要带着著名的女演员去意大利的度假胜地玩，没有时间写文章。第一人称叙事主人公的命运就是文采虽好，但因生存所迫不得不为他人作嫁衣。

在《一次旅行的故事》中写到沃洛佳和亚历山大·亚历山德罗在索邦大学的讲座上相遇的情节：沃洛佳……没有人可以分享这些想法，因为在场的人不知道革命、绞刑或普加乔夫。只有亚历山大·亚历山德罗注意到了沃洛佳，能够理解他。就这样，这两个有着战争集体记忆的俄侨成了促膝交谈的朋友。

总之，加兹达诺夫的长篇小说中战争的阴影总是与一些主人公如影随形，肆意地践踏着他们的存在和命运。

第一节 《在克莱尔身旁的一个夜晚》中的战争主题和无序命运

加兹达诺夫的第一部长篇小说《在克莱尔身旁的一个夜晚》获得了巨大成功，根据库兹涅佐娃的观察，主要是因为作者对世界的特殊观点打动了评论家和读者，这部小说并不是“描绘俄罗斯侨民的某些基本问题，而是描述个人的内心体验，这需要削弱叙事的故事情节和主人公直接体验的主导地位。”[①]《在克莱尔身旁的一个夜晚》的作者将自己经历过的俄罗斯内战，亲眼看见过无数的死亡场面再现在小说中，这部小说一举成名，其重要的原因是让那些亲历俄罗斯内战的俄侨们在小说中看到了战争是造成自己生存和命运悲剧的罪魁祸首。

长篇小说《在克莱尔身旁的一个夜晚》的资深研究者库兹涅佐娃（Е. Кузнецова）、马特维耶娃（Ю. Матвеева）、瑟罗瓦特科（Л. Сыроватко）、西蒙洛娃（С. Семенова）、托特罗夫（Р. Тотров）等人认为，在这部小说中描述了深刻的存在主义哲学，其中一个重要的层面是由小说主人公的存在主义意识构

① Кузнецова Е. В. Творчество Гайто Газданова：1920—1950 гг.：Монография. Астрахань：Изд. дом 《Астраханский университет》，2009. С. 55.

成。这些批评者一再打算从对立类型来建构作家和主人公的形象，马特维耶娃在此基础上将人物分为"音乐家"和"非音乐家"；扎库伦科（А. Закуренко）和米勒（Л. Миллер）极力想要从对立面来塑造"活着的"主人公和"死去的"主人公；瑟罗瓦特科则从"思考的主人公"和"不需要了解生活的主人公"来分析人物的生存状况；也有评论家则结合加兹达诺夫的短篇小说《第三种生活》来将《在克莱尔身旁的一个夜晚》的主人公们具体化，将他们分为保留自己的个性，寻求与创造力相关的"第三种生活"的主人公，以及满足于普通的"第二种生活"的主人公，而拥有"第一种生活"的主人公是如婴儿般性情纯洁的人，当然，这类人物只存在于主人公对童年回忆之中。季雅科诺娃（И. Дьяконова）在论述加兹达诺夫的艺术独特性的著作中，将加兹达诺夫的艺术世界中的所有人物分为两种类型——创造者和芸芸众生，但不管主人公的类型如何，他们都在寻找人之存在的这个永恒问题的答案，因为一个人必须决定生命是否值得生存；托特罗夫在加兹达诺夫的小说中发现，人物的丰富内心生活因为被无数变化的能力所照亮而显示出来，但它与现实有着不可调和的敌意，也就不可避免地导致它与现实不和。加兹达诺夫战争小说中的一些主人公的异化和孤独的存在状态特别尖锐，这源于他们已经深受精神疾病的毒害而对世界产生了陌生的感觉，也是因为这种个人自我意识的觉醒而导致对过去生活的拒绝。

在小说《在克莱尔身旁的一个夜晚》中显示作者和叙事主人公如传记般的接近。但加兹达诺夫给自己的主人公取了其他的名字——尼古拉·索谢多夫（Николай Сосседов），从而区分自己和主人公。然而词源姓"邻居"（Соседов）暗示其与作者的临近之缘，但不是充分区别他（该人物形象还出现在作家随后写作的长篇小说和短篇小说中）。战争迫使主人公流亡，改变了自己的生存环境，造成自己的命运如同海上一叶扁舟般地随波逐流，无序而无奈。在小说的开篇就显示出存在的本质，在第一个层面表示叙事人内心世界，尼古拉·索谢多夫的战争经历和对战争的怀疑，并通过发生在其生命中的战争事件而形成对周围世界的感知。从表面上看，他是被动的、静止的，但他的内心却激情澎湃且求知欲强烈，不断评估和分析所有发生的事件。这种"内部/外部"的对立设定了叙述的节奏。每个人物的作用就是补充叙事主人公所感知世界的画面。索谢多夫的叔叔维达里曾经参加过战争，军衔停留在龙骑兵大尉上，因为拒绝参加军团的决斗而被迫在要塞待了五年，等他从那里出来时就变成了一个博学的军官，尤其擅长艺术、哲学和社会学，他对上帝、存在、生活的意义等方面有着自己独到的见解，对孩子们也很袒护和喜爱。他总是对旧的体制和社会恶习牢骚满腹，希望索谢多夫能明白世事真相，少走人生弯路。他称教堂的神甫是长毛神甫和白痴，他怂恿生病的索谢多夫不用斋戒，只需给神甫 10 卢布就能开一张斋戒证明，事实正如他所言，索谢多夫顺利拿到了证明，但神甫的贪财也让其对宗教的神圣性和上帝之存在产生了怀疑，并且，在战争时期这些神职人员对国之内乱无动于衷，对青年人之有害影响视若无睹，这是神甫给索谢多夫思想中的宗教神圣性涂抹的污点。当索谢多夫来到神甫住的放有两张金黄色的安乐椅，墙上挂着高级僧侣画像的小房间，两人展开了如下对话：

"——我的孩子，我讨厌这种请求。还是去教堂吧，先祈祷，再接受圣餐，可能一个星期之后就能发给一张证明。

——现在不行吗？

——不行。

——我要是现在想要呢，神甫。

——现在不行。"①

神甫一本正经的话语让索谢多夫很尴尬，想起维达里叔叔的话，难为情地拿出 10 卢布放在桌子上，甚至不敢直视神甫。但神甫则坦然地撩起教袍，将钱放进口袋，随即喊来惊恐不安的、眉毛上挂着汗珠的肥胖辅祭给他开了一张笔迹非常有力而优美的斋戒证明。作者通过性情纯洁的索谢多夫和这个亵渎神职、见钱眼开的神甫进行对比，让索谢多夫和读者对当时世间的丑恶百态又多了些见识。

在维达里叔叔听了索谢多夫照本宣科地讲了彼得大帝和叶卡捷琳娜之后，称那些白痴教给索谢多夫的不是历史真相，并且坚决地给索谢多夫答疑解惑：

——因为他们是白痴，他们打算，如果将来你对那些品德高尚而睿智的君主如何更替俄罗斯历史有了错误的认识，那就行了。事实上你学

---

① Гайто Газданов. Собр. соч.: В 3 т. -М.: Согласие,1999. Т. 1. С. 108-109.

的只是某些包装过的神话，就是那些被他们偷梁换柱的历史。结果你就处在傻子之列，不过你还要处在被腐蚀之中，哪怕你将来知道了历史的真相。

——一定全都是傻子。

——当然，所有的人都是。①

维达里叔叔的话自有其道理，本来读史使人明智，但如果接受的是被人篡改的历史，那岂不就成了被愚弄的傻子，这是一种怎样可悲的存在。这些对话也为索谢多夫后来参加白军，最后败走异国埋下了伏笔，也是其后来的生存境遇发生巨变的先兆，其错误的思想必将导致其选择的错误。

当维达里叔叔得知索谢多夫想要参加白军时，认为索谢多夫是在干蠢事，因为志愿兵们已经吃了败仗，最终必将战败。但那些被维达里叔叔认为的白痴们已经给不满 16 岁的索谢多夫灌输了错误的历史认知，使他对自己的选择不以为然，反而认为：

在这场战争中，志愿兵究竟会输还是会赢，我对这个问题并不感兴趣。我只想知道战争是什么样的，这也是那种对新事物和未知事物的渴求。我参加了白军，是因为我恰好身处白军的地盘上，这也是自然而然的事情；如果那一时期基斯洛沃茨克是被红军占领，那么我参加的，可能，就是红军了。我不惊奇，维达里，一个老军官，对此举是如此不赞成。那时我不完全明白维达里对此是何等的睿智，完全没有给自己的官衔赋予那种本身赋有的意义。②

年轻气盛的索谢多夫非常喜欢文学，也就难免有浪漫主义情结，更不知战争的残酷性，他向维达里讲述战争之源，而维达里却咒骂他的行为，对其极度不满。索谢多夫认为奔赴战场是自己的义务，而维达里却认为是他鬼迷心窍才想去参军，希望他能聪明些，如果他的父亲活着的话，也不会为他说的话而高兴，并且为他答疑解惑：“双方之战：红军和白军。白军试图让俄罗斯返回到它刚失去的那种历史状态，而红军使它陷入自亚历山大·米哈伊洛维奇沙皇时期以来从未

① Там же. С. 110.

② Там же. С. 111.

有过的混乱。”[①]维达里叔叔认为这必将是一个混乱时代的结束，他给索谢多夫分析当时的时政，那些话让索谢多夫意外震惊，并让他终生难忘。因为维达里叔叔将白军和红军比喻成一体共生的珊瑚礁，珊瑚虫都有出生、成长并死亡的历程，白军类似正在衰亡的珊瑚虫，而在它们的尸体上出现的新生物就如正在成长的红军。维达里叔叔认为真理掌握在红军这一边，哪怕还有什么绿军、橙军、紫军，也是如此。如果索谢多夫能活到这场战争屠杀的结束，那么他将会知道历史的真相。

但满怀“醉卧沙场君莫笑，古来征战几人回”的索谢多夫虽然知道维达里叔叔的良苦用心，但他就要为白军而战，因为他身处白军的地盘，并且白军被红军打败了，他觉得自己这是保家之英勇行为。维达里叔叔讽刺他这是中学生的感伤主义，虽然维达里叔叔自己是军官并且是公认的保守分子，也对荣誉和法制有近乎封建的认识，但他还是悲哀地发现白军必败的历史征兆，个人的英雄主义行为阻挡不了历史车轮的滚滚前行。

在小说《在克莱尔身旁的一个夜晚》中作者创建存在效果的同时，借助回忆的方式，也创建了与小说第一人称叙事人之间的距离。因此，不能将这部小说视为完全的自传体小说。加兹达诺夫在小说中没有试图对战争造成的现实进行准确转述，只是在回忆中重现其情感，这种怀旧情结是因战争而流亡的俄侨们的集体境遇和精神折磨，这一主题对加兹达诺夫战争小说的创作至关重要，它既是创作主题，又是推动小说情节发展的手段。在自己的小说中，加兹达诺夫回忆战前美好的俄罗斯和遭受战争破坏的俄罗斯，描述战败后流亡异国的俄罗斯侨民的现在，却不假设其未来。

加兹达诺夫对战前俄罗斯的回忆性描述并不涉及真实描写现实的创作任务，他主要是通过主人公的情感和内心感受来描写自己记忆中的俄罗斯。而在小说主人公的记忆中时间的轮廓变得模糊不清，叙事时间顺序被破坏，出现间断性和块状的结构。“没有了时间的限制，所有在空间发生的事件都可以统统拿来放到一起。”[②]沉淀的记忆成了时间的见证，加兹达诺夫将自己的俄罗斯文化积淀转化成一种根的存在感。战前俄罗斯怀旧主题的特殊性在于它参与了艺术作品的情节建

① Там же. С. 112.

② 周桂君．跨文化作家笔下的现代性书写［M］．北京：中国社会科学出版社，2012：144.

构，并且体现了作家具有非常深刻含义的思想和情感的综合。《在克莱尔身旁的一个夜晚》中的主人公尼古拉·索谢多夫在战前的童年之时，他爸爸所讲的永远没有结局的童话故事正是发生在一个犹如“乌托邦”的岛上，而他一直爱恋的女主人公的名字“克莱尔”在法语中的意思就是“光明”。在这部小说中加兹达诺夫提出并求索关于生活存在之意义，索谢多夫幻想在赢得克莱尔的过程中获得生活的意义。作者还将普希金诗句“必然能够与你相见，我的一生就是见证”作为小说的题记，极富哲理性和预示性。克莱尔的命运也因为战争而打乱，生活发生质变，并且在索谢多夫最终抵达他多年来一直渴望抵达的法国之后，现实中的克莱尔形象与想象中的克莱尔形象差距甚远，这也给他带来心灵的打击。

加兹达诺夫作为一个存在主义作家，在自己后来的几乎所有小说中都让作品的主人公完成了他们真正意义上的隐喻旅行，即在身处极端的情况下他们能在自身身上保存那些宗教信念的东西。基督教的道德要求是：爱邻居，反对动物般的肉欲、贪婪和精神空虚的本质，崇尚人类友爱的理想，真正的友谊等等。加兹达诺夫的主人公们生活在一个准宗教世界里，这是他用自己的方式为共济会献礼。

物质世界是存在层，加兹达诺夫作品的主人公对曾经美好的俄罗斯生活难以忘怀，这种情怀存在于他们的潜意识层，有时会显现在他们的梦境中，不过梦中的俄罗斯的形象总是被某种迷雾般的东西包围，使主人公产生强烈而不可企及的损失感。有时这种情怀会在某种语境和特定情况下产生，并像意识流一样连续不断地出现于主人公的回忆中，如在《在克莱尔身旁的一个夜晚》中对高加索淳朴民风的回忆性描述。对俄罗斯的回忆造就了加兹达诺夫大部分小说的自传性，在这些作品中艺术描绘的现象最大限度地接近作者的亲身经历、创作思想和现实事件，并随着主人公童年和青年时期的时间发生位移，不停地变换着描绘俄罗斯主题的艺术画面。应当注意到，在加兹达诺夫战争主题的小说中有这类明显的特征：当主人公回忆在革命前俄罗斯温馨美好的生活时，依旧伴随着对某种恐惧和灾难的预感；当主人公回忆战争中和战后的一些事件时，在未来不可避免的死亡和困苦面前也体验到了某种恐惧感。

记忆是人类自身绵延最典型的表现形式，加兹达诺夫在俄罗斯内战前度过的美好童年对其一生的深远影响真切地反映在其创作中。“对俄罗斯、对俄罗斯的美丽、对出色的俄罗斯人的回忆，催生出一系列关于童年生活的自传性作品。要知道，正是在童年的时候，人对于美才有着最为敏感的接受能力。”[①]《在克莱尔身旁的一个夜晚》中童年温馨美好的生存境遇，是历经过残酷战争的作者童年记忆的补偿性复现，因为：作者身处异国的陌生环境中，不仅社会地位低下，而且深受战争的创伤，童年被作家视为神话般的、家的安全空间。

加缪曾在《西叙福斯神话》（法国存在主义的重要宣言）的开篇中写道“只有一个真正严肃的哲学问题，那就是自杀。评判生命是否值得生存等于回答哲学的基本问题……”加兹达诺夫作品中死亡的情节极为普遍，死亡主题揭示了道德、审美和社会心理的各个层面的问题。因为“只有作为存在之终点的死亡，才能创造出在人的生活中寻找某种意义的机会……”[②] 在长篇小说《在克莱尔身旁的一个夜晚》中年幼的主人公看到过被射杀的老鹰，并且有一次在一只小狗的带领下发现父亲的一个官员朋友在打猎时惨死的状态。当多年后的一天，在塞瓦斯托波尔看到自己曾经手拉手一起上学的好友的墓碑时，他认为友谊的消失就意味着：他还活着，而其他人却死了。他的姐姐死于胃病，几年后父亲亡故，九岁的妹妹患急性猩红热而死，一系列的家庭变故，让年幼的主人公感受到了死亡之神的冷酷。加兹达诺夫通过主人公索谢多夫的视角来表现战场上人的命运之无序和盲目：“在那些人为结合起来的放炮打枪的各种人之中有许多不可思议的东西：他们沿着俄罗斯南部土地向前行进，骑在马上，乘着火车，他们死掉了，撤退炮兵的车轮从他们身上碾过，死去的和颤动着的濒死之人，徒劳地试图用自己那没有神性的思想来充斥大海、空气和飘雪的广大空间。”[③]这场战争就是一次生死之旅，很多战士买的只是单程票，他们就死在这次旅行的途中。索谢多夫是这次不幸旅途中的幸运儿，有幸观察到这次旅程中形形色色的旅客们。索谢多夫在装甲列车上随着战场的转移，在覆盖着战亡者尸体的雪地上从一个基地开拔到另一个

① （俄）阿格诺索夫．俄罗斯侨民文学史［M］．刘文飞，陈方译．北京：人民文学出版社，2004：6．

② 同上，2004：426．

③ Гайто Газданов. Собр. соч.：В 3 т. -М.：Согласие，1999. Т. 1. С. 141.

基地，钢轨上疾驰的列车带着他的思绪就出发了。白军战败后，索谢多夫随军撤退到君士坦丁堡，最后流亡法国。

加伊托·加兹达诺夫的名字在俄罗斯侨民中家喻户晓，当他一发表长篇小说，评论家就立刻注意到了他的文学天赋，并将其与纳博科夫的天赋相媲美。长篇小说《在克莱尔身旁的一个夜晚》是一部反映国内战争主题和俄侨命运的作品，字里行间充满了作家的去国怀想之情和深刻的心理分析。那些热爱理性小说的读者非常喜爱加兹达诺夫这部可作为成名作的长篇小说，作者通过意识流的手法描述了在俄罗斯内战中遭蹂躏而离开故土去寻找更好命运的俄罗斯侨民，尤其是将叙事主人公索谢多夫的形象刻画得鲜明而深刻。这一形象在自传体长篇小说《在克莱尔身旁的一个夜晚》中不仅是俄侨作家加兹达诺夫本人的形象代言人，而且也是20世纪20年代流亡巴黎的年轻一代俄侨整体形象的体现。

一、作者与叙事主人公的自传性形象重合

长篇小说《在克莱尔身旁的一个夜晚》中作者塑造的一个核心形象就是年轻俄侨索谢多夫的形象。正如白春仁教授认为："形象世界是艺术创作的对象，是作品的核心。形象这个层次，因此也处于作品结构的核心。"[①]如果将加兹达诺夫的生平与他在长篇小说《在克莱尔身旁的一个夜晚》中的叙事主人公索谢多夫的生平事迹对照，就会发现索谢多夫体现的是作者的自传性形象。这部长篇小说之所以一炮而红，就是它引起当时一代俄侨们的共鸣，是那个时代的一个缩影，很多参加过白军并因此而流亡的俄侨们从主人公索谢多夫身上看到自己的影子和悲剧的命运。好友巴赫拉赫（А. Бахрах）和加兹达诺夫有相似的人生经历，当他看完《在克莱尔身旁的一个夜晚》后感同身受，极为佩服，并且在自己那篇《加兹达内奇》的回忆文章中写道："我感到遗憾的是，不是我，而是他，成了这本书的作者。"[②] 巴赫拉赫在文章结尾还预言：加兹达诺夫的书不仅当时的读者会阅读，而且将来的读者同样会爱不释手。现已证明他的预言是正确的：这部长篇小说无论是内容和题材的选择、还是人物形象的塑造都是极其成功的，至今深受

① 白春仁. 文学修辞学［M］. 长春：吉林教育出版社，1993：12.

② Гайто Газданов. Собр. соч. :в 5 т. -М. :Эллис Лак,2009. Т. 3. С. 433.

各国读者的喜爱。加兹达诺夫在20世纪俄侨文学界保存了高雅气度，其名字也成为文学品味好的代码，他对俄罗斯文学的功绩在于：他能够继承并且保存了俄罗斯文学最好的传统，丰富了向西方文学进取创新的事实。虽然命运一度将他推到谷底，但他无论是在生活中还是在其创作中都没有让自己成为一个边缘人，正如他出生时被命名的英雄加伊托。

20世纪20年代流亡异国的俄罗斯侨民绝大多数是由白军侨民构成，当时许多人被阶级仇恨驱使而逃离祖国，但大多数人是由于丧失了对未来政权的信心，特别是出于恐惧而选择侨居异国，因为革命和国内自相残杀的战争恐怖给这些人足够令人信服的理由而作出这样艰难的决定。这一时期的俄罗斯文学史用地缘政治学的概念划分就是“高尔基是一个时代的开始，布宁是一个时代的结束”，这两个人是当时苏联文学和俄侨文学的代表人物，他们都对加兹达诺夫的作品有着极高的评价。加兹达诺夫未满16周岁就参加了俄罗斯内战，成为被载入俄罗斯历史史册的白军侨民的一员，其命运被清楚地打上了悲剧烙印：十月革命后，他随着数以百万计的人离开祖国而流落在异乡，其身上有那一时期俄侨命运的共性，他将自己小说主人公索谢多夫塑造成年轻一代俄罗斯侨民的化身。研究“从哪里来”的历史学家彼得·科瓦列夫斯基在其著作《境外俄罗斯》中指出：“……在世界历史上没有在其范围、数量和文化价值方面能与俄罗斯境外类比的现象……俄罗斯人的散居在数量上和文化意义方面超过以前，因为它是那种现象的中心和推动力，这一形象通常被称为俄罗斯的境外，但它更应该被称为‘境外俄罗斯’……根据一些登记，侨民的90％到95％是白军侨民。”[①]在20年代上半叶的俄侨文学的主要题材是对“俄罗斯白桦树的崇拜”，字里行间弥漫着浓浓的乡愁，回忆扰乱了许多俄侨作家的心理和精神，导致其追寻俄罗斯文化、传统、日常语言和大自然。正如1930年加兹达诺夫写信给高尔基谦称，自己对俄罗斯了解的既不好也不多，因为离开那里时，自己才十六岁多点儿；但俄罗斯是他的祖国，并且除了俄语，他不能，也不想用任何其他语言写作。那时的俄侨具有巨大的集体自卑感，未来前景暗淡导致其怀旧，如同受伤的动物爬向自己的洞穴死

---

① Ковалевский П.《Зарубежная Россия》. М.，1995. С. 86.

去，这些俄侨在生活的困难时刻也本能地追求他们的精神巢穴。加兹达诺夫的《在克莱尔身旁的一个夜晚》揭示的正是俄侨们的这种情结，因此能扣动俄侨们的心弦。

加兹达诺夫塑造的主人公索谢多夫和作者一样，也是一个年轻的白军俄侨，他随着战败的白军撤退，漂洋过海来到欧洲大陆，徒劳无益地走了那么长的流亡之路，带着忧郁的俄罗斯感在异国生活，怀念美好而温情的童年和初恋，反思战争给人民带来的灾难后果，揭示侨居生活的身心悲苦。加兹达诺夫表现的这些主题都是俄侨作家喜爱的创作主题，不过加兹达诺夫在长篇小说《在克莱尔身旁的一个夜晚》采用意识流的叙事手法让人耳目一新，这部一鸣惊人的小说为作者带来世界性的声誉。

二、年轻俄侨流亡前的美好童年和懵懂初恋

加伊托·加兹达诺夫在民族上属于奥塞梯族，他从出生就处在奥塞梯文化和俄罗斯文化的双重影响下，而在奥塞梯的出生对他的精神特质发挥了重要作用。加兹达诺夫童年时期的夏天总在乡下爷爷家度过，当地的淳朴民俗和自然风光让他留下了终生难忘的印象。加兹达诺夫的祖父谢尔盖过着传统的奥塞梯的生活方式，尊崇古老的秩序和习俗。他在小说《在克莱尔身旁的一个夜晚》中这样描述："我记得我爷爷是个小老头，穿着切尔克斯卡袍，身上别着金匕首。在1912年，他满百岁高龄，但他矫健而精神矍铄。他死在战争的第二年，他骑着自己的儿子、我伯父的一匹未驯服的三岁小马；但他几十年来引以为傲的无比精湛的马术，改变了他的命运。他从马上被掀下来，撞到锅灶的锋利边缘上，摔到地上，几个小时后就死了。他知道并记住许多东西，但并不对谁都倾诉，只与另一个老人，他最年轻的战友聊一切，我能想象我的祖父像蛇一样聪明和狡猾——因为，从19世纪中叶起那些头脑单纯的乡人都这么说他。"加兹达诺夫的父亲是个林业官，他的工作需要全家和他一起辗转在俄罗斯的美丽河山之间，但频繁的搬家对还是孩子的加兹达诺夫来说，意味着不仅是风景和印象的变化，还有熟悉面孔和依恋关系的消失，虽获得新的东西，但很快又消失——这一切造成孩子意识中世界的流动和虚幻感。唯一不变的仍是家庭中坚强而开朗的父亲，博学而内敛的母

亲，情同手足的姐妹。加兹达诺夫的母亲精通法语和德语，喜爱俄罗斯文学，在运用俄罗斯语言时，使用它朴素而不喜欢刻意造作的用法，并用她一贯冷淡而轻蔑语调来表达，这些无疑对加兹达诺夫产生了重要影响，他四五岁时就痴迷俄罗斯文学，后来在创作中亦用微讽的语调描述其冷眼旁观的世间百态。加兹达诺夫的童年中父亲经常给他和姐妹们讲奇幻的童话，这种童年自动地被孩子理解为神话的、家人的和安全的空间。在《在克莱尔身旁的一个夜晚》中的主人公索谢多夫回忆自己童年的家园时，在其回忆中描述自己的感觉时总是有某种无法言表的甜蜜。因为对俄罗斯的情感、对俄罗斯的美丽和出色的俄罗斯人的回忆，催生出加兹达诺夫关于童年生活的自传性作品。因为正是在童年的时候，人对于各种朴素和真挚的美才有最为敏感的接受能力。加兹达诺夫的自传体长篇小说《在克莱尔身旁的一个夜晚》中温馨美好的童年正是身处流亡之中的作者的童年记忆的补偿性复现。

索谢多夫的童年形象是无忧无虑的：每天和两个姐姐一起阅读和游戏，晚上听爸爸讲在印度洋远航的神话故事，那些虚拟的海浪摇晃着他无拘无束的童年。但主人公索谢多夫在俄罗斯欢乐的童年随着父亲和两个姐姐的死而悲剧地结束了，他关于生活的欢乐认识也消失了。所以随父亲的白色棺材一起带走的还有父亲讲述的环游世界和白色岛屿的童话。加兹达诺夫在其小说《在克莱尔身旁的一个夜晚》里这样讲述："我姐姐死了，死于没有及时做洗胃手术。后来，过了几年后，父亲去世了，终于，伟大的战争爆发时，我的妹妹，9 岁的女孩死于猩红热，拖了两天。只剩下我母亲和我两个人。"加兹达诺夫进一步写道："后来，我母亲和我渐渐有了某种亲近，我发现她对我父亲和姐妹的爱的非凡记忆力，她对我忧伤的爱。"[①]接着索谢多夫成为士官武备学生、克莱尔的恋人、白军战士。

《在克莱尔身旁的一个夜晚》中用浪漫主义的方式讲述了索谢多夫对一个外表迷人的、内心空虚的法国混血女孩克莱尔（有光明、女神之意）的初恋。索谢多夫和克莱尔第一次在中学的操场旁相见，当时就被她那具有法国血统的外表和异国情调的开朗个性所吸引，和她一起玩耍、复习功课，逐渐产生了懵懂的爱

① ［俄］阿格诺索夫：俄罗斯侨民文学史［M］．刘文飞，陈方译．北京：人民文学出版社，2004：29．

情。这个 18 岁法国女孩的父亲是一个商人，家境殷实的克莱尔一家暂住在乌克兰。克莱尔中学毕业后，她所有的生活就是弹钢琴和城郊散步。克莱尔和家道中落的索谢多夫的交往不久，克莱尔母亲嫌贫爱富的言行直接伤害了他的自尊，激起他情感的震荡，导致两人的离别。但索谢多夫一直将自己的感情珍藏在内心深处，期盼着有朝一日能与其相见，就像小说题词中引用的普希金诗句一样——“必然能够与你相见，我的一生就是见证”。克莱尔在小说中出现频率极少，就像索谢多夫生活中的点缀，而她的形象却是不可或缺的，她的生活是全书情节的一条潜在的线索，她是索谢多夫在青春期和流亡期的希望之星。

三、年轻俄侨流亡前的战争体验及其双重后果

加兹达诺夫的教父是著名医生 B. 劳伦斯，1903 年 12 月 9 日他在圣彼得堡的一所海滨住所的书房亲手迎来了未来的作家，他给这个新生儿取名加伊托，这是在奥塞梯英雄史中永垂不朽的一个名字。加兹达诺夫没有辜负教父的希望，他参加过国内战争和巴黎的抵抗法西斯运动，并被同时代人尊称为“英雄的加兹达诺夫”。

在 1919 年夏天，还是中学生的加兹达诺夫离开高加索地区，志愿成为一名装甲列车上的列兵，这远非一个浪漫主义者的举动。在自传体小说《在克莱尔身旁的一个夜晚》中他描述了自己参战的初衷：“志愿军的战争是输是赢的想法，我不感兴趣。我只想知道什么是战争，这都是源于追求新的和未知东西的愿望。我参加了白军，因为当时是在其占领的土地上；如果当时基斯洛沃茨克是被红军占领，我参加的可能是红军。”[①]但残酷的战争及其产生的悲剧后果远没有年轻的他想象的那么简单。当他将其决定告诉给自己曾是龙骑兵队长的叔叔盖博·加兹达诺夫（在小说中被命名为“维达里叔叔”）时，他对其参战的决定进行劝阻，他认为：“俄罗斯已进入一个农民阶段的历史时期，力量存在于农民中，而农民在红军部队服务。白军是中产阶级和半知识分子的军队，在它里面服役净是些瘾君子、疯子、骑兵军官、矫揉造作之人，还有穿将军服的不成功的野心家和陆军

① Газданов Г. Собрание сочинений：в 5 т. /Г. Газданов. -М. :Эллис Лак，2009. С. 69.

司务长。”最后，他的总体结论是：“正义在红军一方。”[①]令人遗憾的是，他没能说服侄子，这个涉世未深的青年毅然决然地参加了被红军击败的白军。索谢多夫狠心地留下自己的母亲，一个人去打仗，没有信念，没有热情，唯一的愿望就是想突然看到和理解在战争中那些完全改变了他的新东西。

索谢多夫在小说中讲述了战争对人的极度暴力，各色人等令人难以置信的联合，战争无疑是强加于人类的一种终结，它的存在意义本身归结为单一的执行功能。索谢多夫在战争中看到其错误和不自然：“而最普通的战士们所处的这种环境同样也是伊万诺夫和西多罗夫，修行者和流浪汉身处的情况——这些人强于遭受错误的、非自然情况下的所有其他人，却比其他人更早地死了。”[②]加兹达诺夫没有揭示为理念奋斗和对敌人充满仇恨的人们，而是突出了战争最“没有神性”的意义 ——兄弟残杀的公民。可惜在这历史的必然中，索谢多夫一开始是不相信，也不明白内战结果会影响其一生，而是很久以后，当出现好像因为此原因而发生的其他事件的后续影响时，他才真正明白了战争对人的恐怖摧残。

索谢多夫在经历一年相当糟糕的战争和溃逃的残酷现实后，身心备受摧残的他不得不接受更让他痛心的流亡之路：“我们被带得越来越远——到那时我们将要脱离俄罗斯控制的地带，进入另一个更永恒的影响领域，乘着没有浪漫和船帆的装黑煤的轮船离开克里米亚，战败的士兵已经变成了衣衫褴褛的饥民。……轮船很久都在沿着俄罗斯的海岸线航行：海面上波光粼粼，海豚在水中跳跃，螺旋桨在低沉地旋转，船舷在吱嘎作响，而在下面，在底舱里，可以听到妇女的哭泣和船舶破浪前行的噪音。所有费奥多西亚的大火眼看着越来越远并且越来越弱，所有机器的噪音更清晰、更响亮，第一次醒来后，我注意到，不再有俄罗斯，我们航行在海上，被夜间的蓝色海水包围着，船下面的海豚时隐时现，天空从来没有离我们如此之近。”[③] 而他却离俄罗斯越来越远，他也必将在异国他乡经受极端贫困和孤独的痛苦生活，并在绝望的黑暗中摸索，在变幻莫测和瞬息即逝的侨居生活中找到自己的出路。

---

① Газданов Г. Собрание сочинений：в 5 т. /Г. Газданов. -М. ：Эллис Лак，2009. С. 70.

② Там же. С. 95.

③ Там же. С. 104.

四、年轻俄侨流亡后的爱情破灭和怀旧情结

在小说《在克莱尔身旁的一个夜晚》的开头是索谢多夫流亡巴黎后，居然再遇已婚的克莱尔，但此时的克莱尔成了典型的法国少妇，追逐着时尚，但内心空虚。当其丈夫和家人不在家时，想和旧情人索谢多夫重归于好，而他每天乘地铁往返去照顾生病的克莱尔，并且不得不体验和忍受着异国生活的节奏："克莱尔生病了。我整个晚上就坐在她身旁，并且离开时，每次都磨蹭到来不及赶上末班地铁，然后就从雷努哈德街走到圣米歇尔广场，离我住处不远的地方。"① 这个年轻的俄罗斯侨民不是时代英雄，但他带着任何人都有荣誉和尊严，他是凡人的面孔，神人的形象。小说中的故事从这里开始倒叙，结束于回忆索谢多夫乘船离开俄罗斯之时，两人的爱情结局成了叙事的空白，想象的空间。但十年如一梦，这种情不是、人已非的恋情转为淡淡的伤感，这时的索谢多夫发现懵懂的初恋已成为空想和不可能，待在克莱尔身旁，在她房间那蓝色的朦胧之中，他回忆起了过去。

《在克莱尔身旁的一个夜晚》的叙事主人公索谢多夫好像具有双重存在，他在虚幻和真实的生活之中变化波动，感受着死亡和垂死，这种精神的不安唤起作者几乎所有的回忆和议论。小说的结尾描述了索谢多夫渴望已久的那种让他重生的推动力——克莱尔，"在我的脑海里呈现过千万遍幻想的情形和谈话，打破并呼唤成其他的，但曾是最美的那种想法——克莱尔，从我在一个冬天的夜晚离开她，克莱尔，她的身影笼罩了我，当我想起她，我周围的一切变得更低沉更安静——这个克莱尔将属于我。同样高不可攀甚至比以往任何时候都更加不可能的她的身影，出现在我面前的轮船船尾上，那里全是睡着的人、武器和行李。"②在索谢多夫回忆的巨大艺术空间里，加兹达诺夫刻画了一系列完整的、有着与革命前期、国内战争、美好童年、懵懂爱情的经历、高加索的印象等相联系的极为相配的一个典型的新俄侨形象。小说中的叙事情绪高度紧张，作者运用半抒情、半讽

---

① Газданов Г. Собрание сочинений：в 5 т. /Г. Газданов. -М. ：Эллис Лак，2009. С. 1.

② ［俄］阿格诺索夫：俄罗斯侨民文学史［M］. 刘文飞，陈方译. 北京：人民文学出版社，2004：106.

刺的语气，描述时常弥漫在索谢多夫生活中的痛苦、焦虑和精神生活的双重性，表现了主人公俄侨索谢多夫的怀旧、思乡之情。

加兹达诺夫的生平和创作是侨民文学最耀眼而显著的现象之一，其名字在整个欧洲和世界闻名，其作品在回归俄罗斯后立即赢得了自己的读者。当代作家加兹达诺夫作为一个伟大而高明的创新者和设计师，其成名作《在克莱尔身旁的一个夜晚》的标题中已突出了小说的叙事时空，小说的内容通过意识流的形式叙述，以倒叙的方式呈现出环形的叙事结构。叙事主人公的俄侨新形象是从刚到国外偶遇初恋情人开始塑造，通过他自己的回忆以及作者夹叙夹议的形式，将索谢多夫的外部世界和内心世界刻画得细致而丰满，是一个生动的新时代“小人物”形象，也成为20世纪20—30年代年轻一代俄侨新形象的代表人物。

《在克莱尔身旁的一个夜晚》中经历过战争的加兹达诺夫通过死亡主题，揭示了战场上人的生存之无序性，作为其存在之终点的死亡，在小说中，既是一种存在主题，也是一种文学手段。

第二节 《夜路》中战争导致的生存巨变

《夜路》的抒情主人公受到存在主义的影响，悲剧地感受到生活的荒谬和注定的死亡，“的确如此，正如在天空可见的穹隆之后隐藏着我们的理解所不能达到的无限性。的确如此，在任何人类存在的外部事实之后隐藏着事物的最深的复杂性，我们的记忆不能介绍、我们的理解不能达到的事物综合。我们注定死亡，因此，无能为力的观察者所起的作用，在此时就像我们感觉的，……这是偶然的，实质上，几乎总是没有说服力的，就像所有其余的东西。……这是我们所知的唯一无法反驳的现实，在所有的事先做了无用功的地方……尝试着展示每分钟都在变化的生活题材就像某种具有特定意义的东西。”[①] 这种感觉被加兹达诺夫称为“死亡”。对加兹达诺夫来说，在自己的作品中最为根本的特征包括“纯现

① Гайто Газданов. Собр. соч.：В 3 т. -М.：Согласие，1996. Т. 2. С. 458.

实”，В. 魏德列同第一研究者 Л. 吉涅耶什谈到关于《夜路》时，说：“这些是直接记忆、经验；他在那里所引用的人，他只是改变了他们的姓……”[①]加兹达诺夫尝试在自己的每夜旅行后，对夜巴黎进行回忆和解析，《夜路》的主题可以定义为俄罗斯侨民如何叙述 1930 年代的夜巴黎，作者在小说中所描述的侨民生存状态，对当时在巴黎的俄罗斯人来说非常典型，可以说是直接反映了俄侨们的生活，令读者引发对一战后和二战前的俄侨现实生活的联想：“在战前的巴黎俄国出租车司机成为大量现象——曾经的哥萨克、军官、甚至是将军，在一定程度上宁愿在轻工厂或重工厂工作。他们的数量达到 3000 人。在流亡者圈子里，‘巴黎出租车司机’的工作被认为收入很高。根据《泰晤士报》记者的估计，即使在战争结束后，五十年代，仍有 750 名巴黎出租车司机是俄罗斯人，当时平均年龄为 64 岁。”[②]作者在许多方面用纪实性小说来对待《夜路》，从这本书的题词开始就如此，这种趋势体现在整个小说的正文中，其结果使读者追随着作家的叙述，变得越来越相信俄罗斯侨民夜巴黎生活的真实。

在小说《夜路》中不断出现各种各样的死亡，战争造成的死亡只是其中之一。而受到战争创伤使精神发生巨大转变，以及战后衣食无着的俄侨们才是加兹达诺夫关注的重点。在加兹达诺夫的小说艺术中有实证的环境，艺术是这种文化环境的中心，他本人就是战后侨居巴黎而成为夜间出租车司机，正是扎根于这个环境，有利于同是夜间出租车司机的叙事主人公在最不利的生存和工作条件下，保持其观察社会的独特视角，加兹达诺夫看到了不完美的世界，但没有失去自己内心的幻想自由。《夜路》的叙事主人公对自己这一时期的存在感受，做出了这种令人震惊的表白：“……存在于我内心深处不可否认的、不明原因的谋杀，完全蔑视他人的财产，并且渴求改变和放荡。……通常情况下，在夜班结束后，沿着巴黎死寂的街道回家时，我想象着详细的谋杀案，所有在它发生之前的这些东西，全部的谈话、语调的色彩、眼睛的表情——并且进行行动的人……可能是我

---

① Гайто Газданов и《незамеченное поколение》: писатель на пересечении традиций и культур: Сб. научн. тр. ИНИОН РАН. М.: ИНИОН РАН, 2005. С. 236.

② Шкаренков Л. Агония белой эмиграции. М.: Мысль, 1986. С. 176.

一些偶遇的朋友……或者，最后，我自己作为一个杀人犯。”[①]所有这些“自我剖析”出现在小说《夜路》的开头，具有独特的吸引力，让读者产生强烈的阅读欲望。显然，对于加兹达诺夫来说，重要的是显示叙事主人公的特征、强调文本的真实性以及叙事主人公对自己的所见所闻没有偏见，并试图避免其进行概括陈词，而是最平等地对待周围的一切存在，引导读者自行感受。《夜路》小说的主人公们具有排他性的认识，主要是因为他们自己的记忆中存留了真实的世界“天堂”，这与他们生活的夜巴黎形成了强烈的境遇对比，难免形成巨大的心理落差。

《夜路》的叙事主人公在自己这一时期的生活中看到一连串的失败，但所有这些都是在他的精神生活中进行幻想，他也坦言自己感知世界的听觉能力在逐渐丧失：“我越来越开始感觉到这无声的交响乐世界，伴随着我的生活……这听起来还是越来越弱并且就要沉默了。……想必可以代替这个巨大而缓慢的垂死运动。”[②]叙事主人公自我剖析这种逐渐出现的失聪和失明的荒诞感。叙事主人公注意到对自己存在的悲惨荒谬的理解不趋向自杀本身，不过，他并不否定对死亡、对达纳托斯（死神之子）的渴望：“但奇怪的是，这样思考之后就不再有轻生的念头，这对于我是格格不入的，常常，甚至在我生活最糟糕的时刻；我知道，它不应该和那时常强烈的欲望混合，即每次当地铁列车驶出隧道到月台，与站台坚固的、石砌的边缘分离的时刻，扑到火车下面……”[③] 叙事主人公描述的不是个人的感觉或想法，而是有机地结合了一类人的感觉，这个内容令人想起安娜·卡列尼娜的死亡。正如舍斯托夫的评价：在《安娜·卡列尼娜》之后托尔斯泰所写的东西的全部意义在于，“只有死亡并且是丧失理智的死亡才能将人们从生活的可怕的事情中唤醒”，而论这些作家的创作，就如果戈理，可以注意到：“一些作家，非常少的一些作家，感觉到他们的生活不是生活，而是死亡。”[④] 但叙事主人公的好奇心远不是唯一的感觉，也不能替代粗犷而强烈的感情，那些平常折磨他的是长期未得到满足的愿望和接近某个人死亡的感觉，这使叙事主人公变得心

---

① Там же. С. 465.

② Там же. С. 465.

③ Там же. С. 479.

④ Шестов Л. На весах Иова(Странствования по душам). Paris：Ymca-Press，1975. С. 49，103-104.

情沉重、双眼布满血丝并充满盲目的激情，把他折磨得从镜子中认不出自己的脸。叙事主人公坦率地进行描述，其好奇心增添了永不满足的欲望、激情、遗憾、死亡感。

《夜路》的叙事主人公对死亡的恐惧与其说是最原始意义的痛苦，不如说是整体的感觉，其中最重要的是有关其他人死亡或濒临死亡状态的一连串回忆："……那么多次，我看到了自己周围人的濒死状态，所有的人都死在我面前；因为我的回忆重度异常，他们最后的时刻几乎总是闪现在我眼前，当我独自一人时，总是被某种不幸的东西笼罩……不知是何人不可避免的死亡幻影。"[①]除了回忆，叙述主人公还多次参与有悲惨结局的死亡事件，他开始感觉自己在某种程度上就像殡葬代理人，而且他每天晚上都能看到这些。这种感觉连接着叙事主人公想象的痛苦经历，使他逗留在死亡边缘的状态："……我快死了，……我想我能描述自己的死亡——这是逐渐消退的生活噪声，这是花朵缓慢凋零的过程，颜色、气味和认知，这是冰冷而无情的异化，我曾经喜欢的东西还会不会再喜欢，我不知道。"[②]正是这体验了自己死亡的状态，活死人是叙事主人公存在的关键，这与莱蒙托夫《当代英雄》中毕巧林的体验一致："难道您不曾上百次无动于衷地把人送上西天吗？您就把我当作一个得肝炎的病人好了！我也可能康复，也可能死掉，这都是很正常的。您就竭力把我当作一个您尚未确诊的病人吧，这样您就会产生一种极大的好奇心，您现在可以对我做一些重要的生理诊察……等待横死不也是一种真正的毛病吗？"[③]《夜路》中曾推动了费多尔琴科死亡的瓦西里耶夫，他对世界的虚幻认识相当地清楚，在他头脑中的险恶世界浸透了鲜血和恐怖，这种疯狂加剧了他非凡的记忆力，犯罪、狂热和谋杀情景的详尽信息充满了他的记忆。在分析瓦西里耶夫的情况时，引起叙事主人公兴趣的是疾病期间的特征本身，以及瓦西里耶夫的死亡原因。叙事主人公在整个小说中连续不断地劝费多尔琴科不要顽强地关注存在的最新问题，并且通过这一整条情节线索暴露了现代思想（包括尼采哲学）对事先没有准备之人的意识来说是有害的。费多尔琴科

① Гайто Газданов. Собр. соч.：В 3 т. -М.：Согласие，1996. Т. 2. С. 580-581.

② Там же. С. 640.

③ （俄）莱蒙托夫. 当代英雄. 冯春译. 上海：上海译文出版社，2002：145-146.

的这种存在主义觉醒具有某种讽刺性，首先表现为他骇人听闻的精神迟缓和被压制的杀人愿望。

《夜路》中那些改变自我的探寻者们都产生了生活荒诞、人生孤独、死亡不可战胜的思想。这些存在主义的探寻者与作者本身的探寻紧密相连，术语“作者”主要针对作品的创作者，他表达自己的审美信念和世界观，借助自己的作品看待现实作用，作者变成文本的组织者。这些是加兹达诺夫小说的特征，例如，在《夜路》中作者诉诸抒情－哲学的插叙。在加兹达诺夫小说中所写的叙事主人公与作者叙事主人公没有太大的不同，猜测其性格类似，缘于一些文本细节。因此，作者和叙事人是超文本的主体，而讲述故事的人是文本内的主体。当加兹达诺夫的叙事是第一人称，那么所有人物只是说话人思想中参与者的投影，而不是真正的交际者。当然，作者是反映在文本中的一个真正有血有肉的和有创造力的人。至于情节、词汇等方面的选择，在这里我们使用的术语是“作者形象”。由于这一概念的内容长期都是含糊不清的，它的广泛使用，似乎是我们的问题。分析“作者形象”“叙事人形象”的术语功能，“作者”已经表明，它们往往作为同义词使用。加兹达诺夫不同于普鲁斯特，加兹达诺夫曾如此直接宣言：书是另一个他的产物，这不是我们所能想象的，源于其习惯，其罪孽，源于其如何在社会中展示。加兹达诺夫的叙事人和主人公总是那些有着成熟特征的人。然而，众所周知，作家自己在交流中曾是火爆而短暂的。当然，如同小说《在克莱尔身旁的一个夜晚》具有自传基础和抒情性质，这使得研究者常常根据作家的这些小说直接类比他的生活和传记。

在《夜路》中叙事主人公关注战争导致巨变的人物形象是那个凶狠的大胡子将军，这个战败的俄罗斯将军的情况特别能说明问题：据他所有的朋友传闻，将军得到某个极好的位置，要么在阿根廷，要么在巴西。将军赴任之前，安排一场尤为奢侈的告别宴会，所有的人都喝香槟。但在他离开祖国后，亲朋好友就一直没有他的任何消息。若干年后，叙事主人公在巴黎郊区的咖啡馆遇到一个胡须灰白、双眼混浊且醉醺醺的老人，细心的他认出了这个曾经赫赫有名的将军。这让叙事主人公最后明白了“瘟疫流行时的盛宴”的真正含义：“这是他自己的葬礼安排，这就是为什么会有举行这种纪念碑落成典礼时的奢华。”将军只是不想在同僚面前失去自己的尊严和骄傲，举办他的入地狱宴会，因为盛宴之后他的人生和社会地位就开始了不可阻挡的衰落，这体现了战争如瘟疫般可怕。

在《夜路》中描写的因战争和政治等原因被迫流亡法国的巨变者形象还有：俄罗斯骑兵上尉、俄罗斯知识分子、瓦西里耶夫、萨沙·谢苗诺夫、卡佳·奥尔洛娃、伊万·彼特诺维奇、莲娜奇卡等。对加兹达诺夫来说，即使是这种简单的列举分析对情节发展和人物形象的揭示也显得至关重要。这些人在流亡时期的社会地位骤降，身份转变巨大，如：将军和知识分子成了普通工人，还有很多曾经显赫家庭背景的女性成了女佣、服务员、裁缝，甚至是路边拉客的妓女……在流亡前因革命而使身心受到重创的他们，在异国的巴黎再次受到摧残，成为巴黎郊区工人的那些俄侨们有凄凉而撕心裂肺的忧郁，似乎那里的空气中都弥漫着长期令人绝望的贫穷。并且他们的生活和思想与现代化几乎没有碰撞和融合，他们似乎仍处在缓慢垂死的中世纪，这是一类心如死灰的巨变者。俄罗斯骑兵上尉完全变成一个巴黎卡巴莱酒吧间受欢迎的歌手。他是意大利风格的支持者，生活在封闭性的世界里，因为尽管国家不同，但他看到的都是一样：餐厅的墙壁、乐队、舞台、同样的歌词、同样的音乐、同样的维也纳炸肉排、同样的伏特加，等等。作者反复用“同样的”这个形容词来强调亚历山大·谢苗诺夫的侨居生活感受，这种循规蹈矩的生活让他能够看到自己的生活其实已发生巨变：他总是乘坐在某条船的船舱里，驶过各种各样的海岸。骑兵上尉谢苗诺夫最离奇的特征是在他身上有完全真诚的忧伤，那种纯洁的、无私的、诗人或哲学家式的悲伤，这让叙事主人公似乎很意外：在某种程度上，前骑兵大尉成为卡巴莱酒吧的歌手是不合理的。巨变者谢苗诺夫身上显然将那种无法连接的能力和素质结合在一起。在这种情况下，就显示存在的异常，这不能用任何模式来解释，叙事主人公认为，这在某种意义上说是令人惊奇的，就像一个普通的农民或看门人突然成为贝多芬和莎士比亚的爱好者。

在《夜路》中叙事主人公对其精神疾病的病因给出明确诊断并反省其苦果：“因为此状态我是再熟悉不过了，应该相信，发生的所有事情都是矛盾的，但我的生活具有同样特性：对自己的命运漠不关心，没有嫉妒和野心，与此同时，有一种热烈的、感性的存在和深深的悲伤，因为每一个感觉都是独一无二的，而对它回应的，似乎是更强大的动作……"[1]"阿尔扎马斯的恐怖"对叙事主人公来说也不是白白发生的，几乎在小说的开篇他就给克伦斯基的"疾病"下了一个明确的定义，接着进一步推理，最大限度地详细分析其诊断的原因："……他差不多是个文化人，很有幽默感，但负有对最基本的政治真相的痛苦误解……这是不能想象的，但这就是，为什么他怀着难以理解的愤怒，并且时常冒着自己的生命危险，从事自己力不能及的活动，就像完全被剥夺了音乐听觉的人，想成为小提琴家和作曲家。"[2]这个诊断使克伦斯基与阿丽莎的病情接近：他俩都是被剥夺了职业能力而迫使其不断使用某种自己所不能及的能力，加上意志上相应的无能和某些利益，就造成了这一疾病。克伦斯基的疾病有一个很明显的症状是他生活在虚幻的世界，并且他继续保持自己那些想象和荒诞幻觉，并想使居住在地球上的人中有数百人信服它。叙事主人公特别提及这种精神疾病不可否认的荒谬特征。

《夜路》中俄罗斯侨民瓦西里耶夫处在偏离规范的边缘状态下，他的迫害狂和自大狂逐步加剧其精神疾病的状况和反射形式，在其身上表现出在第一浪潮俄罗斯侨民印象中最深刻的精神痛苦。这一现象"与其说是果戈理的精神之城，不如说是库普林的人类心灵的深渊……"[3] 在此精神疾病层面上，被称为叙事主人公同路人的有拉尔季、阿丽莎、休冉娜和费多尔琴科。第一人称叙事主人公精确地感受到自己精神状态中的那些几乎难以察觉的、日渐累积变化的思想折磨：每天夜里当他从咖啡馆离开时，精神感到越来越痛苦，觉得所有这些夜间居民就像活死人。正是叙事主人公夜间出租车司机的社会地位最终成为其认识发生变化的决定性因素，导致其世界观的转变："而活死人的这种荒凉的诗歌，我过去在其中体验到的独特而悲剧的魅力对我来说已不复存在……"[4] 叙事主人公的世界图景中"受社会排斥的"和"被欺凌的与侮辱的"人被替换为支离破碎的混乱世界图景中存在着的非理性的东西。

---

① Гайто Газданов. Собр. соч.：В 3 т. -М.：Согласие，1996. Т. 2. С. 640.

② Там же. С. 521.

③ Бабичева Ю. В. Гайто Газданов и творческие искания Серебряного века：Учебное пособие по курсу истории русской зарубежной литературы XX века. - Вологда，2002. С. 68.

④ Гайто Газданов. Собр. соч.：В 3 т. -М.：Согласие，1996. Т. 2. С. 478.

《夜路》的叙事主人公在自己的生活中看到人生的失败，并体会到自己感知世界的听觉能力在逐渐丧失，他在静默中感觉其心灵的交响乐世界，这伴随着他的生活，并且代替自己精神上的那种巨大而缓慢的垂死运动。死亡是一切生命的必然归宿。生和死可以说是生命中最严肃和最深刻的现象，有时候，生比死更痛苦，这是由人性的无限深度和复杂性决定的，但只有面对死亡之时，才凸显生命的意义和价值，而在审美和理性语境中，死亡的意义在于："死亡促使人沉思，为他的一切思考提供了一个原生点，这就有了哲学。死亡促使人超越生命的边界，臻求趋向无限的精神价值，这就有了伦理学。当人揭开了死亡的奥秘，洞察了它的幽微，人类波澜壮阔的历史和理想便平添上了一种崇高的美，这也就有了死亡的审美意义。"①

死亡主题几乎是贯穿加兹达诺夫所有作品的主旋律，这也是其创作特点之一："他没有一个短篇小说或长篇小说里没有人死亡。这是不变的主旋律，背景，摆脱不掉的念头，简单地评述。……加兹达诺夫还有一本自传式的、几乎是纪实小说《夜路》的主人公不断思考的主题也是死亡。"②加兹达诺夫主人公的人生哲学的最终目的地是死亡之旅。加兹达诺夫小说中有很多人物的生命终结现象，并且由于主人公死亡的类型不同，作家采用的叙事策略不同，叙事主人公立场的不同，使得死亡主题在作品中的作用和意义也各不相同，但都揭示了道德、审美和社会心理等各个层面的问题。死亡主题在加兹达诺夫的作品中既是一种文学主题，也是一种文学手段。在加兹达诺夫的作品中死亡主题无不贯穿在情节本身和主人公的思考之中。

---

① 陆扬. 死亡美学［M］. 北京：北京大学出版社，2006：4.

② Красавченко Т. Н. Гайто Газданов: Философия жизни // Российский литературоведческий журнал. -1993. -№ 2. С. 104.

第三节 《亚历山大·沃尔夫的幽灵》的生死哲学——安静的绝望

战争导致一类人的命运发生巨变，在《亚历山大·沃尔夫的幽灵》中没有描述战场的宏大场面，只刻画了在激烈的苦战之后撤退之时，一名被意外击中的游击队侦察骑兵濒死的场面。小说中这一血腥场面成了贯穿小说的一条主链，将人物、诸多偶然的情节、时间、空间及对生与死的深层思考等等有机地串联起来，战争和死亡对几个主人公的精神和生活产生了持久的破坏性影响。在小说《亚历山大·沃尔夫的幽灵》的开篇就是第一人称叙事主人公讲述了自己负累半生的国内战争中的一次举枪射击。事情发生在俄罗斯南部的一个极其炎热的夏日，叙事主人公作为一个16岁的普通列兵，随部队经过四昼夜连续而急促的行军，极度疲乏而靠在丛林的一棵树上睡着了，刚一醒来就蒙头蒙脑地骑着枣红马去狂追自己的队伍。在叙事主人公和马都极度疲惫时，忽然身后传来马蹄声和射击声，恐惧害怕的叙事主人公掏出自己从未使用的枪朝身后胡乱开了一枪，居然一枪命中那个骑着白马追来的敌人，这也体现出战争中随时会出现的偶然性。当叙事主人公看他跌下马，就迫使自己走上前去察看："这个人二十二三岁；他的帽子飞落一旁，长着浅黄头发的脑袋，折扭着，躺在土路上。他长得很俊美。我向前俯身，看到他正在死去；鲜红的血泡从他的嘴唇间涌出胀裂。他睁开无神的眼睛，什么也没说，又闭上了眼睛。"[①]叙事主人公又听到由远而近的枪声和马蹄声，就骑着中枪者的白马逃离现场。哪怕是最后叙事主人公卖了白马，扔枪入海，但这一垂死的悲惨场面却无法从叙事主人公的记忆中扔掉，甚至在战后离开俄罗斯到法国，那个死亡骑手的幽灵依旧如影随形地缠绕着叙事主人公，心灵的折磨影响并改变着叙事主人公的命运和生活。

在《亚历山大·沃尔夫的幽灵》中加兹达诺夫又将自己的存在哲学向前推进

---

① Гайто Газданов. Собр. соч. :в 3 т. -М. :Согласие,1996. Т. 1. С. 7.

了一步。主人公亚历山大·沃尔夫有无政府主义倾向，受宗教神学的影响，在参加内战前曾做过五六年的神甫，不过，在小说中作者没有详细叙述他当神甫时的生活和精神状态，这成为一种想象的空间，也为战后他沉浸于形而上的思考，陷入一种安静绝望的状态而埋下伏笔，毕竟一切都是有因才有果。由神甫变成一个嗜血的战士，使沃尔夫变成一个丧失了对上帝信仰的人，这源于他的身上同时存在着两个人：一个是精神的人，一个是兽性的人。战争让他身上兽性的人觉醒，死亡的体验又让他从动物性生命向神性生命转化，却再也不能彻底地转化。可以说，这段神甫的经历和战争创伤对他战后的精神生活产生了不可磨灭的影响，使流落到异国的他骤变成活死人般的且对他人造成危害的一个人。长篇小说《亚历山大·沃尔夫的幽灵》中的主人公沃尔夫同托尔斯泰一样都是无政府主义者，沃尔夫的精神变化历程正如托尔斯泰在《论末世》中认为的那样：战争和灾难对人的自由造成威胁，并使人的精神受到限制和毒害，直至失去真正的生命和自由。

沃尔夫的精神疾病和莱蒙托夫的《当代英雄》中毕巧林的“世纪病”在很多方面相似。沃尔夫甚至继承了莱蒙托夫创建的毕巧林那种近乎疯狂的古怪浪漫。沃尔夫在俄罗斯南部进行游击战时还是一个无忧无虑的纯粹冒险主义者，他在战争中对可怕的血腥冒险有毫不掩饰的狂热，并且他的性格极其坚忍，愉悦地帮助自己的同志们，在当时他可以说是一个极为认真和思想纯粹的人。他极富个人魅力，会弹钢琴唱歌、能喝酒但不打牌、懂德语、极易俘获异性的芳心，却不会对她们动真情。那时的他过得潇洒自在，他极度渴望随心所欲地在战场上体验炮火和鲜血，体验孤胆英雄的冒险刺激。

战争不仅让沃尔夫的精神遭受了毒害，他反过来也成了病原体，毒害爱着他的一些女性的精神状态。沃尔夫犹如普希金的长诗《恶魔》（1823 年）中的那种“精神吸血鬼”。叶莲娜·尼古拉耶夫娜成了沃尔夫的无辜受害者，这让她本身丧失了存在的意义，有了接近死亡的感觉。在《亚历山大·沃尔夫的幽灵》中作者从多人视角描述了沃尔夫在战场上受枪伤濒死的情形，并在小说的结尾细致地刻画了他最后真正死亡的情形。作为这两次死亡执行者的叙事主人公，其灵魂却因这两次事件而受到不同的洗礼。沃尔夫在致命的战争中只受过一次致命伤，但使他抱有的那种在任何时候都可以完全自由而不受任何惩罚的幻想破灭了，这也揭示了世事无常——人们常见的快乐具有极其不稳定性，而现实的骤变和死亡的临近是将沃尔夫推向心灵空虚的必然之路。真切感受到死神莅临的沃尔夫从快乐哲学彻底转向了一种荒谬的生活哲学，并由此改变了他的外部形象和精神状态，改变了他对待爱情和生死的处事态度，他的哲学凸显之处就是不抱任何幻想，因为个人的命运并不重要，人们始终不断地在遭遇死亡，也就是正常生活节奏的终止，而且常常是瞬间的中止；并且，每一天都有几十个星球出现，同时有几十个其他的星球消逝，人们透过这些看不见的宇宙灾难，会错误地认为，自己所看到的那不大的一处空间，就是整个宇宙的再现。在沃尔夫的这种消极可怕的哲学中揭示了他那真实的、摆脱不掉的过去战争阴影的生活面貌，现实个性的改变。他还把生活比喻为一次乘坐火车旅行，看似没有危险的幻觉在持续，突然，就那么一秒，火车的节奏停止，死亡降临了。沃尔夫据此断言：死亡和幸福概念的实质是同类的，其自身包含了静止元素。因此，叙事主人公在战后最终见到了如幽灵般折磨其精神多年的沃尔夫本人，第一次观察到沃尔夫那呆滞的目光和无法表达的表情，使他真切地感到战争将沃尔夫变成了死亡和忧伤的化身：沃尔夫那没有起伏、没有表现力的嗓音，一动不动的眼睛以及呆滞的眼神。死亡的体验让沃尔夫沉浸在一种有害的“安静的绝望”的生活哲学中，他对世上的一切全都无动于衷，好像停滞在一个静止的状态中。沃尔夫不但否定自己的生活，也否定他人的生活，甚至否定人的存在价值。哪怕是美好的爱情，也被他视为“死亡的缓慢工作”。在聚会上弹钢琴时，才华横溢的沃尔夫如战前那样外形魅力十足绽放，但聚会一结束，沃尔夫就像彻底变了一个人似的，精神萎靡，冷漠、呆滞的面容显得比真实年龄老很多。沃尔夫只有在这狂欢的时刻，忘记了战争、死亡和时空概念，才回到了本我的状态，这只是受到具有乌托邦性质的狂欢式节庆活动的短暂感染之缘故，因为“节庆活动……是与自然、社会和人生的危机、转折关头相联系的。死亡与再生、交替与更新的因素永远是节庆世界感受的主导因素。”[①] 但狂欢的聚会结束后，沃尔夫又陡然跌入到他那“安静的绝望”状态中去了。感受过死亡的沃尔夫，甚至坚信“在人的生命停止的那几秒钟里，有一种令人难以置

① （苏）巴赫金．巴赫金全集（第 6 卷，第 2 版）［M］．钱中文译．石家庄：河北教育出版社，2009：10．

信、甚至是非人的力量。”他在自己的小说中写到自己受伤垂死的情形：“我使出非人的力量，睁开了眼睛，并且，最终，看到了自己的死亡。我那么多次接近它那可怕的、坚定不移的脸，我不可能搞错，我一直了解这些我所熟知到微末细节的特征。”① 沃尔夫信奉死亡是达到个人自我确立的途径，并试图以此来控制自己和叶莲娜的命运。

在《亚历山大·沃尔夫的幽灵》中战争让三个主要的男主人公和两个女主人公彼此相爱，他们的爱情是以沃尔夫为连结点的两个三角爱情：一个是沃尔夫和沃兹涅先斯基在战时认识了吉卜赛女孩玛琳娜，沃兹涅先斯基爱上玛琳娜，两个人一起精心照顾在战争中受到枪击濒死的沃尔夫，沃尔夫的强大魅力让玛琳娜移情别恋，这种尴尬的三角恋也没有让沃兹涅先斯基放弃和沃尔夫的友谊，倒是深受战争创伤的沃尔夫难以回应玛琳娜热烈的情感，最后玛琳娜不辞而别。加兹达诺夫在长篇小说《亚历山大·沃尔夫的幽灵》中用他犀利而灵动的笔触描写玛琳娜独特的民族生活和敢爱敢恨的情感，她的形象鲜明地反映出：“流浪者的心灵是自由的，他孑然一身在大地上走来走去，为追求自己美好的理想而跋涉向前，可以任意为他们所喜欢关注的人与事盘桓停留，也随时为不可同居共处的人毅然离去。”②她的行为正是如此，在流浪时她被沃兹涅先斯基吸引，就停下流浪的脚步，和他温情地生活在一起，成为他生命中最好的女人。十八九岁的玛琳娜具有茨冈人的显著形象，皮肤黝黑的她身穿一袭白色长裙，手镯在她手腕上叮当作响，她那时远离自己的家乡，在俄罗斯南部靠算命和唱歌生活。她和沃兹涅先斯基在沃尔夫受重伤后，对他精心照顾时，却移情别恋而爱上了他。伤心欲绝的沃兹涅先斯基最终怀着仁爱之心原谅了她和沃尔夫。康复后的沃尔夫弹琴，玛琳娜伴唱，日子过得令人羡慕。但玛琳娜的流浪情结注定她不会为任何男人驻足停留一生。当沃尔夫正享受着玛琳娜的柔情蜜意时，有一天她突然悄无声息地离开他俩，从此没了音讯。沃尔夫从失恋中走出，但沃兹涅先斯基的后半生都陷入了相思的围城，借酒浇愁，了此残生。第二个三角恋是偶然性再次造成的机缘巧合：

---

① Гайто Газданов. Собр. соч.：В 5 т.，- М.：Эллис Лак，2009. Т. 3. С. 10.

② 应锦襄，林铁民，朱水涌. 世界文学格局中的中国小说［M］. 北京：北京大学出版社，1997：165.

在战场上举枪互射的沃尔夫和第一人称叙事主人公战后的命运因他们爱上了同一个女人叶莲娜而再续孽缘。成为体育记者的叙事主人公因为爱上了叶莲娜，感觉战后的生活和自己的精神都变得美好，但无意中又和沃尔夫产生了新的不可调和的生存矛盾。

叙事主人公在餐厅偶然遇见沃尔夫在战争时期的好朋友沃兹涅先斯基，他在讲述找到受伤的沃尔夫时，也提到炎热的天气、沃尔夫躺在土路上、口吐血沫、白马失踪等战场上的细节。这些战争场景与叙事主人公的记忆画面，以及英文小说的作者所叙述情形高度吻合，引起叙事主人公寻找沃尔夫的迫切想法。因为战争不仅使叙事主人公和沃兹涅先斯基无论在肉体和精神方面都有了巨变，而且经历了战争、见证了同伴的死亡、失去真爱的他了无生趣地过着醉生梦死的生活。

叙事主人公在接触过沃兹涅先斯基后，通过他的讲述而对沃尔夫受伤前后的命运有了更深入地了解，为自己在战争中的那一枪改变了几个人的生活而深感愧疚，自己也想亲自见一见沃尔夫，为双方受到的战争创伤进行精神治疗。叙事主人公和沃尔夫两个都以为对方已在战场死去，而当精神深受战争折磨的他们再次相见时，万般滋味就涌上心头。叙事主人公甚至想到了《圣经》中该隐杀弟的骨肉相残的故事，深感本是同根生，相煎何太急。不过，作为参战者的他们，只是千万参战人中的渺小人物，历史的洪流推动着他们选择个人的行为，战争中的瞬息万变也让他们无能为力，只能生死由命。作者通过意识流的内心独白或回忆方式，尽可能地接近描写主人公们死亡时的真实情境。

长篇小说《亚历山大·沃尔夫的幽灵》中有一个显著的主题就是精神疾病。叙事主人公这样阐述自己的精神分裂："……我自己在一生中也遭受了不可抗拒的和极为持久的分裂，妄图与其作徒劳的斗争，而这毒害了我存在的最好时光。"[①] 叙事主人公所提到的分裂，完全不是偶然短暂的，而是持久的，并且他也据此正确地诊断自己的疾病特征，他保存着对战争极其糟糕的回忆，还是从那时起，他就有了个性分裂的疾病问题。他多次声明自己曾在草原上射死了一个陌生人，因而不能驱散这种被幽灵缠绕的感觉："随着时间的推移，它慢慢地浸入

① Гайто Газданов. Собр. соч. : В 3 т. -М. : Согласие, 1996. Т. 2. С. 26.

我的生活中，我习惯了自己存在的双重性，正如人们习惯了，我们所说的，和绝症的特性同样的痛苦。"[①]这种精神分裂的结果使叙事主人公对极端的东西尤其感兴趣，"这开始于我在同等程度上被两种相反的事情吸引：一方面，历史、艺术和文化、阅读，这让我花了很多时间来研究抽象的问题；另一方面，同样痴迷运动和所有涉及纯体力的、肌肉发达而无理性的生活。"[②]

当叙事主人公战后在巴黎成了一名记者，偶然看到一个叫沃尔夫的人用英语写的短篇小说《草原上的一次冒险》讲述的场面与其记忆中的情形极端吻合，小说所用的是那个骑手的视角，写了他骑着情同手足的白马，在一个炎热难耐的夏日战场被枪射中，"突然，没听到射击声，只是感到身上不知某处疼得要命，两眼发黑，过一会儿苏醒过来……我惊奇地看到在我上方那张年轻的、惨白的、我完全不认识的、我感觉是，带着睡眼惺忪的脸。这个孩子可能有十四五岁，长着普通的不怎么英俊的面孔，除了极度的疲惫，没有其他表情。"[③]叙事主人公看到这里，就确定自己射中的那个骑手没有死，于是就费尽周折想要到伦敦找到他，和他讲明此事的原委，摆脱骑手的死亡幽灵对自己的精神折磨。知道被他射中的对方还活着，甚至把所发生的事用英文写成了书，长久地被分裂性格困扰并一直遭受事业失败的叙事主人公就想与他面谈，想要搞明白他如何能调和自己性格中这种完全相反的特征，他甚至怀疑沃尔夫的被推测的双重性只是自己臆想的，因此就特别想知道他是如何顺利达到如此幸福的结果，并且获得成功。事实上，叙事主人公寻找书的作者，是希望从他那里获得治疗自己精神疾病的解药。而他没有料到，沃尔夫本人也患上了这种精神创伤压迫综合症，他的性格也因那次致命的受伤而有了双重性。叙事主人公描绘了沃尔夫那惊人的古怪个性："让我感到最为惊讶的是别的东西：正如沃尔夫，沃兹涅先斯基的朋友，一个冒险家、酒鬼、女性的迷恋者、玛琳娜的诱惑者，这样的沃尔夫可能写出《明天我会来》吗？"[④]这里解释的双重性主题是一种介于民间创作和小说之间的"活死人"和阴

① Гайто Газданов. Собр. соч. : В 3 т. -М. : Согласие, 1996. Т. 2. С. 29.

② Там же. С. 27.

③ Там же. С. 10.

④ Там же. С. 25. 注：萨沙是亚历山大的小名。萨沙·沃尔夫就是亚历山大·沃尔夫。

间旅行主题。当年，沃尔夫躺在道路上与死亡的近距离接触对他有着极其严重的影响，这次死亡之旅彻底改变了他的内心状态，产生了一系列的精神痛苦。正是在鬼门关前走了一圈后他开始写作，他的叙事风格独特，观察事物的奇特方式并不像其他人观察的那样。

小说《亚历山大·沃尔夫的幽灵》中亚历山大·沃尔夫这个专注自我的人最终并没有获得自由，而叛逆上帝的任性导致他的自我毁灭。小说通过叙事主人公、亚历山大·沃尔夫、沃兹涅先斯基、叶莲娜·尼古拉耶夫娜四人不同的叙述视角，呈现沃尔夫在战场上垂死一幕的情形近十次。其中故事叙事主人公的回忆居多，在不同的时间、不同的环境下重复在其眼前浮现，给叙事主人公造成了强烈的精神伤害；沃尔夫对自己受伤濒临死亡的体验不仅深烙在内心深处，还在自己的作品《明天我会来》中从他自己的叙述视角进行了精细的叙述；再者，就是沃兹涅先斯基向叙事主人公讲述了他看到沃尔夫受伤前、中枪昏死、伤后思想和行为的鲜明对比。作者从不同视角的叙述向读者展示了立体的故事空间，将战争那如影随形的影响和彻底改变主人公们各自生活的危害揭示得更加淋漓尽致，凸显出战争使个体人格突变的悲剧。亚历山大·沃尔夫如同幽灵一样无时无刻地不在折磨着其他三个人的身心，重塑灵与肉的和谐是故事叙事主人公战后不惜克服重重困难寻找沃尔夫的目的之所在。

加兹达诺夫刻画自己主人公的精神疾病，这主要表现为分裂性："……我仍然无法摆脱对根据叶莲娜·尼古拉耶夫娜所叙述的这个人的思考。可能发生在他身上的什么事情，给他造成了这种可怕的精神疾病?"因此，精神疾病成了人物与众不同的标志。沃尔夫变化的原因正是"在另一个世界的旅行"，在此之后沃尔夫开始有了他从前所未有的思考能力，但不是所有这些能力都是正面的。在对沃尔夫的描述中可以清楚地看到双重性主题："在沃尔夫的脸上，我感觉，有某种截然不同于我见过的其他人脸上的东西。它是那种极难确定的表情，某种类似于死亡的东西，似乎完全不是活人脸上的表情。对于这个人，我越仔细地读他的书，就越觉得奇怪，正是这个男人，有着呆滞的眼神及难以形容的表情，竟然可以如此快速而灵活写出用那一动不动的眼睛所看到的那些东西。”[①]对比沃尔夫的外貌的呆滞与其散文的动感、速度和灵活性，揭示出小说主人公的双重性，他成了一个精神残疾者。

叶莲娜·尼古拉耶夫娜成了沃尔夫的无辜受害者，她本身丧失了存在的意义，有了死亡接近的感觉。叙事主人公第一次和叶莲娜·尼古拉耶夫娜见面就发现她外貌的不和谐：“……她有出人意料的丰满而贪婪的大嘴，这给了她的脸不和谐的表情。这样，正是在此表情里有某种人为的东西，因为她的额头和脸的下半部的连接甚至出现那些有时是解剖学之误的痛苦印象。”[②] 另一方面，善于观察的主人公也注意到她内心的不和谐：她独特的精神迟钝极不符合她通常的动作速度和精度，其快速的步态，肉体反射的即时性和准确性。在她身上不可否认的不协调，正如她的灵活而有弹性的身体与她的缓慢而滞后的精神生活的不协调。使女主人公叶莲娜精神异常的肇事者是沃尔夫，但叙事主人公的真爱使她精神复活。

《亚历山大·沃尔夫的幽灵》中的一些次要人物也是双重性格的代表者。拳击手弗雷德·约翰逊与自己笨拙的对手战斗时表现得如此出色，但他的内心十分矛盾，精神痛苦不堪：因为无钱而没能读完大学，这迫使他成了一个职业拳击手，理想与现实的差距造成他的心理落差极大。同样，卷毛皮埃尔的精神双重性是由他的社会地位和精神追求之间的不和谐造成的。他有着低下的社会地位和注定死亡的命运，他身世的悲惨令人同情。他与叙事者的交往和探讨使其认清一些人生真理，进而导致其内心改变，加剧其矛盾心理。叙事主人公与他的谈话显示他有别于一般的罪犯：他了解文化的价值和自己成为文化人的不可能性，而这一点引起其精神的分裂性：他不希望使用已有的方式生活，但别的生活对他来说也不可能。因此，小说的不少主人公身上都有显著的分裂性和双重性。在大多数情况下，这种精神疾病的主题已成为揭示主人公们性格的独特标志，用以证明主人公敏锐的精神体验和深切的感受能力。

《亚历山大·沃尔夫的幽灵》中有沃尔夫想要改变和企图谋杀女人的动机，

① Гайто Газданов. Собр. соч. :в 3 т. -М. :Согласие,1996. Т. 2. С.87-88.

② Там же. С. 42.

其中隐含着心理疾病的主题。叙事主人公同样有精神疾病，他的“疾病”是一种受魂灵影响的结果，他是一个作家，但痛苦地从事既定的工作，他感受到自己与沃尔夫深深的联系，他常常想到沃尔夫的死亡场面。沃尔夫也在两人的会面中向叙事主人公承认，经常会想到他。两人的这种心灵感应，在小说的最终结局中得到了印证。叙事主人公精神分裂的主题开始于小说的第一页，叙事主人公在战场上为了逃命，以为自己在对射中“杀死”了沃尔夫，这次谋杀造成了叙事主人公和沃尔夫严重的战争精神抑郁症，沃尔夫从此开始了自己的生命新认知，进入哲学思考的时期，时常反思他所不再拥有的乐园时期。他夺走了好友沃兹涅先斯基心爱的吉卜赛女人玛琳娜。后来，小说另一个女主人公——叶莲娜·尼古拉耶夫娜不仅爱上了他，而且在他的影响下她已经开始改变对世界的看法，那些在她生活中曾是非常重要和必要的东西，似乎无法控制地、永远失去了自己的价值。甚至她的性格在沃尔夫的变态魅力影响之下也经历了一个可怕的转变，她正在丧失其反应能力，总之，她陷入了可怕的精神疾病之中。叶莲娜在叙事主人公的帮助下力图摆脱她那可怕的情人沃尔夫，因为她意识到，如果继续与这个人交往，将会导致她的内心退化或死亡，就像她将会以虚无或坠入某些精神的深渊而结束自己的生命。因此，沃尔夫，当然不像普通的唐璜对妇女的影响，他对叶莲娜的影响不仅引人炫目，而且直接有害。

《亚历山大·沃尔夫的幽灵》中的主人公们相似的重要特征是他们的神秘“精神疾病”，导致其对世上的一切都漠不关心，厌倦生活，内心颓废，极度悲观，百无聊赖，这些特点体现了一种极端个人主义的“时代病”。叙事主人公直接指出沃尔夫的哲学体系特征：“他的哲学是显著的幻想：在个人命运并不重要的情况下，我们总是伴随着自己的死亡……他仍然相信存在某些普遍法则很难确定的系统，然而，却远离所有田园诗般的和谐……”①但研究者认为：“这个亚历山大·沃尔夫，信奉绝对悲观情绪的教义，或因为它是所谓的加兹达诺夫的‘致命的宿命论’。如果说到他的哲学本身，这是在其极度悲观的表达中具有存在主

① Гайто Газданов. Собр. соч. :В 3 т. -М. :Согласие,1996. Т. 2. С. 95.

义性质的哲学。”[①]沃尔夫的“哲学”本身是毫无争议的，他认为，死亡和幸福的到来是相同顺序，人们感到的偶然性，往往是不可避免的，这是存在主义者典型的悲观厌世特征。然而，这种宿命论却不会改变沃尔夫想干涉叶莲娜爱情自由的愿望，他想迫使事件朝着他所希望的消极方向发展，为此甚至不惜杀人害命。在《亚历山大·沃尔夫的幽灵》中对沃尔夫安静的死亡哲学起重要作用是其双重性格。

叙事主人公对沃尔夫战后的命运如此深感兴趣，还因为“我自己生活中一直遭受着与无法克服的持久性分裂作徒劳的持久战的痛苦，这毒害了自己生活中最好的时光。可能亚历山大·沃尔夫被推测出来的二重性只是虚假的，并且我感到在我对他的认知矛盾中，这只是那种内心和谐的不同因素，它有别于《明天我会来》的作者。但如果真是这样，那么尤其需要弄明白的就是，他用哪种方式在我如此长久并一直遭受的挫折中，成功地达到并产生这种幸福的结果。”[②]叙事主人公有时认为自己不能赋予许多事物以实践意义，因此叙事主人公的生活将一种偶然性和无序性带进了普遍性中，这还决定了他对记者这个职业的选择。加兹达诺夫纯熟地表现了叙事主人公非同一般的心理冲突。故事的叙事主人公虽然受到战争带来的精神创伤，但没有像沃尔夫那样颓废，没有完全影响到自己的工作，但毫无疑问，“沃尔夫的幽灵般”影响使其性格和生活与战前相比还是有负面影响，但叙事主人公仍是抱着乐观积极的态度对待未来的生活和爱情。叙事主人公让每一个和自己交往过的女性，性格变得美好，内心更加热爱生活，就连叶莲娜这种深受沃尔夫“安静的绝望”所影响的女性，精神也渐渐复苏，能正常地去追求爱情。叙事主人公第一次见到叶莲娜就被她与众不同的气质吸引，并对其身体灵动与精神迟缓之间的不协调性产生了好奇。随着二人的情感日渐升温，当两个人在一起时，叶莲娜却未表现丝毫的害羞表情，眼睛里也是不可思议的平静，而不是激情，这让叙事主人公感到有点难以置信。哪怕是她全身赤裸，她的眼神也很清冷，微笑里有那种天真但不害羞的情绪。叶莲娜在和沃尔夫的爱情中几乎消耗了

---

① Матвеева Ю. В. Художественное мышление Гайто Газданова：Дис. … канд. филол. наук. - Екатеринбург，1996. С. 145.

② Газданов Г. И. // Гайто Газданов. Собр. соч. ：в 3 т. -М. ：Согласие，1996. Т. 1. С. 27.

心灵的温暖，在她身上几乎没有呈现恋爱女性的温柔和缠绵，更确切地说，她表现出的温柔极少并且好像总是很为勉强，她的灵与肉之和谐被破坏，使她犹如一棵没有思想的植物。叙事主人公想对叶莲娜进行精神拯救，首先对叶莲娜进行循序渐进而无微不至的关怀，温暖其心灵，引导其回忆她的上一段爱情的真相，寻找其灵魂中爱的密码，以期重塑其身心和谐。叙事主人公对叶莲娜的灵魂进行拯救的行为，正如别尔嘉耶夫所言："俄罗斯人的整个精神能量都被集中于对自己的灵魂的拯救，对民族的拯救，对世界的拯救上。其实，这个有关全体拯救的思想是典型的俄罗斯思维。"[①]叙事主人公具有那种已经融入俄罗斯人的精神血液中追求普遍拯救和普遍幸福的特质。从叶莲娜的描述中读者可以了解到沃尔夫是其曾经的情人，是沃尔夫安静的死亡哲学造成她的精神和肉体不协调，因为她的思想接受了被沃尔夫称之为静止的死亡要素，即"如果我们不知道死亡，我们可能也不懂得幸福。因此，如果我们不知道死亡，那么我们也不能想象我们最好的情感的价值，我们可能也不懂，它们之中的某些东西永远也不会重复，只有现在我们能够彻底地理解它。"[②]叙事主人公没让叶莲娜知道自己和沃尔夫之间的战争恩怨，但对叶莲娜的爱，促使他不自觉地想要帮助她摆脱沃尔夫的精神主宰和控制，但她也对叙事主人公隐瞒被沃尔夫步步紧逼之事。

爱情让叙事主人公感到自己的整个心灵世界如雨后的森林那般生机盎然，他对前途开始充满憧憬。叙事主人公在爱情生活中感受到那种琴瑟和谐之美，使其有脱胎换骨之感，渐渐从战争及沃尔夫的幽灵的影响中解脱出来。同时，叙事主人公的爱也让叶莲娜的内心日渐复苏，她的生活中开始有了歌声和欢声笑语，爱情治疗了两个人的战后精神之创伤，抚慰了彼此的心灵。沃尔夫颓废的爱情使叶莲娜厌倦，力图摆脱他的精神控制。而沃尔夫在得到叶莲娜移情别恋的事实之后，想要杀死她，他们的心灵之距越来越远。但叙事主人公与叶莲娜已经心有灵犀，当叙事主人公预感叶莲娜有危险之后，在危急关头赶到现场，再次举枪真正击毙了沃尔夫。这一举动让叙事主人公摆脱了对时间和死亡的恐惧，照应着小说开头的死亡场面，让小说首尾照应。叙事主人公像多年前在战争中的那次情形一

① 别尔嘉耶夫著，汪剑钊编选．别尔嘉耶夫集［M］．上海：上海远东出版社．1999：55．

② Гайто Газданов. Собр. соч. : в 5 т. -М. : Эллис Лак, 2009. Т. 1. С. 120.

样，直面沃尔夫的尸体，“我向前迈了一步，俯身看了看他，突然，我感到，时间飞旋起来，消失了，并以这种飞快的运动带走了我多年的生活。”[①]这一情形代表着沃尔夫从一个受到战争创伤的活死人变成了一个真正的幽灵，最终让叙事主人公和叶莲娜从其死亡幽灵的困扰中解脱，过上了正常的幸福生活。小说的这种结局体现了加兹达诺夫对待生活的态度，人要有尊严地活着，要突破个人的狭隘，进行自我精神的超越。他如加缪那样认为，反抗才是生命存在的动力，并且“人应该认识到他的唯一的财富是生命，而生命既是必然要消逝的，同时又是可以尽量加以开发的，人应该而且能够在这个世界中获得生存的勇气，甚至幸福。”[②]

在加兹达诺夫的小说《亚历山大·沃尔夫的幽灵》中的主人公们因战争历经了颠沛流离的人生旅行，小说的主人公们流落到异国，生存境遇和思想状态都发生了巨大的改变，作者最大限度地展开了小说人物的思想意识，小说人物对战争、善恶和死亡的思考导致“智慧的痛苦”。并且，战后这些主人公在理性的引导和非理性的驱使下有了各自的生存选择，也得到了不同的人生结局。

第四节　《醒来》体现的反存在主义之意象

在加兹达诺夫从20世纪50年代开始的一系列作品中出现明显的反存在主义的意象。长篇小说《醒来》是加兹达诺夫后期完成的艺术创作，他已改变了自己原来几乎隐秘的文本，因为他“对创作行为的态度产生了根本的变化”。[③]这也是加兹达诺夫的创作与时俱进的特征，毕竟随着二战的结束，国际环境的变化导致人们生存条件的改善，文学也必然需要反映生活。作者塑造的主人公从悲观厌世和追求遗世独立的存在主义者，转变到想要唤醒和拯救受到战争创伤的人，追求

① Там же. С. 136.

② （法）阿尔贝·加缪．加缪文集［M］．郭宏安，袁莉等译．上海：译林出版社，1999：190.

③ （俄）符·阿格诺索夫．20世纪俄罗斯侨民文学史［M］，刘文飞，陈方译，北京：人民文学出版社，2004：428.

对命运的自我塑造。

加兹达诺夫的作品《醒来》中可以寻找到典型的反存在主义的特征，其重点是揭示遭受过战争损害的女主人公安娜·玛丽存在于世的可能性和这些可能性的极限，作者在为普通公民，尤其是那些被战争和日常生活夺去精神的存在主义者平反。小说本身完全不是在认清普通人不可能再继续生活的意义上，讨论存在主义层面的人的醒来，相反，而是讨论普通人获得结果并且真正地返回到其他人的生活之中。如果在加兹达诺夫晚期的创作中还有和存在主义的文学及思想有相互联系之处，那么主要是存在于它的道德和乐观主义的方式中。加兹达诺夫创作的主要变体表明的是另一些东西：现代人意识的完整性如何被破坏，强调形而上学心理。加兹达诺夫作品的叙事主人公与其说接近存在主义，不如说接近佛教。然而在加兹达诺夫大多数的作品中这个现代主义意识的特征是作为病态的行为来表现的。对加兹达诺夫来说，有机统一的生活和生活的哲学，生活和伦理的审美态度，它们是统一的，即是由 20 世纪俄罗斯哲学家看作是理想的人类团结，《醒来》中的主人公皮埃尔·福莱对女主人公的精神拯救和无微不至的关怀亦是这种典范。社会生活严峻的考验是加兹达诺夫小说《醒来》的文艺素材和哲学来源。在《醒来》中，通过男女主人公的亲身经历，体现出作者审美意识中完美地结合了文化、民族基质、伦理道德、哲学以及共济会等影响。

在小说《醒来》的开篇，主人公皮埃尔·福莱被描述为一个内心存在主义印记明显的人物形象，对死亡洞察的恐惧及内心的空虚和孤独感一直伴随着他，心理学家在他身上看到了分裂的无个性。他是巴黎的一个普通会计，在巴黎过着孤独封闭的生活，尤其是母亲死后，他不停地回忆曾经糟糕的家庭生活，唯有温馨的母爱尚能让他感到存在的温暖。怀着丧母之痛的他接受了儿时的伙伴弗朗索瓦的邀请，到法国南部寂静的村庄度假，从自己狭小封闭的城市公寓来到大自然的怀抱。在那近乎原始的森林里，他遇到因不幸失忆而过着动物般生活的玛丽，她因无状的行为被村民隔离在丛林小木屋里，几乎失去了与人交流的社会能力。她是一个在战争中遭受厄运的人，但万幸的是，她一次又一次地得到善良之人的拯救，弗朗索瓦挽救了她的生命，而福莱拯救了她的精神。

弗朗索瓦 1940 年在轰炸后的公路上发现了安娜·玛丽，当时她完全处于无意识状态，几年来她仍然处于失忆状态，忘记了自己叫作安娜。弗朗索瓦称这个女人为玛丽，这是一个具有宗教救赎的名字，但她几乎不需要，因为她对自己的名字完全没反应。皮埃尔·福莱在最初几日试图与她的交往时，她如同动物般胆怯和进食，不具有任何与人交流的言语反应。但通过她明亮而空洞的眼睛，皮埃尔·福莱知道她能听到自己说话的声音。在寂静的森林里，皮埃尔大声地和她说话，哪怕是犹如自言自语，也不放弃，就像在他遥远的中学时代时那样自娱自乐。玛丽渐渐熟悉从寂静森林深处传来的皮埃尔·福莱发出的声音，这使他们两个人开始亲近起来，他们在这如诗如画的原始森林里回归了自然本真的存在方式，使他们的人性得到了复归。马克思说："男女之间的关系是人与人之间的直接的、自然的、必然的关系。在这种自然的、人类的关系中，人同自然界的关系直接地包含着人与人之间的关系，而人与人之间的关系直接地就是人同自然界的关系，就是他自己的自然的规定。因此，这种关系以一种感性的形式、一种显而易见的事实，表明属人的本质在何种程度上对人来说成了自然界，或者，自然界在何种程度上成了人的属人的本质。"[①]人与自然的关系体现出人与人之间的伦理关系，皮埃尔·福莱对玛丽的爱是纯洁而真诚的，在当时是脱离尘世的爱情。虽然栖居大自然的存在方式很美好，但生而自由的人类却无所不在网罗之中，为了治好玛丽的病，皮埃尔·福莱将她带回了巴黎。

在《醒来》中失忆的富家女安娜·玛丽，如果不是因在战争中遭受炮弹袭击失忆而被人带到乡村之中过着野人般的日子，从上层社会沦落到社会底层，那么，她终其一生也不可能与一个小小会计员福莱结识并一起生活，是战争给他们结下了存在之缘，福莱的漫长而悉心的照料使安娜·玛丽渐渐恢复记忆。作者通过这两个主人公形象的塑造，以及对现实生活中不可能有的那种理想爱情的描写，淋漓尽致地宣泄了自己对战争极其厌恶，以及对人类美好感情的赞扬。小说《醒来》中的这个故事中暗含着皮格马利翁想让自己雕塑的伽兰忒娅获得生命的神话题材，同时，加兹达诺夫有意识地将小说《醒来》的书名和主人公的姓名使用了文化代码和互文关系，使其与法国作曲家福莱及其音乐作品同名。虽然加兹

① 傅华：生态伦理学探究［M］. 北京：华夏出版社，2002：84.

达诺夫将其赋予更具现实意义的联想和结合，但小说的主人公在任何情况下都没有直接模拟作曲家福莱的命运，小说也没有直接参照福莱的作品。加兹达诺夫对小说进行了有目标的调整，在创作这部典型的教育小说时，已稍微显露出作者的反存在主义意向。

存在主义的代表人物萨特认为："人不外是人们设计的蓝图。人实现自己多少，他就有多少存在。因此，他，就只是他的行动的总体；他就是他，就只是他的生活。"在《醒来》中，皮埃尔·福莱十几岁时，父母不和睦的家庭生活对他的思想产生过消极的影响，哪怕是父亲去世，他依旧能按部就班地生活、学习和工作，并没有想到怎么反抗自己的生存环境。他的思想和行为的改变发生在他母亲去世后，因为对母亲多年的关心已成为他自己存在的全部意义："第一次他不能适应自己公寓的空荡和安静。收音机永远不再出声，皮埃尔知道它的声音会立即在他对母亲的回忆里引发痛苦的力量，当母亲活着的时候，收音机一直在低声地转播讲座、轻音乐、交响曲和音乐会……"[①] 形而上学的恐怖传递给主人公的不是对知识的回忆，而是其潜意识对母亲在其生活中的消失而感到切实的不适应，他深深地体会到——母亲的心脏停止跳动就意味着他自己的生活已不再有过去曾充满它的所有意义。在这种情况下，他的内心状态就像失去了某些存在体验：失去了从他出生时所感到的母亲丰腴双手的温柔触摸；失去了母亲的睡前之吻；失去了母亲从不离手拿抹布擦灰尘的身影；失去了母亲对家庭日常生活的维持和关心。可以说，皮埃尔个人存在意义的欢快节奏随着母亲心脏的鲜活而跳动，并随着它的停止而进入精神休眠的存在状态。作者在小说中用了通感的手法来展现皮埃尔·福莱对母亲的存在之感受，他在行驶的火车上听着火车震颤的节奏，这种声音的重复震动引出了他记忆中童年和青春的画面，其中让他记忆深刻的是在他童年时，有一次突然看见自己的父亲和一个陌生女人在巴黎餐厅里暧昧地说笑，他的父亲习惯用语言的多寡来表达对生活高兴与否。他的父亲总是在不停地责备自己的妻子，这是其对自己家庭感受的真实表达，当其变得沉默就意味着其生活将随之不复存在，而在其去世前夕，果然不再说任何话。皮埃尔·福莱

---

① Газданов Г. Пробуждение // Газданов Г. При-зрак Александра Вольфа: Романы. М., 1990. С. 421.

对生活中声音的敏感也是其生存境况造成的，这也为后来他用声音刺激玛丽说话埋下了伏笔。

皮埃尔·福莱记忆中的画面推动着小说故事情节向前发展，因为它在阐明作者的意向时发挥了主导作用，交代了主人公后来的行为选择之渊源。小说《醒来》中皮埃尔·福莱感知的一系列声音与他的每个情感和知识状态紧密相连，各种各样的声音（哭泣、笑声、心脏/火车的震颤、尖叫、呻吟、音乐、收音机等声音）形成了多层次结构的意义，凸显了他的存在体验。皮埃尔·福莱在火车上几乎不能忍受他周围嘈杂的环境，那名七岁男童的躁动尖叫和喋喋不休的提问，以及他妈妈简短的重复回答："是，亲爱的。不，亲爱的。"体现出日常生活的琐碎而荒谬。正是对现实中声音和气味的排斥使皮埃尔·福莱的意识慢慢转入回忆，他想起过去生活的各种声音，无表情的沉默是他悲哀的存在标志，他想到自己的生存意义，想象着自己不是会计师，而是医生，想象着将自己的生活视为对个人疾病的控制和最终对抗死亡，这是他的反存在主义的一种思想体现。他想象的不是自己完全体验的东西，而是存在其心灵深处的"祖国、音乐、心爱女人的脸、海和雪、悲伤、无缘无故的疯狂、致命状态、死的忧伤"①，他想进入另一种存在状态，如同将自己的精神和思想迁移到为了战胜遭受沉默虚无蹂躏的恐怖世界。

皮埃尔·福莱和玛丽第一次见面预示着彼此自然力的开启，是用怡然自得的感觉来凝听森林的寂静。当达到通常耳朵不能捕捉的声波时，新的听力产生了类似视觉的现象。无知无觉的森林疯女子玛丽引起了皮埃尔·福莱的兴趣，调动了他想要积极面对生活的态度，他将玛丽带到巴黎的疯狂计划是其用行动对抗未知生活的壮举，体现了"我反抗故我在"。两人回到巴黎一个月后，当顽强训练玛丽正常发声的皮埃尔渐渐绝望之时，奇迹在他没有准备的时候从天而降。他突然听到在自己的公寓传来自己不熟悉的声音，两天后他再次听到这种犹如金属摩擦发出的声音。这是玛丽发出的声音，像一种改变了多个音调的奇怪金属声，它没有任何情感色彩，但皮埃尔·福莱听得如同天籁。玛丽很长一段时间只是偶尔用

① Семенова С. Г. Путешествие по беспощадному существованию? (Гайто Газданов) // Русская по-эзия и проза 1920—1930-х годов. Поэтика - Виде-ние мира - Философия. - М., 2001. С. 545.

自己的破锣般的嗓音发出一些声响，其中没有单词，也没有意义。但这种没有一个词的谈话完全没有剥夺主人公皮埃尔的理解能力。玛丽的第一个表达短语是她用单音节回答皮埃尔关于她睡得如何。起初他听到的还是同样的非人般的声音，但很快就在她脸上出现了笑容。皮埃尔感觉她在用人类的眼睛在看着他。因此，玛丽的精神和肉体的恢复统一存在于音频之中，但与她那还是非人般的声音相连的还有女性的目光和微笑。精神病医生将玛丽的蜕变解释为奇迹，这种不可能的奇迹，正是人类不能达到的东西，因为人类不知道它的本质，或没有那些界定性质的规则。

玛丽的精神觉醒并且发出声音，这种奇迹克服了未知的悲惨现实和本体的可能性之间的深渊。玛丽发出真正的声音使皮埃尔克服了自身存在的封闭性，也是他尝试将玛丽从失忆的状态中唤醒的理由。玛丽通过皮埃尔嗓音的长时间振动才能模糊不清地确定声音之存在，而她对声音和音乐相对敏感源于她曾经的家庭环境熏陶。随着她的记忆恢复，她记起自己的真名叫做安娜·久蒙，但她没有向皮埃尔谈及自己过去的存在情形。在她日渐恢复的意识中出现了她的父母、精神导师——天主教神甫西蒙、冷漠无情的丈夫、年少夭折的孩子、境外的旅游画面、朋友之间的感伤离别，等等。安娜·玛丽战前和战后生活的强烈对比，反映了二战后的西方资产阶级在精神生活上不可克服的危机和资产阶级的矛盾心理。安娜·玛丽记忆中存在的画面是她对自己曾经生活的抵触，首先呈现在她面前的是对过去存在的视觉形象，接着是房子里充斥着各种各样的声音，有父亲轻微的咳嗽声，中断的钢琴旋律，母亲在弹奏练习曲和她自己即兴创作，突然又弹起小夜曲或《雨中的花园》——小音符占优势，接着它们像是不知何故发出的刺耳的钢琴杂音，然后母亲的即兴创作停止，开始长时间的谐波叙事曲，发出某种大放光彩的和透彻讲述生活的声音。安娜·玛丽的人生被赋予了生活本身固有的意义，那里有诗歌、记忆、感觉、希望、遥远的抒情运动、离开、回归、风景的再现、拒绝、同意、一切问题的答案，等等。在《醒来》中有符合奏鸣曲快板组成的结构原理，这是对称的构图。《醒来》的音乐乐谱加了在熟悉的“俄罗斯”小说中形成的印象主义诗学的抒情片段。这部“法国”小说将神话的、传记的、童话的、传奇的和互文的符号引入小说叙事，这毫无疑问地使多声部作品的文本分层化和复杂化。

在小说《醒来》中描绘的主人公记忆和梦想之画面，简洁地形成了作家创作意向的本体，体现作家对贯穿他所有创作的存在主义问题的持久兴趣。在这部小说中明确建立了与读者进行文化记忆机制和审美类比的对话，而小说中的反存在主义及本体论的主导思想破坏了在模仿层面解决存在主义问题的幻想。在《醒来》中处于中心地位的意象声响的主题体现了作者独特的叙事表达，反射着某种洞悉和透彻讲述生活的声音，体现了生命作为本体的可能性。小说的结尾是疲惫不堪的皮埃尔·福莱期待着安娜·玛丽用钥匙开门的声音，听到从门口传来了安娜的清晰问询声。这两种皮埃尔·福莱视为天籁的声音体现了小说《醒来》具有的音乐大循环的叙事结构特征，与小说开头的嘈杂刺耳的声音形成对比，暗示主人公对人生的选择从最初的迷茫无序的非理性状态过渡到清醒有序的理性状态。贯穿整个小说的音响是作者建构文学文本的意象组合，从而使加兹达诺夫对奇迹、梦想和记忆的无限存在空间的叙事在外部得以实现。可以说，在小说中，音乐对主人公的意义在于：是对过去存在之物的记忆，是对永不存在之物的梦想。最终，皮埃尔·福莱通过自己的个人选择和不断努力战胜了存在主义的荒谬感。加兹达诺夫在小说《醒来》中运用了不同的叙事策略，他的创作风格开始从现代主义转向现实主义，并且采用自然主义的手法描写了女主人公玛丽在战争中受伤失忆期间的那种动物般的生存方式。

小说《醒来》体现了加兹达诺夫的共济会伦理和哲学信仰，是他个人生活经历与二十世纪的历史经验的叠加体现，是他对比公共乌托邦和个人乌托邦追求的结果，并将反存在主义的原则和理念迁移到他虚构文学的存在中，这就决定了他的许多小说中的主题、人物类型、人物演化、小说的幸福结局——女主人公经历了精神危机后成为一个使人们受益的人。在小说《醒来》中一个普通的法国会计师让我们见证了一个美好奇迹的存在：一个平凡的人凭着心中对弱小无助者的怜悯和仁爱，无偿地付出自己的辛劳和时间，最终使一个女人缓慢而痛苦地走出所经受的战争创伤和心理疾病，最终战胜过去的存在而重返新的美好生活，印证了作者为此小说所用的题记（引自威廉一世的话）：“如果不付出力量和毅力，就别指望达到目的，获得成功。”小说体现了加兹达诺夫的存在－乌托邦的创作理念，他还把这种乌托邦情结注入《一次旅行的故事》中的理想人物类型尼古拉和《醒来》中的主人公身上。随着时间的推移，在加兹达诺夫的作品中反存在主义和人道主义的主题日益加强，这是他对人的精神和道德复活的信念所致，是对战后建设人类和谐大厦和命运共同体的一种信念。

第五节　加兹达诺夫战争小说中的俄罗斯形象

俄侨作家加兹达诺夫的战争小说中贯穿着俄罗斯形象，他作为俄罗斯民族文化的承载者和继承人，其作品中充满对拒绝自己儿女的俄罗斯的眷念。正如著名小说家和俄罗斯流亡杂志的编辑罗曼·古尔（Роман Гуль，1896—1986）所认为的那样：俄罗斯一直和俄罗斯侨民们生活在一起，活在其身上——在其血液里，在其心理中，在其内心结构中，在其对世界的看法中。无论他们是否愿意，似乎是在无意识之中，他们的工作和写作全都是为了她，为了俄罗斯。我们分析不同的俄罗斯侨民作家创作中的俄罗斯形象，必须注意该形象的特殊性，因为它不仅参与了艺术作品的情节建构，并且体现了作家具有非常深刻含义的思想和情感的综合。梅列日科夫斯基认为，地狱般的流亡之苦使俄罗斯流亡者对祖国怀着特殊的爱与恨，犹如被诅咒的孩子对诅咒他们的母亲的爱与恨。这种相互交织的爱与恨已深深印刻在流亡者的脑海，并融入其血液。也如茨维塔耶娃所说："祖国不是领土的虚设，而是记忆和血液的不可抗拒性。不在俄罗斯，就会忘了俄罗斯

有这种担心的人，只是想象着它的外表。而那内心有俄罗斯的人——逝去的只是与它一起的生活而已。"[①] 什梅廖夫则倾向于创建神圣俄罗斯的理想世界，其中包含着对崇高的人类精神的评价。扎伊采夫在流亡时期所写的有关俄罗斯形象，是在自己作品中的人物身上鲜明体现出俄罗斯民族性格中的博爱。可以说，不同的俄罗斯流亡作家都在自己作品中复活了昔日的俄罗斯形象，使俄罗斯形象在境外俄罗斯文学的大花园中年复一年依旧异彩纷呈地绽放。

① Цветаева М.（Ответ на анкету журнала《Своими путями》）/М. Цветаева//Цветаева М. Собрание сочинений：в 7 т.-М.，1994. С. 618.

俄罗斯形象几乎成为加兹达诺夫作品中的主旋律。俄罗斯产生并提供给加兹达诺夫重要的精神食粮，作家通过回忆来创建逝去的俄罗斯形象，这在作品中充满失去祖国的情感和那种莫名的损失感。并且，作家在作品中塑造了不同时期的俄罗斯形象。

一

加兹达诺夫在战争小说中塑造了自己意识中独特的逝去的俄罗斯形象，这与他对逝去的俄罗斯生活的记忆息息相关。加兹达诺夫生于历史大动荡时期，其一生颇为坎坷而传奇，经历过两次世界大战。1919 年夏天不足 16 岁的他参加了俄罗斯国内战争，随战败的弗兰格尔的部队撤出俄罗斯，终生未能再返回俄罗斯。后来在侨居时期又参加过法国的“抵抗运动”，他深切体验过法国遭遇两次经济危机时的民生困苦。从 20 岁开始加兹达诺夫在法国从事多种职业，因与俄罗斯的隔绝，对俄罗斯的各种回忆造就其战争小说的显著特点是自传性。因此，他的一生及其作品犹如一个多棱镜，能清楚而真实地折射他所经历的半个世纪的战争风云。如《在克莱尔身旁的一个夜晚》《夜路》和他描述战争的纪实小说和短篇小说，在这些作品中艺术描绘的现象最大限度地接近加兹达诺夫的亲身经历、创作思想和现实事件，并随着主人公在成长中的时间位移，变换描绘了 20 世纪前半期历经战争苦难的俄罗斯形象的艺术画面。在新历史主义视阈下来阐释加兹达诺夫战争小说文本的历史性和战争历史的文本性，在其塑造的俄罗斯形象中更能凸显文学和历史的互文关系和指涉价值。

俄罗斯形象首先实现于加兹达诺夫作品的主人公们对革命前和内战前的过去生活的回忆。有时，这种回忆在主人公的梦境中出现并被不可企及的迷雾阻碍，使其产生了强烈的损失感，这种在主人公梦境中的俄罗斯形象形成于他们的潜意识层，这种现象主要表现在《回忆》《变革》《亚历山大·沃尔夫的幽灵》等作品中。有时，和平的俄罗斯形象在主人公处于特定的语境和情况下所产生的回忆中，并像意识流一样连续不断地出现。这些俄罗斯形象无论通过哪种形式进行回忆，主人公总能体会到满心的忧伤。加兹达诺夫以国内战争为背景的小说在他全部小说中占很大比重，他的一些有关国内战争的短篇小说引人注目，因为他用那乐观的、坚强的语调进行讲述。加兹达诺夫带着被国内战争灼伤的心灵和侨民生活经验，真实地在自传体小说中对血腥战争进行描写，并对生与死的存在主题进行了哲理性深思，让读者在战争的存在环境中感受俄罗斯的战争形象。《亚历山大·沃尔夫的幽灵》细致描写了在激烈战争之后，撤退之时因靠树打盹而掉队的一个16岁的列兵慌乱举枪却意外打伤了一个敌方侦查骑兵。在小说中这一骑兵濒死的血腥场面频繁出现于经历过战争的不同主人公的生活中，严重地影响了他们在战后和平时期的生活，这一战争场景成了贯穿小说的一条串珠之链，将人物、半侦探的情节、偶然的片段、遭受战争创伤的回忆、对生与死的深层思考等方面有机地串联起来。由此展现俄罗斯母亲因战争而让其子女流离失所痛不欲生。

加兹达诺夫认为，在文学中只有两种形象，那就是死亡和爱情，因此，在他的战争小说中关于俄罗斯的回忆不仅与爱情相联系，而且与革命和内战的悲剧事件、如影随形的死亡及其影响相联系。在加兹达诺夫的第一部长篇小说和初期的一些短篇战争小说中死亡和爱情伴随着革命前的俄罗斯形象。

加兹达诺夫不仅回忆昔日战争中的俄罗斯，而且同样关注战后俄罗斯侨民们的日常生活和精神生活，并在长篇小说《夜路》中通过因战争而流亡的俄侨们的言行而对境外俄罗斯形象进行深入描绘。加兹达诺夫在二战时，不仅关注苏联的国内战事，而且和苏联游击队并肩作战参与抵抗运动来保卫巴黎，战争一结束，就创作战争纪实小说《在法兰西的土地上》，怀着悲痛而尊敬的心情来讴歌英勇不屈、保卫世界和平的俄罗斯游击队，他们在各国形形色色的勇保巴黎的抵抗运动者中的形象熠熠生辉，这也凸显出二战时期的俄罗斯形象。

二

在加兹达诺夫的一系列作品中描绘了主人公流亡法国前的俄罗斯。当主人公回忆昔日革命前的俄罗斯的温馨美好的生活，依旧伴随着某种内心恐惧和对灾难的预感；当俄侨们回忆战争和战后事件时，远离祖国的孤独感使主人公在未来不可避免的死亡和困苦面前体验到了深深的恐惧感。

在加兹达诺夫自传体的成名作《在克莱尔身旁的一个夜晚》中的俄罗斯形象

首先表现为失去家园。主人公尼古拉·索谢多夫在俄罗斯高加索地区的乡村里度过的美好而和谐的童年时光，未被战争破坏的俄罗斯的大自然充满着诗情画意。索谢多夫的父亲在战争前经常给他讲远渡重洋的童话故事，无忧无虑的童年和随父而行的漫游，深刻影响了他的世界观的形成，以至于他对战争的残酷性缺乏根本的认识。索谢多夫在父亲和两个姐姐死后，他关于生活的欢乐认识也消失了。在武备中学上学时，情窦初开的主人公认识了精灵大胆的法国女孩克莱尔，但他把这份爱情深埋在心里而时时怀念，成为他回忆俄罗斯的美好生活的一部分。随着主人公年龄增长，俄罗斯形象也与青年时期的主人公索谢多夫参加白军走向塞瓦斯多波尔战场联系起来。战场上发生的无数的个人悲剧都与俄罗斯内战的时代大背景息息相关。主人公描述过在漫天飘雪的原野上坦克从已死的、受伤的、鲜活的战士身上碾过的惨不忍睹的场面。主人公后来随部队撤退出俄罗斯，几年后看到无名烈士墓，想到自己唯一的朋友武备学校学员之死，那种因战争而造成的损失感、孤独感、恐惧感和忧伤感，在美好的天气和大自然的背景下显得尤为强烈。俄罗斯形象和主人公尼古拉·索谢多夫的生活紧密相连，因此，这一形象随时随地在文本中响彻回音，并在词汇层面用了一些具有象征意义的词汇来深化俄罗斯形象：橙黄色的毫无生气的土地、远看洁白纯净但近看肮脏松软的雪、湖中静止的黑水、峡谷、荒漠、被射杀的鹰，等等。在这种记忆中包含的不仅有作者的童年和青年，还有祖国和俄语。

在加兹达诺夫的一些初期的短篇小说的情节中俄罗斯形象占据了重要地位。特别是在《自由时代的故事》《三次失败的故事》《黑桃 8 协会》《布拉克同志》这些作品中，主人公的行动发生在俄罗斯，这样作为情节元素的俄罗斯形象就随着情节的发展同时实现。叙事主人公回忆了自己的青年时代，那是自己和国家都经历过的变革时代。对俄罗斯过去的生活事件进行描述的作品还有《钢铁大臣》《夏威夷吉他曲》《一次旅行的故事》等。在《三次败局的故事》的第二部分作者描述了发生悲剧前的俄罗斯人民的和平生活，这一切都伴随着主人公的感受而向读者传递着俄罗斯形象：夏季风景如画的家乡自然风光，街道简单的名称，居民在和平的气氛中过着平静的生活。主人公回忆了自己的熟人和一些他能记起的普通人（老犹太旧书商；身材扁平的妇女等），并描述了日常生活和风俗礼仪，小城中的弹子房和旅馆，醉酒斗殴和双方和解。随着情节的发展，小说中也描述了革命后的俄罗斯，并塑造了忍受苦难、处在混乱和无政府状态的俄罗斯形象。这种状态也出现在短篇小说《布拉克同志》中，小说的行动发生在内战前几个月，所描述的痛苦和悲剧的场面让人觉得像“瘟疫流行时的宴会”。

在短篇小说《变革》中叙事主人公在自己梦中对俄罗斯的回忆，伴随着雄蜂的嗡嗡声，小鸟的鸣叫声，乐团的音乐声和时钟的滴答声。梦中的他来到西伯利亚，并在额尔齐斯河中游泳。作品中孤独形象伴随着俄罗斯形象，主人公在理解俄罗斯的同时，也将自己在现实生活中感受到的孤独掩藏在逝去的岁月里，认为流亡者是永恒的孤独者：“……我从未遇到过自己过去的同志，我的伙伴们留下对游戏和俄罗斯的忠诚（在俄罗斯的一些住宅中响亮的笑声），而在这里我一个人却生活在虚幻的世界里……”[①]。现实中的悲剧就是在这种背景下产生：舒慈曼夫人的死亡，犹太人被屠杀，等等。

在短篇小说《自由时代的故事》的第一部分也描述了人们在革命前的祥和生活。在该小说的第三部分文本中展现出革命和内战后的另一种俄罗斯形象：残破不堪的房屋，被毁坏和剥夺的生活，烧焦的林间空地，等等。接着伊利亚·瓦西里耶维奇·阿里斯塔尔霍夫对这种印象更为深入地挖掘，其死去的战友被逐一列举，使读者更深刻地理解此时期的俄罗斯形象。

短篇小说《黑桃 8 协会》的行动发生在革命前和革命后，俄罗斯形象表现在一群年轻人和对发生在他们生活中的事件的描述中。从他们的例子中反映了这一时期国家基础不稳定、法律被践踏、书刊检察机关匮乏。所有这些混乱气氛笼罩着俄罗斯。接着，新政权渐渐地获得了力量而且更为严格地要求自己的政权。在该小说中作者赋予俄罗斯生动的时代特征。

在加兹达诺夫后期的短篇小说《最后一天》中俄罗斯形象与家园被毁相联系。作为抵挡外部急剧变化的安全地方和作为掩体的家，在城市被最后轰炸的场面中，当周围的所有建筑都被炸毁，唯独主人公藏身的家却完好无损地保存下来。这也是作者对“国破山河在”的俄罗斯寄托的美好的愿望。

---

① Газданов Г. Собрание сочинений：в 5 т.. М.：Эллис Лак，2009. Т. 1. С. 595.

三

主人公流亡法国之后的俄罗斯形象可以通过两种不同体裁的作品来体现，一类是文艺小说，另一类是纪实小说。

《在克莱尔身旁的一个夜晚》中主人公尼古拉·索谢多夫流亡法国后，居然在巴黎巧遇初恋情人克莱尔，欣喜之余，却发现心中的恋人已不是自己曾经朝思暮想的纯情女孩：她已结婚，其思想和行为已受法国上层社会的不良影响，意欲和索谢多夫旧情复燃。整部小说用过去时写成，小说开始于索谢多夫坐在生病的克莱尔身旁，回忆起自己在俄罗斯的点点滴滴，小说的结尾是索谢多夫乘船离开俄罗斯。因此，作者对过去、记忆范畴及回忆的倾向性在小说的情节建构和文本的叙事组织方面起着重大作用，这也阐明主人公生活在自己的主观世界里，在往昔的世界里他能够自如地向任何方向移动，在作品中出现片段性，插叙作者的哲理感悟等。加兹达诺夫的艺术作品的这种时间叙事消除了过去和现在的界限，但在他的作品中没有提到未来。因为该作品写于作者侨居法国的初期，其生活异常之艰苦，这也体现了身为流亡者和漂泊者的加兹达诺夫当时看不到自己祖国的未来在哪里。

在长篇小说《夜路》中的俄罗斯形象主要是通过加兹达诺夫开夜间出租车时见到的流亡法国的各个阶层的俄罗斯人的生活和精神状态来体现的。作者由流亡法国的俄罗斯人追溯到他们在俄罗斯的情形，通过对比凸显作者流亡前的俄罗斯形象和流亡境外的俄罗斯人所折射出的俄罗斯形象。在《夜路》中用了类似于俄罗斯文学凄婉浪漫的写意方法，列举了因战争和政治等原因被迫流亡的俄罗斯人，如：俄罗斯将军和骑兵上尉，俄罗斯的知识分子，以及各个阶层的普通俄罗斯民众，即使是简单的列举，对加兹达诺夫来说，这种分析对情节发展和揭示俄罗斯的形象至关重要。这些人在流亡时期的社会地位骤降：为生活所迫而从事其力所不及的职业，或是丧失尊严的活动。在流亡前身心已受到重创的他们，在异国再次受到身体和精神的双重摧残。因此，怀旧和死亡的形象一直贯穿在小说中。虽然，1940 年的俄罗斯已在苏联政权的领导下发生了翻天覆地的变化，但流亡异国的加兹达诺夫感受到的依然是自己内心的俄罗斯，境外的俄罗斯。

在二战时期的俄罗斯形象主要体现于加兹达诺夫的纪实小说《在法兰西的土地上》。加兹达诺夫在作品中没写在法国的苏联游击运动历史，而是通过记叙从纳粹集中营逃生的苏联游击队员在法国抵抗德国法西斯的一个个具体的事件来展现俄罗斯精神，折射俄罗斯国内同时进行的反法西斯战争。在读者面前呈现安东·瓦西里耶维奇、瓦西里·波里克、上尉瓦西里耶夫、瓦夏、斯米尔诺、费加、上尉亚历山大和其他不愿透露姓名的苏联游击队员的故事。加兹达诺夫将苏联游击队员们作为俄罗斯社会的一部分来分析，被将其称为苏联人。正如《夜路》的部分主人公是作为阶层表征的说明材料。以马克西姆·高尔基的名字命名的苏联游击队员的生活事件也说明了作为民族的苏联人民的素质和能力。苏联的游击队员都怀着对复仇的渴望，它超越了自我保护的本能，强于对死亡的恐惧。他们区别于其他人的显著特征是他们的英勇毅力，这需要特殊的精神力量，就算成了战俘，他们也不承认自己被战胜了，在战俘营中他们时刻不忘反抗和斗争，中尉瓦西里·波里克和士兵费加的故事特别能说明这种品质，他的令人难以置信的神奇生活充满了不可思议的反抗力量和斗争，但这种反抗意识和行为不是偶然的，它反映了那种抑制不住的永恒力量，就是创造了其祖国的源泉，这与俄罗斯民族起源理论相呼应。俄罗斯游击队员在法国的抵抗德军行为之初，是集体意识导致其个人历史惊人地巧合，并且他们都具有谦虚的特质，酷爱自由，愿为自由而在世界各地战斗。小说中刻画的大多数游击队员形象具有典型的俄罗斯人民的特征。如苏联姑娘娜塔莎通过农业生产帮助游击队进行战斗，她只有在森林和大自然中才感觉如鱼得水，而在大城市巴黎则感到寂寞无聊和不自在。娜塔莎丰满而结实的身材，带着那种农民的辛劳，是战争时期普通俄罗斯劳动妇女的典型身材，她的另一典型特征是道德的纯洁性和内在的整体性，并在艰苦卓绝的向往文化生活。在娜塔莎的形象中日益显现出典型的、独特的俄罗斯民族的女性形象的整体特征。加兹达诺夫在《在法兰西的土地上》一书中自豪地分析了苏联战胜德国的原因和俄法两国的普通民众那朴素的爱国主义、真正的英雄主义和美好的和平理想，并展现了1940—1945年法国被德国占领期间，人们在战争中所经历的饥饿、恐惧和抵抗。

在20世纪50年代，加兹达诺夫作品中的俄罗斯形象几乎消失了，但在其

1968年发表的最后一部长篇小说《埃维莉娜和她的朋友们》中又重新出现俄罗斯形象。该作品中独一无二的友谊具有俄罗斯精神，并且这种俄罗斯形象也和流亡生活和孤独的形象相联系，作品中的主人公们产生了和《在克莱尔身旁的一个夜晚》中的主人公索谢多夫在接近无名烈士墓的方尖碑时的感觉：战争让他独自一人留下，信守着这种相聚的承诺，但它不可能实现，因为他和曾经的战友没有掌握自己命运的权利，而只有情况的偶然巧合让他一个人走近康科德广场的方尖碑，这种阴阳相隔的见面方式更是凸显战争的残酷与可怕，也揭示了他在流亡之路上的灵魂漂泊。

在加兹达诺夫的一些小说中的故事虽然发生在法国，但小说主人公在流亡生活中处处都感受到战前俄罗斯的影子。例如：在短篇小说《变革》中，当第一人称叙事主人公躺在草地上看书时，就联想到自己在俄罗斯也曾多次在这种草地上躺过。这种感觉使和平的俄罗斯形象变为悲剧事件后的俄罗斯形象，留在主人公记忆中的地方，犹如被破坏的、无生界的死海，它对主人公来说没有了吸引力，使他开始转向流亡中的现实及生活，只是记忆将他拉向这个形象。在短篇小说《梅丽公爵小姐》中巴黎的街道就引起主人公对圣彼得堡的遥远回忆。在短篇小说《祭悼》的开篇加兹达诺夫就写到德国占领了巴黎，进而联想到，随着战事的空间扩展，将出现成千上万的人沿着俄罗斯冻结的道路前进，并且他们展现了在二战期间俄罗斯人的凝聚力和精神坚定性。小说主人公为一些人倒卖各种商品，大发战争横财的行为深为不耻，因为有些人因为战争而缺吃少穿，濒临死亡的边缘。在《摘自记事本》一文中主人公走在巴黎郊外小镇上，洁白的冻雪在脚下咯吱作响，这让他想起了战前在俄罗斯的情形，因为漂泊在异国他乡的人，灵魂是无处安放的。

总之，作为俄罗斯之子，加兹达诺夫无论是身在法国，还是所写一系列的“法国小说”，字里行间都会闪现出战争前和战时的俄罗斯形象，在潜意识中根据自己的标准将俄罗斯和法国进行了方方面面的比较。这也是文学的功能，它是社会意识形态、上层建筑之一，它是社会生活在人们头脑中反映的产物。在加兹达诺夫的“俄罗斯小说”中，作者主要通过回忆的方式反映流亡前的俄罗斯形象，这一时期的俄罗斯形象可以理解为对童年、青年及初恋的回忆，主要通过家园形象来反映特殊的空间、舒适、爱情和周围人的理解。家园对加兹达诺夫来说是和平、祖国、幸福的童年、传统等的象征，同时也就是俄罗斯的象征；家园形象有助于揭示主人公的内心世界。在加兹达诺夫后期的回忆俄罗斯的大多数作品中主要是表现战事，家园形象闪现在主人公对往昔零散回忆的迷雾之中，并通过具有象征意义的气候与地理位置的细节来体现俄罗斯形象。战争必然导致流血和死亡，荼毒生灵，影响人类的生存，随之产生极为复杂的道德现象。加兹达诺夫在小说中真切地关注人们在战争中因死亡体验而丧失生机的心灵，进而关注爱的解救力量，揭示失爱的悲剧性及爱的永恒价值之意义，坚信爱能产生崇高的有积极作用的道德，并将个体和个体间关系提升到道德完善的程度，坚信爱能使充满真善美的心灵的人们更好地和谐生存。在加兹达诺夫的“法国小说”中通过某些作者无意中提到的俄罗斯的点点滴滴折射出俄罗斯形象。每个人都是构成历史长河的一分子，每个人的一生都携带着特定历史时期的基因，并受全球政治经济等大的历史背景的影响而发生着量变或者质变，加兹达诺夫通过其纪实作品中的一个个具有时代特征的人物形象来发掘其身上蕴涵的俄罗斯精神。在加兹达诺夫以法国为背景的小说中还折射出法国近半个世纪的历史，尤其显著的是俄罗斯游击队员在法国抵抗法西斯运动的那段历史，这是俄罗斯形象的侧写。在加兹达诺夫的作品中处处都反映着他自己的俄罗斯情节，通过俄罗斯形象体现俄罗斯精神，这是给自己祖国的独特献礼。加兹达诺夫的生平及创作所反映的俄法两国半个世纪的历史风云，凸显着巴黎俄侨的小人生折射全球人类大历史的永恒视角。将加兹达诺夫的战争小说放在20世纪的历史大背景之下进行研究，能更透彻地分析俄罗斯形象的深刻内涵，进而确定其时代意义。

本章小结

综上所述，加兹达诺夫的作品表明欧洲现代主义的发展对其产生明显的影响，加兹达诺夫受到俄罗斯内战的影响，从俄罗斯来到巴黎，他是保持俄罗斯之根的作家，同时，又能够有机融入巴黎的空间，参加保卫巴黎的战争，本章涉及的几部小说无一没有涉及巴黎，这是他作为俄侨而身处跨文化语境中的见证。

观察生活的主观细腻，对精神活动的别出心裁的描绘，情感紧张状态的细微颤动等等都成为加兹达诺夫的创作对象。可以说，在他的1930—1940年代小说中作者的意象是通过冥想沉思的意识流来表达，而小说中的道路主题则获得了存在主义的意义。而在其1950—1960年代的小说中蕴含着乌托邦主义和反存在主义的印记，这首先源自一种绝望的现实存在，但他仍然坚信，当人面临荒诞与死亡之时，只有进行乐观而勇敢地抗争，人生才会拥有希望和未来，这也是人类社会前进中合乎自然规律的存在法则，这根植于有机自然界的本质。加兹达诺夫的个性体现在他所接受的文化和种族基质中，在他的生活和工作中体现着骑士精神和宗族博爱。加兹达诺夫身上也融合了不同的民族文化心理，处在西方唯理论和东方神秘主义色彩的文化氛围中，他亦能兼容并蓄，其创作具有全球性和全人类性的特征，是在世界不同文化语境的多声部中所发出的独特之声，其创作不仅受到俄罗斯经典作家托尔斯泰和陀思妥耶夫斯基等人的影响，而且受到西方作家普鲁斯特、乔伊斯和谢林等人的重大影响。在加兹达诺夫的创作时期，用俄语写作的老一代侨民作家、新一代侨民作家和苏联作家有着不同的文化意识，因为他们身处不同的生存环境和政治环境之中，这反映的不仅仅是复杂的文化史，还证明了研究每个艺术家具体的创作之路就是为了不丧失其凝聚力。加兹达诺夫在《关于文学的思考》中写道："没有好处，我认为，否认当今老一代侨民文学是真正的'俄罗斯文化精神'的表达。……苏联文学是世界文学史上绝无前例的事件，在生物学上它已不同于我们习惯上理解的那种文化艺术。……在境外发生了另一种情形。首先是这里的人，'前景暗淡'，创建了有关侨民文学的神话——指的是年轻一代作家"。[①]在此情况下，遭受过战争的俄罗斯侨民作家的个体命运需要在特定的侨民文学语境中加以界定，因为其受到的审美和宗教环境都处在迁移之中，这对俄侨作家加兹达诺夫的生活和创作进行重新定位就显得极为重要。

加兹达诺夫个人命运具有外在典型性和共性，参加世界大战和国内战争的经历对其性格形成和创作个性都产生了深远影响，对俄罗斯语言和文化的掌握已深

---

① Гайто Газданов. Собр. соч. :в 5 т. -М.:Эллис Лак，2009. Т. 4. С. 732-733.

入其小说文本的组织和血液里，使其战争小说中具有自传性和存在主义的特点，同时又反映出作者的跨文化的民族意识元素。因此，加兹达诺夫的小说不仅包括有战争小说的审美功能，也具有真实书写的纪实功能。加兹达诺夫就是有着这种神圣使命感的作家，国内战争的存在经验，使他深刻了解战争悲剧的现实意义，侨民的身份和夜间出租车的职业，让他接触了大量因战争而流亡法国的俄罗斯侨民，他们不仅生活窘迫，精神上更是压抑。加兹达诺夫不仅对这些人物进行外表和心理的刻画，而且对造成他们悲剧命运的原因进行深入的哲理思考。时代的巨变造成加兹达诺夫的人生骤变，进而引起他在自己的作品中对人类存在的深层次、多方位的思考。

加兹达诺夫通过主人公之口对当时政治和宗教进行辛辣的讽刺和抨击，毫无疑问，其小说人物的社会性被视为小说的主要特征，他寻根究底来探寻社会底层人物的存在状态，并从永恒人性的视角来解释各种主人公的行为动机和内外形象。加兹达诺夫笔下的人物形象独特，作者通过小说主人公表达了其内心深处的想法和意见，阐述了自己的哲学和公民的立场，在所有的人物、情节、风格等背后呈现出个性突出、并有丰富内心世界的作者形象。这源于加兹达诺夫的慷慨、善良和对人与生活之爱。

加兹达诺夫小说中的典型主题反映了在俄罗斯历史的巨大转折时期、过渡阶段和俄侨在法国悲苦的生活时期，无论是社会文化，还是人民生活都受到了时代的巨大冲击：战争、冒险、死亡、精神疾病是人们经常遇到的悲剧，但在悲剧的生活中人们依然追求着永恒和美好的东西，如真挚的爱情、美好的童年时光、对逝去的俄罗斯之爱、坚定的信仰、为世界和平而战，等等。加兹达诺夫自身也经历了他生活的时代中的种种情形，由于他的哲学思想深受别尔嘉耶夫和舍斯托夫的影响，以及托尔斯泰道德哲学的影响，其作品呼吁人的精神自由，反对一些人追求的非理性自由。他的人道主义思想让其关注人们在战争中遭受死亡体验和丧失激情的心灵，并转而关注爱的解救力量，坚信在爱里能产生崇高的信念和积极向上的行为，并将个体间的关系提升到道德完善的程度，坚信爱能产生充满真善美的心灵，使人类能和谐生存在地球之上。加兹达诺夫虽然不是哲学家，但作为一个具有哲学思维的作家，他能透过各种存在现象看透其本质，进而写出蕴含高度哲理和深度思想的作品，通过各种主题的阐述，塑造了特定历史时期的俄罗斯形象和个性鲜明的各类主人公形象，使人们的精神得到新的洗礼，对世界产生新的认知。

结 语

从圣彼得堡到巴黎的俄侨作家加兹达诺夫，受到俄罗斯和西欧双重文化的熏陶，日渐形成了他独特的文化心理结构，使他对法国的俄罗斯侨民文学圈的状况有着清醒的认知，给出了针砭时弊的观点。虽然他喜爱新现实主义和纯粹的俄罗斯语言，并把自己视为俄罗斯民族文化和传统文学的承载者和继承者，忠实地捍卫普希金、托尔斯泰及陀思妥耶夫斯基的人道主义传统，并继承布宁－什梅廖夫－库普林式的现实主义传统，还将老一辈俄罗斯侨民作家对集约性、人、自然、社会等和谐的俄罗斯理念融入自己的作品。同时，法国的文学、哲学也对加兹达诺夫的战争观产生了重要影响。C. 谢苗诺娃的《在“残酷生活”中旅行（加伊托·加兹达诺夫）》中认为：“加兹达诺夫小说中唯一的主人公，就是那具有自传色彩的‘我’，作家的整个创作都渗透着浓厚的存在主义因素。”[①] 在《在克莱尔身旁的一个夜晚》《夜路》《亚历山大·沃尔夫的幽灵》《醒来》中，加兹达诺夫的存在思想演变为人之存在的平稳运动——肉体和心灵的和谐存在，存在主义和乌托邦的理想一直闪现在其作品中，引导作品中身心遭受过战争荼毒的主人公走向精神的和谐。分析和解读加兹达诺夫作品中的人物形象离不开人物生存的社会

① （俄）弗·阿格诺索夫. 俄罗斯侨民文学史［M］. 刘文飞，陈方译. 北京：人民文学出版社，2004：426.

环境和文化语境，只有在历史文化条件下，才能公正地理解人物存在的可能性和必然性。正如昆德拉所说：“小说审视的不是现实，而是存在。而存在并非是已经发生的，存在属于人类可能性的领域，所有人类可能成为的，所有人类做得出来的。小说家画出存在地图，从而发现这样或那样一种人类可能性。”①加兹达诺夫的文艺观正是如此，他在自己的小说中刻画了一系列具有典型时代特征的人物形象及其存在状态。

加兹达诺夫的作品揭示了无论是民族战争、革命战争还是反法西斯战争，都可归结为人类与人类之间的战争，都要产生死伤与物耗，给人们的身心带来战争产生的畸形伤疤，无法销蚀的痕迹。随着武器发明在日新月异的变化，人类相互残杀的战争仍在不断地发生。通过加兹达诺夫战争小说揭示的人之存在悲剧，可以启发人们反对任何形式的战争，构建和谐社会的审美意识，加强人类命运共同体的构筑。加兹达诺夫作品的主人公时常难以忘怀革命前和内战前美好的俄罗斯生活，这种梦幻中的俄罗斯形象存在于他们的潜意识层，有时会在主人公的梦境中出现并不甚明朗，使其在异国他乡无限失落。

对战争中各类人物形象的塑造和分析，表明加兹达诺夫想要捕捉不同类型的人物存在的意义：“……人的命运，这是我应该想要彻底了解的，所以不由自主地，有力地吸引了我……在庞大而沉默的运动中，曾吸引着我的，正是在缭绕的朦胧中日常的生和死的世界，在此世界中，当然，没有什么开始和结束的概念，正如没有意义和方向的概念……任何生活，被纳入某种熟悉的和有悖常规的线路——开端，发展，结束——都令我非常感兴趣。”② 加兹达诺夫需要观察人类生活的众多实验数据来分析不同的人物形象。这些人物经历过可怕记忆，人与人之间的不理解，心灵难以抚平的创伤，离国别家的忧伤，永无止境的孤独——这就是加兹达诺夫主人公的必然归宿和整体特征。随着加兹达诺夫对世界现实的深入理解，对挽救正义的渴求，促使他尝试着将个人形象连接成一个整体来反射现实

① （捷克）昆德拉．小说的艺术［M］．董强译．上海：上海译文出版社，2004：54．

② Гайто Газданов. Собр. соч.：В 3 т. -М.：Согласие，1996. Т. 2. С. 622.

社会，在小说复现的那个扭曲的世界中，他尝试着和自己的主人公，即那些有着扭曲意识的人物一同来寻求和谐生活的新道路。因为“人类在酿造了地球生物圈的种种危机的同时，也给地球的‘精神圈’遗留下种种偏执、扭曲、裂隙、空洞。重整破碎的自然和重建衰败的人文精神是一致的。修补地球‘精神圈’，是文学艺术在人类纪的神圣使命。”[①] 加兹达诺夫的这种神圣使命感及其国内战争的存在主义的经验，使他深刻了解战争悲剧的现实意义和残酷战争所破坏的人类美好的存在。

加兹达诺夫后期的多数作品则转向历史的或文化的不同记忆中的俄罗斯形象，主要人物的记忆更多地具有某种社会阶层集体特征的类型。加兹达诺夫小说中的战争主题反映了俄罗斯历史的巨大转折造成俄侨在法国悲苦的生活。

加兹达诺夫在法国生活的时期正处于20世纪法国存在主义哲学盛行时期，这种影响在他的作品中也打下了深深的烙印。在加兹达诺夫的创作中有许多与欧洲所有经典哲学家的存在主义哲学和美学方面的联系，如克尔凯郭尔、胡塞尔、海德格尔等。可以说，加兹达诺夫的创作是二十世纪中欧洲的文化、哲学与文学的混合物。在加兹达诺夫的作品中可以找到许多典型的存在主义的特征，其中的重点可能是人在世界的可能性和这些可能性的极限。从本质上讲，存在主义承认：人可能是渺小的，人是无能为力的、寂寞的，常常也是荒谬的，人痛彻心扉的失败总是必然的，人的自我肯定的新尝试是不可避免的，哪怕这是二律背反：要么接受失败（如萨特、卡夫卡的存在主义），要么是淡泊的英雄——这是加兹达诺夫的选择，是他所认同的加缪之存在主义。到20世纪40年代，加兹达诺夫已经是一个成熟的、有着存在主义和乌托邦意识的俄侨作家，已是《在克莱尔身旁的一个夜晚》《夜路》《一次旅行的故事》以及很多短篇小说的作者，可以说，这一时期他的美学和哲学原则已经确立，他对战争的体验和解读也贯穿在自己的各种体裁的小说中。

---

① 鲁枢元. 生态批评的空间 [M]. 上海：华东师范大学出版社，2006：1.

加兹达诺夫的创作是一种非凡现象，他的作品自从1988年回归俄罗斯后得到了社会的极大关注，甚至被称为伟大的作家。共济会将加兹达诺夫引向俄罗斯和欧洲两种传统的十字路口上，加兹达诺夫审美意识中的存在主义及乌托邦情结使其作品散发着独具特色的魅力。加兹达诺夫的参战经历和创作历程表现出一个有责任感和使命感的俄侨作家的智慧和忠诚：无论存在的环境如何改变，无论异国社会文化如何冲击，他总能用孜孜不懈的努力、赤诚的爱国情怀和存在主义的智慧来定位自己在异国他乡的社会位置，从心灵价值和社会价值的维度自觉地关注战争对社会发展和人类存在的关系，并在自己的作品中加以深度地书写再现。

参考文献

中文文献

[1] 戴卓萌、郝斌、刘琨著. 俄罗斯文学之存在主义传统 [M]. 北京：中央编译出版社，2014.

[2] 郭宏安. 从蒙田到加缪：重建法国文学的阅读空间 [M]. 北京：三联书店，2007.

[3] 彭光谦、徐长银、陶德言. 世界反法西斯战争 70 年警示录 [M]. 上海：上海远东出版社，2015.

[4] 胡山林. 文学艺术与终极关怀 [M]. 北京：中国社会科学出版社，2005.

[5] 金亚娜等. 充盈的虚无——俄罗斯文学中的宗教意识 [M]. 北京：人民文学出版社，2003.

[6] 李明滨. 俄罗斯二十世纪非主潮文学 [M]. 太原：北岳文艺出版社，1998.

[7] 刘文飞. 文学魔方：二十世纪的俄罗斯文学 [M]. 北京：中国社会科学出版社，2004.

[8] 陆扬. 死亡美学 [M]. 北京：北京大学出版社，2006.

[9] 森华. 20 世纪世界文化语境下的俄罗斯文学 [M]. 北京：外语教学与研究出版社，2007.

［10］石衡潭．恶与创造——别尔嘉耶夫人格主义哲学研究［D］．北京：北京大学，2000．

［11］谭得伶，吴泽霖．解冻文学与回归文学［M］．北京：北京师范大学出版社，2001．

［12］张冰．白银悲歌［M］．北京：中国电影出版社，1998．

［13］张建华、王宗琥主编；张建华等著．20世纪俄罗斯文学：思潮与流派（理论篇）［M］．北京：外语教学与研究出版社，2012．

［14］（法）阿尔贝·加缪．加缪文集［C］．郭宏安等译．南京：译林出版社，1999．

［15］（俄）符·阿格诺索夫主编．20世纪俄罗斯文学［C］．凌建候等译．北京：中国人民大学出版社，2001．

［16］（俄）符·阿格诺索夫．20世纪俄罗斯侨民文学史［M］．刘文飞，陈方译．北京：人民文学出版社，2004．

［17］（俄）别尔嘉耶夫．论人的使命/神与人的生存辩证法［M］．张百春译．上海：上海人民出版社，2007．

［18］（法）蒂费纳·萨莫瓦约．互文性研究［M］．邵炜译．天津：天津人民出版社，2003．

［19］（英）海德格尔．存在与时间［M］．陈嘉映、王庆节译．北京：三联书店，1989．

［20］（英）海德格尔．尼采［M］．孙周兴译．北京：商务印书馆，2003．

［21］（英）海德格尔．人，诗意地安居［M］．郜元宝译．上海：上海远东出版社，1995．

［22］（英）罗素．西方哲学史［M］．马德元译．北京：商务印书馆，2005．

［23］（俄）米罗诺夫．俄国社会史［M］．张广祥等译．济南：山东大学出版社，2006．

［24］（法）萨特．萨特文集·文论卷［C］．施康强译．北京：人民文学出版社，2000．

［25］（法）施韦泽（Schweizer，A.）．文化哲学［M］．陈泽环译．上海：上

海人民出版社，2008.

［26］（俄）舍斯托夫. 在约伯的天平上［M］. 董友等译. 上海：上海人民出版社，2004.

［27］（美）威廉·巴雷特. 非理性的人——存在主义哲学研究［M］. 段德智译. 上海：上海译文出版社，1992.

［28］杜国英，李文戈. 20 世纪俄罗斯侨民文学的回顾与反思［J］. 哈尔滨工业大学学报（社会科学版），2008，（3）：151-154.

［29］古维奥. 加兹达诺夫创作中的自传性和存在主义［D］. 四川外国语大学，2016.

［30］刘文飞. 20 世纪俄罗斯文学的有机构成［J］. 外国文学评论，2003，（3）：5-15.

［31］柳鸣九. 存在文学与二十世纪文学中的存在问题［J］. 外国文学评论，1994，（3）：53-55.

［32］荣洁. 俄罗斯侨民文学［J］. 中国俄语教学，2004，（1）：44-48.

［33］夏忠宪. 俄罗斯侨民文学研究者 B. B. 阿格诺索夫访谈录［J］. 外国文学动态，2000，（4）：34-35.

［34］杨正. 对话陀思妥耶夫斯基——加兹达诺夫《黑天鹅》的互文性解读［J］. 外国文学，2015，（02）：3-9＋157.

［35］周启超. 二十世纪俄语文学：侨民文学风景［J］. 国外文学，1995，（2）：53-59.

外文部分

［1］Агеносов В. В.《Обретение себя》: Г. Газданов. //Агеносов В. В. Литература Russkogo зарубежья. М.. 1998. -С. 304-320.

［2］Адамович Г. В. Одиночество и свобода. // Адамович Г. В. Одиночество и свобода. М.. Республика，1996.

［3］Бабичева Ю. В. Гайто Газданов и творческие искания Серебряного века: Учебное пособие по курсу истории русской зарубежной литературы XX века.

Вологда, 2002.

[4] Боярский В. А. Поэтика прозы Гайто Газданова 1940-х годов: Дисс. канд. филол. наук. Томск, 2003.

[5] Варшавский В. С. Незамеченное поколение. М. ,1992.

[6] Газданов Г. Собр. соч. В 3-х т. /Составление, подготовка текстов Л. Диенеша, С. С. Никоненко, Ф. Х. Хадоновой; Комментарии Л. В. Сыроватко, С. С. Никоненко, Л. Диенеша. , М. , 1999.

[7] Гайто Газданов. Собр. соч. : В 5 т. под общей ред. Т. Н. Красавченко. ,М.. Эллис Лак, 2009.

[8] Гайто Газданов в России: Библиография: 1988—2003 / Сост. А. Б. Мзоков.

[9] Демидова О. Р. Метаморфозы в изгнании: Литературный быт русского зарубежья. СПб. : Гиперион, 2003.

[10] Диенеш Л. Гайто Газданов: жизнь и творчество (Перев. с англ. Т. Салбиева). Владикавказ, 1995.

[11] Жердева В. М. Экзистенциальные мотивы в творчестве писателей 《незамеченного поколения》 русской эмиграции (Б. Поплавский, Г. Газданов). А. К. Д. М. , 1999.

[12] Заманская В. В. Экзистенциальная традиция в русской литературе XX века. Диалоги на границах столетий. М. : Флинта; Наука, 2002. -С. 304.

[13] Зверев А. М. Повседневная жизнь русского литературного Парижа. 1920—1940. М. , 2003.

[14] Ким Се Унг. Творчество Дж. Джойса и М. Пруста в художественных исканиях молодого поколения первой волны русской эмиграции. //《XX век: Проза. Поэзия. Критика》. М. , 1996.

[15] Красавченко Т. Н. Экзистенциальный и утопический векторы художественного сознания Г. Газданова. // Вестник института цивилизации. -Владикавказ, 1999. Т. 2. -С. 13-18.

[16] Кузнецова Е. В. Творчество Гайто Газданова: 1920—1950 гг. : Монография.

Астрахань：Изд. дом《Астраханский университет》，2009. — С. 125.

［17］Матвеева Ю. В. Гражданская война в художественном восприятии молодого поколения первой русской эмиграции（Г. Газданов）// 4 Крымские Шмелёвские чтения. Материалы. Симферополь，1995. С. 41-43.

［18］Менегальдо Е. Русские в Париже. 1919-1939，М.，2001.

［19］Сивкова А. В. Особенности двоемирия Э. По и Газданова. // Газданов и мировая культура. Матер，науч. конф. Калининград，2000.

［20］Соколов А. Г. Судьбы русской литературной эмиграции 1920-х годов，МГУ，1991.

［21］Удодов А. Б. Русское зарубежье о гражданской войне：взгляд из Белого стана. // Облики русской усобицы. Воронеж，1993. -С. 3-11.

［22］Дзуцева Н. Мир человека в романе Гайто Газданова《Полёт》. // Дарьял. -№4. -1997. -С. 130-145.

［23］Кузнецов И. Магия ошибок. Гайто Газданов как《исторический писатель》. / Литературная газета. 1995. -№13. -С. 4.

［24］Кузнецов Е. В. Исследование поэтики рассказов Г. Газданова 1950—1960гг. / Гуманитарные исследование. 2010. -№2(34). -С. 71-75.

［25］Семёнова С. Г. Экзистенциальное сознание в прозе русского зарубежья（Гайто Газданов и Борис Поплавский），/У Вопросы литературы. -М.，2000. -№3. -С. 67-106.

［26］Цховребов Н. Лев Толстой и Гайто Газданов（к вопросу о генезисе）. // Дарьял. 1996. -№4.

［27］Гайто Газданов и《незамеченное поколение》：писатель на пересечении традиций и культур / Сб. науч. трудов РАН ИНИОН. М.，2005.

［28］Гайто Газданов в контексте русской и западноевропейских литератур. -М.：ИМЛИ РАН，2008.

［29］Возвращение Гайто Газданова. Научная конференция，посвященная 95—летию со дня рождения：Материалы и исследования / Сост. М. А. Васильевой. -М.：

Русский путь，2000.

［30］ Raeff M. Russia Abroad. Cultural History of the Russian emigration 1919-1939. New York，1990.

［31］ http://elibrary. udsu. ru/xmlui/bitstream/handle/123456789/8533/2011133-9. pdf? sequence＝1＃page＝278.

附录　加兹达诺夫短篇小说（译）

未来旅馆

1. 何谓嘴唇

您可以想象一下——巴黎的街道。在平坦的柏油马路、笔直的墙面和房屋组成的装饰图案上，平整的地面像蜥蜴的肚子，而那些守门人慢步吞吞，就像鳄鱼。

在装饰图案上：一日三餐和轻松的生活，就像浮云。未来旅馆。

倾斜的玻璃天棚就像结冰的正方形。火红的灯丝照亮了黑色的木板，上面镶嵌的全都是体现着现代文明成果的一些词儿：集中供暖设备、热水和冷水以及最近的地铁站。

未来旅馆分为五层。

底层的房间在夜里就出租给情人和思乡客们——妓女和旅客们。爱情反映在镜子中，让恋人们沉溺其中。最底层的镜子——这是对艺术和美感的赞颂，——这个区域，是需要再现的时候了。

在底层——只有一个女长租客——名叫布兰奇：这是艺名，因为她是黑发女子[①]。她 20 岁。

在未来旅馆里没有固定的职业习惯。

布兰奇的生活多姿多彩。她突然骑着自行车回到家，两天后又卖掉它。她戴着时髦的帽子、穿着长大衣出门，而回来的时候却戴着便帽、穿着皮大衣。

在职业一栏：女大学生。

"告诉我，布兰奇，你到底是干什么的？"

"好奇是女人的特权。"

"我知道，布兰奇，因为好奇心被赶出了伊甸园。但是如果伊甸园哪怕有那么一丁点儿像这条街，那么留给我的，只有想要快点能把我赶出去。"

"您坚持己见吗，先生？我正在写一篇论文。"

布兰奇在写论文。

——是的。《何谓嘴唇》。

论嘴唇的论文是这样的。嘴唇就像美丽的破布、像香水研制的材料、像未愈合的爱情伤疤。

由此可见，布兰奇被称为大学生是有原因的。

布兰奇房间的门，通常来说，都是静悄悄地关着。

往上的楼层依次住着杜雅利耶兄弟。他们四人，四个 Ж[②]。实际上：老大叫约瑟夫（Жозеф），中间两个叫冉（Жан）和雅克（Жак）。老幺名叫——雅克夫（Жакоб）。

未来旅馆的兄弟们：时常咋咋呼呼。有人进入旅馆。当他的鞋掌沿着铜钉楼梯踢踏作响时——四扇门立马打开。从二楼约瑟夫看着他，从三楼是冉，从四楼是雅克而从五楼是雅克夫。

① Бланш（布兰什）和 брюнетка（黑发女子）谐音。

② 他们四人的名字都是以 Ж 开头。

约瑟夫说：——抓紧。
冉：——看。
雅克：——就是这个？
雅克夫：——我不在乎。
}而有人正沿楼梯而上。

下面正站着俄罗斯水手谢廖沙，替代不在的房东。

谢廖沙整日唱歌：

我在赤道上

乘着快艇

驶向……母亲

我已在路上。

还有：长租客——在二层——警局密探。他隐瞒自己的职业。所有的人和曾经的那些人——杜雅利耶兄弟都知道这个秘密。

恰好九点一刻密探先生出门。

恰好九点一刻打开了四扇门并且四兄弟同时喊道：

“您好，密探先生。”

密探站住并仰头。

“我不允许这种态度……”

从四个楼层喊道：

“不允许！”

“权威至上！”

“这种态度！”

“向警察局长报告！”

然后密探走出了旅馆。

布兰奇在房间——摔凳子：布兰奇不满这种生存秩序。

而谢廖沙还在唱着他的赤道之歌。

“谢廖沙，说点什么。”

“是的，我们正驶向亚历山大港附近。来到水貂面前说……”

门砰的一声关上。布兰奇需要继续做事。

围巾飘扬，鞋跟踢响：回声没入柏油路中。在二楼紧邻约瑟夫房间：一些盘子、白色筷子、小纸袋，随着席先生展开的扇子飞舞：神奇的杂技演员。中国小女孩移动有盘子的桌子，折叠扇子；中国小女孩名叫苏珊。

“席先生”，约瑟夫说：“教我自如地拄着手杖并用头接礼帽吧。”

先生回答：

“行。”

每天早上约瑟夫都要上课：他想付钱给席先生。席先生回答，“不行。”

楼梯颤抖：三兄弟下到二楼。这时席先生正打电话给苏珊。

“请问，苏珊，我收约瑟夫先生的钱行吗?”

苏珊说：

“不行。”

伤心的兄弟们离开。

三楼的四个房间被这些东西充满：一些领带、手套、女鞋、雷内的旋转镜子以及阿尔曼的调笑声。阿尔曼先生是水手：每天和兄弟们争论，——他想杀了密探。

“他没有权利和正派的人们住在一起。”兄弟们就劝阻。他同意了：“嗯，好吧。”

下午三点布兰奇返回：

“黑人的嘴唇经不起点评。难道能一下子读完嘴唇?情爱史都写在嘴唇上：它非常美妙。它胜于任何纸张。”

“嘴唇——这是性格的标志：看看修女们窄薄的嘴唇：这是没有内容的日记本，是页页空白的练习册；骗子的嘴唇是铁铸的；妓女的嘴唇是橡胶塑的。”

“晚上来吧，现在别打扰。我要沉溺于工作。”

“别淹死了。”

晚上十点左右快乐的姑娘玛尔珂出现了。

“今晚没有一个顾客。谢廖沙，你明白的，我的孩子。”

谢廖沙明白。

过了半个小时玛尔珂回来了。拖着顾客。顾客的圆礼帽滑到脑后，大衣领子翻起。他只说，是，再无其他。

“30 法郎，2 号房间。”

“是。”

“美国人的双唇是用什么做的，布兰奇？”

“用猪皮。”

“意思是：橡皮唇和猪皮唇？”

“是的，亲爱的。”

2. 十字远征军之血

有一次在巴黎有个晚会开了一昼夜。他出现了，周身被汽车尾灯的红色灯光环绕，伴随雷鸣般的管弦乐队声和悬挂着的一些光球。晚上它们亮起来并发出嘶嘶声。晚上未来旅馆为租下五楼房间的人们喜开大门。

有一些人，他们生活得无欲无求，——一些普通的街道居民，是朴实无华、轻松自在的生活赢家。

还有另一些人，他们同意存在。

乌尔里奇同意存在于光滑墙壁和鳄鱼的装饰中。他来到未来旅馆，可能，因为，想要分辨未来和过去的区别。他的生活停滞不前，甚至日历对他的坚持都无能为力。

在他那好似大衣的外套下庄重的燕尾服、或者说像雨衣一样的外套，闪烁着永恒的光泽。他的头发向后披散。

乌尔里奇的黄色箱子沉重得就像叛徒的良心。那里面放着一些造型别致的东方小雕像、两个陀螺、一个大镜子和一柄绿色刀鞘的长剑。其余的全是书。

乌尔里奇很年轻，就像一幅年轻人的老画像一样。

本章是用过去时写的，因为十字远征军早已不复存在。

乌尔里奇沿楼梯而上。他没有看到席先生练习，因为席先生不在家。他没有注意到阿尔曼刺耳的笑声，也没有听到杜雅利耶兄弟们的口哨声。

后来从乌尔里奇的房间里传来歌声。这是一些沉重而单调的歌曲，它们用的是那种约瑟夫、阿尔曼、中国人席先生不懂的语言。

布兰奇说，这是古老的法语。

兄弟们的口哨变得越来越缓慢而不自信。

谢廖沙明白，哪怕是赤道也不能令新住户惊奇。

但是密探仍旧去办公，布兰奇也在继续写论文。

“我要问他关于这个话题的想法。”

乌尔里奇下了楼梯：在四个门内站着没吹口哨的兄弟们。

布兰奇在门边等着。

“嗯，你对论文有什么样的见解：何谓双唇？”

“我有幸得知，有人对此有所思考。”

“您有没有想过橡胶嘴唇，先生？”

“您，难不成，说的是音乐家？”

“不，我说的是骗子。”

第三个声音说：

“您错啦，布兰奇：骗子的嘴唇是铁铸的。”

乌尔里奇鞠躬后离开。

玛尔珂穿过沙沙的冬雨跑向旅馆已是深夜。

“布兰奇，我没地方过夜。我身无分文。”

“你可以在五楼过夜，去找我们的新房客。”

“我不认识他。”

“难道你认识和你上床的每一个人吗？此外，在五楼还有你认识的俄罗斯人。”

正结着冰的雨水沿着房檐的冰溜流淌。

玛尔珂的脚步停在乌尔里奇的门边。

脚步走进房间并停了下来。

——我按惯例替你支付过夜钱。

乌尔里奇的礼貌可以追溯到几个世纪前。

——请接受我的夜晚问候。

但有着橡胶嘴唇的女人们不懂历史，还将这种礼貌视为讽刺。

——你到底想不想和我睡觉？我可要走啦，如果你这样礼貌的话。

——您可以睡我的床。

灯光亮着的只有五楼的两个房间。

未来陷入了黑暗。

在这个深夜有第三个声音，那正是打断乌尔里奇和布兰奇谈话的声音，说道：

——我搞不懂您，尊敬的邻居。

乌尔里奇没感到讽刺。关于这一点可以通过他和玛尔珂的谈话看出来。他庄严的回答是荒谬的，就像谈论善良和真理一样。

——在我的血管里流淌着十字远征军的血。

——这，当然，非常感人。但文明的现代人，没有关于巴勒斯坦的紧张气氛、巴巴罗萨阴森坟墓的记忆，——对您血管里的液体成分毫不关心——无论是石油，还是十字远征军的血。我不懂您的燕尾服、您不合时宜的对话，您用半野蛮语言所唱的歌曲。您可能会认为，这些论点不是针对现代城市里五楼一个房间的居住者，而是针对一个扰乱平静而无防备之人的幽灵。与堂吉诃德的铜骨盆相比，我更喜欢巴黎的反射镜，而与沃伦斯坦刺客的篝火相比，我更喜欢香榭丽舍广场的灯笼。我抗议。

而一个声音在回答乌尔里奇：

——您有点不舒服，先生。去睡吧。

莎乐美的命运

我认识安德烈是在我上大学的时候，在巴黎。他是一个相当有能力的人：他的一些画作得到业内人士的高度评价，他们的判断很有说服力，并且他们还预言安德烈将前途无量。两三篇他用几个星期所写的诗歌，也不比他的画作逊色。但无论什么事情他都没有足够的创造力和毅力到达终点，时间证明：那些欣赏他画作的人，那些青睐他诗作的人，都大错特错——不是错在他们对其审美价值的判断，而是错在预言安德烈在艺术和文学方面的大好前途。但在那个遥远的时代，我们所有人都相信未来，安德烈在此意义上也不例外。对艺术的思考在他的生命中占据重要作用。但在他生活中占主导地位的还是那种暴风骤雨般的情感，这些情感促使他体验，并将艺术问题抛到第二位。

与此同时，在拉丁街区和蒙帕拉斯街区开始出现一个女子，她注定在安德烈的生命中占据极其重要的作用。当她经过咖啡馆时，昂首直视自己的前方，我们的一个同学说，她长得像莎乐美。从那以后我们就一直这么称呼她。顺便说一下，这个评价还是有点儿可靠的：从侧面看来，这个女子就像双手托着一个隐形的托盘。她非常漂亮。她是如此的漂亮，哪怕是她有荒诞的化妆——黑眉笔化成上挑的弯眉替代了她的两条细直眉毛，她胭脂红的嘴唇涂成了紫罗兰色——就连这种化妆也没产生那种它应该产生的致命印象。她的头发也被染成浅黄色。后来，和她日渐熟识，我了解到，每天早晨她在自己脸上花费的功夫不亚于一个演员。这，然而，并不妨碍她来反复捯饬自己完全不感兴趣的容貌。显而易见，哪怕仅是她的容貌就使其周身光彩照人，她也从来不是那种只要在其出现的地方，就一直引人瞩目。她姓马丁，她说法语，但有错误并且带外国口音。马丁是她的夫姓，我们从未见过他，并对他一无所知。当聊起他时，她说他已经不在了，甚至还说："il n'existe plus，"尽管这并不完全意味着，他死了。她的国籍是罗马尼亚，另外，好像，还混有茨冈和犹太的血统。她以自由学生的身份进入索邦神学院历史哲学系，因为据她所说，她对预科证书有些误解。过了一段时间我明白了，她从来没有并且不可能拿到这种毕业证，尽管她说是毕业于罗马尼亚的某个中师院校。她不懂这些东西，例如光速、算术和几何之间的区别、对数或者万有引力定律。但在艺术领域，她的知识是如此广泛，甚至令人意想不到。然而，她感兴趣的只是这一点，其他的一切都不能引起她的关注。她的钱很少，她住在拉丁街区的一个小旅馆里，从那里她收到自己得以支配的微薄生活费，很长时间没人知道，只是有一次偶然得知，每个月给她寄来一小笔钱的是他的前夫，这人，就她所说，已经不在了。她这个时候有二十二三岁。

那些，我认为，好像她完全不具备的东西，就是朴质。在艺术或是人际关系中的朴质，让她感觉是那种有损尊严的没水平。这甚至出现在最平常的谈话中——例如，她从来不回答对她所提的问题：

“你明天在学校吗？”

她似乎无法直接简单地回答：“是的，在。”或者“不，不在。”她说：“你为什么对这感兴趣？”或者“和你完全无关吧？”因此和她一起待的时间越长就越厌烦，尽管她也时常是个很有意思的交谈者。

她有一双总是带着生气表情的灰色大眼睛，哪怕在其笑容里都有那么一丝莫名其妙的怒气。她的许多行为也前后矛盾地令人恼火。她和别人说好去电影院，然后顺便去旅店接她，她不在家或者留下便条——我改变主意了。她说她会来，但她没有来。但她从来不原谅别人的言行不一。她在这一点上通常被原谅——因为我们没有任何人会怀疑，她外在的这种对一切都愤愤不平是应该存在或必须存在的整个世界，她易于激动的紧张具有毫无争议且难以抑制的诱惑。只需克服这种外在的障碍。为了，最终进入这个世界，这，当然，值得去做。

如果不是所有的人都相信这一点，更确切地说，不是所有的人都最终信服，那么安德烈已为此准备接受任何考验。周围人可能会认为，他所做的就是想成为她的实验品。从一开始就摆明了他们的关系被确定：她被允许做一切，而他任何错误都不被原谅。而且这种错误可能是一切：语调不对、回答的不够迅速或准确、不精确的动作——随便一切。他曾那么喜气洋洋地来告诉我，莎乐美最终答应接受他的诗集礼物，她交代他关于诗集的挑选。但我第二天看到他时，他却是忧郁、悲伤且无语。

“你买了什么书而她收到后怎么样？”我问。他耸耸肩、边叹气边回答，买了魏尔伦的书。她将书还给他，说自己不需要它，同时请他再也不要去她那里。他绝望地离开了，完全不明白她突如其来而又莫名其妙的生气原因。每次，当他给她打电话，她一听出他的声音，很快就挂掉话筒。

“你就叫她见鬼去吧，”我对他说，当他告诉我这事的时候。

“这种冲动我可没有，”他回答：“如果你更了解她，你就会明白为什么。”

我为他遗憾，我问莎乐美，她为什么那么残忍地对待他。

“我想让他给我买埃雷迪亚的诗集，”她说：“而他，是个笨蛋，猜不出来。”

我把这话转告了他。然后他给她买了一些书，包括埃雷迪亚的，并将这包书给她留在了旅馆。两天后，他决定再给她打电话。他站在话机旁，激动地吞咽唾液，等着她的回答。她说：

“你咋这么久不给我打电话并且也不来了？我想你了。”

当他第一次拥抱她时，她给了他一个耳光，还说这种卑鄙的行为太出乎她的意料，而他们之间一切都结束了。此后两天他都没睡觉。第三天晚上她到他那里——他在布洛涅森林旁边有个小公寓，就他一人住。她进了屋，用自己生气的眼神看着他并贪婪地吻他。她在他那里过了一整夜，一大早他叫了出租车送她去了她住的旅店。然后，欣喜若狂的他来找我，叫醒我，并且说我永远不能理解，也不能想象，这件事儿……前一天我睡得晚，只想睡觉，除此之外，我确实不明白，啥事把他弄成这种状态。最终，他给我解释了事情的缘由，我只是对他说：“好吧，祝你永远幸福，亲爱的朋友。”然后就睡着了。当我醒来时，他不在，但烟灰缸里全是烟头。——他，显然，在我的房间坐了两小时左右，回顾着所发生的一切，回想着自己异常的幸福。

后来我曾很努力地想着，是什么，实质上，决定了莎乐美过着，并且也能迫使其他人过着那种荒诞生活。我得出的结论是，这是一种不接受已发生之事，而要创造那种想发生之事的愿望。那个她一开始与之谈话的人，谈到她过去想谈的某事时，就应该像她曾设想的那样来回答。那件发生过的事，也应该像她曾想象过的那样发生。这是某种荒诞而无药可治的自我中心主义：为了使一个人的言行符合其想象，必须使其不再做自己，而使其成为像她写过的书中的某个人。这，当然不可能，她对此很了解也很明白，但这总是让其发怒。此外，她还坚决拒绝为自己不能付诸实施的言行负责。当安德烈第二天晚上去了她那里，将手放到她肩膀上的时候，她使劲将其甩掉，并对他说，请他再也不要这么做。他又陷入了绝望——这是一种他经常并且很容易陷入的状态。这次他持续了五天，然后又重复了曾经在他公寓里发生的事情。一段时间之后，他就完全丧失了对现实的概念，什么也不知道，什么也不相信，没有莎乐美，他的生活没有任何意义。但依旧赞同莎乐美的意见——然而，他又何时不曾赞同过什么。

“你，当然，不是那个我需要的人，”有一天她对他说：“你该明白，那个，我要将付诸一切的人，应该首先是在所有方面比我优秀的人。我应该时刻感受到他超乎我身心的优势。他的艺术理解不该有误。他的精神活动将我吸引。这应该是一个鹤立鸡群的人。你明白吗？那你自认为呢？你是有些才能，但仅此而已。这对我来说显然不足。”

过了一段时间，安德烈收到了关于他住在图卢兹的父亲病危的通知。安德烈给莎乐美看了医生发来的电报，说他需要去一趟图卢兹，并向她告别。她用自己生气的眼睛看着他说：

“难道你认为，在这个时候我会留下你一个人？难道你还怀疑我不和你一起去？你把我当作你的未婚妻介绍给你父亲吧。”

她真的跟安德烈去了图卢兹，并在那里待了两个月，在此期间安德烈的父亲因肝癌去世。她表现出非凡的自我牺牲精神，寸步不离病床，整夜不睡——在葬礼之后，当她返回巴黎时，安德烈，据她当初所言，打算要做到她所要求的一切。我认为，那时他是正确的，当有一天他告诉我，莎乐美样样出色，她的行为不可预见。

他曾鼓起勇气对她这么说：

“你认为自己比你认识的所有人都聪明吗？”

“不，”她说：“我没认为自己特别聪明。我只是认为蠢人，在任何情况下，都很多。”

“除了那些你认为需要的理论研究者？”

“除了这种人，”她说。

她总是认为自己做得对，也过着正确的生活，——安德烈在此之后告诉我，“在这方面说服她是不可能的。”

我了解的她，是安德烈所不了解的。那些昨天发生的事儿，不能使她今天有责任去做。她精神生活的某个显著部分其实是衰退的。她没有回忆。今天，随着夜幕降临，消失于虚无，这天发生的一切也不复存在。她非常喜欢音乐，哪怕完全没有将一首曲子与另一首区分出来的辨音力。这些音符的连续性引她进入一种极度精神兴奋的状态。但她却记不住这些音符。她忘记它们就像忘记自己的感情和自己原本的生活，以及那些与她有联系的人和那些消逝于过去却没有留在她记忆里的人。

安德烈和莎乐美在一起生活了几年。她多次从安德烈身边离开又回来。他给她发长如信件的电报，然后她就归来，一切又重新开始。后来宣告战争，安德烈也被动员参战。

就在德国军队占领巴黎前夕，莎乐美消失了。安德烈被俘，在德国。我听我们的一个同志说，莎乐美留在南方，还参加了游击运动，在战争期间嫁给了一个犹太银行家，但拒绝和他一起离开法国——在法国民兵的游击战中被杀害。她被葬在阵亡将士公墓，离蒙彼利埃不远的地方。安德烈被俘获释后，听说了这一切。

我没见到安德烈都有十年了。当我偶然在巴黎见到他时，一下子都没认出来：他变老了、谢顶了、走样了。但他认出了我。我和他去了位于大林荫道上的咖啡馆。安德烈立马就谈到莎乐美，说去找过她的坟墓，但没有找到它。

"就连这种安慰我都没有，"他说："她是怎么死的，她死前的最后时刻在想什么，她在叫着谁的名字？"

"你参加过战争，"我说："你怎么能提出这样的问题？你知道在这种情况下，人们常常来不及想什么和喊什么名字。"

"而我却没有在她身旁！"

"这不是你的错。"

"为什么我现在还活着，我难以理解。"

为了改变话题，我问他在做什么。他脸上出现极其厌恶的表情。

"怎么啦？"我问。

"我痛心疾首，没有死在她死的那个地方，"他说："我过着耻辱的生活。"

"这可不太像你。"

"但这是真的。如果你知道我做了什么，你就会拒绝和我握手。"

"你总是夸大其词，"我说："我不信这个。你的生活中有啥可耻的事儿？"

他给我解释，在战争期间他失去了他曾经拥有的一切，而现在需要挣钱糊口。他长时间地找工作、写关于艺术的文章和书评，但他为此所挣之钱，仅够吃饭。而那时有人给了他建议，他就同意了。

"是啥，贩卖妇女之类的？"

"不，"他说，"甚至更糟。那些贩卖妇女的人，你知道，都是职业混蛋。我不想说我是在为他们辩护。但他们生活在自己本来的病态世界里，每一分钟都有蹲监的危险、警察的问讯、社会的鄙视，等等。我做的工作和他们的同样卑鄙，但仅有的那点区别就是我不受什么威胁。"

"你到底是做什么的？"

他又因为厌恶和丑闻而退缩了：

"我为歌剧院写歌曲和诗歌。你明白吗？想想我们的大学年代，马拉美、瓦勒里、里尔克。而在此之后……"

"除此之外，你还写些什么？为自己？"

"我尝试过，但我不能，"他说："我现在就这么被这些鄙俗的东西和这些食物养活，我感觉自己是在慢性中毒。"

然后他一边绝望地看着我，一边说：

"你想象一下莎乐美会说什么，如果她活着的话？"

关于这事儿，他当然想了很多，——莎乐美会说什么。

对他现在的生活来说，除了给他过去的岁月增添了对莎乐美无休无止的回忆，最值得注意的一个特征就是，过去成为他的一个主要特性：他过着不是他想要的生活，而且不做任何努力来改变自己的生活。事实上，也没有什么能强迫他从事自己认为的卑鄙职业，但为了摆脱它而做出必要的努力，他却不能。

* * *

他，基本上，什么也没留下：没有那种他年轻时对艺术上的某种未来憧憬，没有那种莎乐美带给他的生活意义。当然，对于一个有自己审美眼光的人来说，他被迫做的事情似乎是他最后的坠落。很难希望现在，在他的这个年龄，他能突然开始其他的生活。在这方面尤其能影响他的是对莎乐美的回忆：任何女人都不可能替代莎乐美在他生命中的位置。因为从他们失去联系的那天之后过了一年又一年，对她的回忆一直停留在最初的那种回忆，很显然，这已不可能改变。我后来了解到，他写了整整一本关于她的书。没有一个出版社愿意接收它，因为他将莎乐美写得如此天真烂漫并且如此虚假，这就使关于她的整本书完全不令人信服。

我，当然，想过莎乐美。她留下了什么？我们回忆过她和她悲惨死亡的故事，这事当时登载在报纸上，但它现在已被遗忘，就像许多在战争年代发生的事件一样，但总归，想到莎乐美时就有这种理论推测，只有死亡才能将她留在那条她认为可能是非常辉煌的道路上。当然，如果她还活着的话，那么安德烈所过的生活将会有所不同。

和他相遇一年后，我在意大利旅行，当时我在佛罗伦萨停留了一段时间，我住在普罗逊苏罗大街的一所不大的膳食公寓，与其主人进行了彻夜长谈。他是一个中年意大利人，和我说着那种他自认的法语，其实是其自创的与意大利语和法语相距甚远，然而，让人同时想到了这两种语言。他给我讲了自己的邻居们——书店主、咖啡店主、自己的房客们，详细讲述了自己佛罗伦萨的居民；他谈到了意大利的命运，甚至谈到了艺术，据他的观点，艺术早在 17 世纪上半期就已不复存在。他有一次顺便提到了，战争迫使许多佛罗伦萨人离开自己在任何情况下都未想到离开的故乡，而去了异国他乡——去严寒的俄罗斯、炽热的非洲、法国冒险求生。他给我讲述了离膳食公寓不远处住着的一个鞋匠，他是个长住客。这个鞋匠在佛罗伦萨出生长大，他从未想到离开自己的街道和城市——这是一个很棒的鞋匠，也是一个极好的人。但战争时期他被动员加入意大利的某个部队，这个部队占领了法国南部。意大利战败后，他参加了法国的游击队，并在那里受了重伤。只是过了几年，当战争结束时，最终，他还是回到了佛罗伦萨。他从法国顺便带回了一个姑娘，其实真没必要，在佛罗伦萨多的是意大利女人。他和自己的法国女友结了婚，还重新操起了鞋匠的旧业，这是他任何时候都不会放弃的。他的妻子给他帮忙，她比他年龄大些，并且完全不懂鞋匠这门手艺，但现在已学会熟练地操作。

“她在法国是干什么的？”

“她，或许，是个可怜的单身女人。”

他认为她非常幸运，她找了一个有好手艺的人，挣钱不少。去年他们还去了海边避暑。哎，看看，这些人的命运都是咋弄的。如果他从未离开这里，而她就在法国过自己的单身生活。他不会认识她，她也不会了解他。但由于墨索里尼参加了战争，还自认是什么意大利的拿破仑。这使我们的鞋匠出现在法国，而她也来到佛罗伦萨，在此之前她对它，可能，啥也不了解。

可能，我显然对这种哲理的思考少于我的宿主。因为佛罗伦萨鞋匠没有留给我特别的印象，但米开朗琪罗、多纳泰罗和切利仑在雕像上的任何细节都让我感到其在人类历史上的无比重要作用，远超过任何战争、某个独裁者和参与到某场战争的同时代人的死亡，包括佛罗伦萨的鞋匠和他的妻子。我那时想到了其他的东西，其中包括每一次，当我从那种生活中脱身，就是那种周围微小的，但实质上，却导致并使思想和认知受到束缚，进而返回对丁托列托或波提切利的绘画以及米开朗琪罗的雕塑的那种直觉，我陷入狂乱的悲喜中，与其相比，所有其他的东西都无关紧要。

我在一天晚上沿着城市，漫无目的地闲逛时，想到了这件事——突然回忆起我和安德烈在多年前进行的一次谈话。我和他当时沿着圣米歇尔林荫道走着，那是一个清新的九月深夜。此前几天他刚从威尼斯回来，他第一次去那里，他给我讲述了自己的印象。在他所有的见闻中，当时留给他印象最深的就是——多纳泰罗和丁托列托的《耶稣升天图》。

“高大的乞丐穿着自己有着青铜褶皱的破衣烂衫，令人难以忘怀，”他说：“《耶稣升天图》。你知道：大量的穹顶天使，飞向上空，而中间是升天基督的那种不可阻挡之势。应该具有多大的天才，才能创造出这些东西啊！此后我开始觉得，再也不能像从前那样活着。”

“我时常感觉，像我们生活的这样活着，不行。”我说，“可能，你在威尼斯看到的那些，只是强调了这一点，将这种认知弄得更明确一些，如果你想的话。但是如果你费心地回忆那些你的威尼斯之旅以前的东西，你会发现，你过去已经知道这些了。”

“是的，但也不是那样，”他说，“不仅是那事儿。对我起致命作用的东西，你明白，是这些不同世界的共时而平行的存在，是不能容忍的感觉多样性，而任何想象力都不能将其合为一体。我们每个人都有不同的存在，而它们之间的巨大距离，对我来说是不可思议而且可怕的。我不能在这方面找回自我。”

他停下来低着头，从四周会得到这个印象，在深夜的林荫道上站着一个人，他仔细地盯着自己的双脚。然后他抬起头说：

“我不明白，那些人关注激昂交错的交响乐，关注它如何产生并张扬，然后突然极好地收缩而变成曾经产生它的那两个音符，——我现在想到贝多芬第五交响曲，——这个人，在很长时间内沉浸在这种世界里，时常进入这种非凡的音符运动，——这个人如何能在走出音乐大厅之后，没有损害地返入俗世?”

“我看不到这有什么不可调和的矛盾，”我说。

“我不是说矛盾，我悟不透艺术和其他人类情感的对比，”他说：“但我害怕将那个空间分成不同世界的距离，我在很久以前的某个时候就已迷失在那个空间里，并在其中不能找回自我。”

“可能，天才，特别具有同时领悟这些不同世界的能力——那种凡人被有机剥夺的能力。没有建立理论概念——在同样的权利中，所有的人类感情都会进入那不可思议的多样化，——但还有别的——所有这种自然而无误的认知。”

“可能，”他说：“但在这种情况下应该说，天才的认知是我们不可企及的。不是其表象，而是其天性。”

我沿着长而狭窄的佛罗伦萨街道而行。这是一个既无风亦无星的深夜。25年前，在巴黎，当我和安德烈交谈的时候，那些悬而未决的问题引起我的关注。如果那时有人对我说，我们过25年之后，将经历一场毁灭性的战争，会成为百万人死亡的见证者——在这一切之后还将回到这些个问题，我怕是不相信。我会说，这不可能，等着我们的是缓慢而自然的心灵停滞，经此之后我们将如此缓慢地走向死亡，一切将慢慢地失去自己的意义——其他人的感情、艺术作品、天才秉性。但事实并非如此。我们中的每个人都被赋予了独特的世界，这个法则不会因时间而改变。因而此时在佛罗伦萨我想到了当时在巴黎想到的东西，——带着那种徒劳而绝望的坚持。因此安德烈才过着现在的这种生活，对他所做的感到厌倦，并总想着莎乐美会说什么。

* * *

一天下午，我一开始沿着吉贝丽娜街走，然后拐到一条丁字路口的小巷里。这里住着一些收废铁的穷苦人。第一个我看到的人，是一个15岁左右皮肤黝黑的男孩，面带由衷喜悦，双手拿着一些从一个散架的沙发里取出的生锈弹簧。通过房子窄窄的大门，有时可一眼看到歪歪斜斜堆放着不同来源的锈铁的院子。走近街道的中部，我看到技术熟练的鞋匠本人，关于他我的宿主给我讲过。这个宽肩膀的人皮肤黝黑：在不甚明亮的光线里——街上已经黑了——他沉静的脸庞让我感觉像是青铜的侧面像。在他对面坐着他的妻子，就是那个他从法国带回来的女人。当我停在他的窗户旁，她抬起头看向我——我不得不努力克制而没有惊叫出来。我一碰到那熟悉的灰色带着气愤的眼睛，就认出了莎乐美。

我转过身迅速跑回自己的膳食公寓。在那里我叫来女保洁员，让她给鞋匠的妻子送个便条。在这个便条中我请莎乐美第二天晚上，7 点钟，去火车站，我在那里等她。

当战后有人对我说，她死了，我深感悲痛。但这根本没法和我那晚在火车站等她时的绝望相提并论。在我坐的那个小桌旁，走过旅行者、德国人、英国人、美国人、法国人，他们的说话声向我传来，我听到了，但不解其意。我眼前浮现安德烈的脸——不是那个秃顶的、现在写着歌词并深恶自己雇主的人，而是 25 年前的有着深邃而充满激情目光的安德烈，并听到他说："不，你不能明白，你永远也不明白。不，这太残忍了。如果莎乐美还活着……"

我想着她不来了。但她却来了。当她走近我的桌子，我站起来，为她挪开凳子，她目不转睛地看着我——那样子，似乎有些害怕。我不熟悉她眼中的这种表情。吞咽过激动的唾液，我问她：

"这一切是怎么发生的？"

没有回答我的问题，她问道：

"他活着吗？"

"活着。他认为——就像我昨晚之前那样认为——你已经死了。他现在已极不像他在战前的样子，就像你也不像曾经的莎乐美。"

"你是说我变化非常大？"

不，她的外表比预料中变化得要少。她的脸色暗沉，嘴唇上方有了皱纹，但她还算好。

"我指的不是外表的变化。但你还没回答，这一切都是怎么发生的。我再说一遍，我们所有的人都以为，你在战争期间已死在法国南部。"

"我受了重伤，"她说："我感觉自己要死了，那时我对此毫不怀疑。然后就是一个普通的八卦故事，你知道，就像在愚蠢的感伤小说中所写的那样：我被一个年轻的意大利男人遇到，把我送到医院，每天去看我。一个星期之后医生告诉我，我活下来了。”

她掏出烟吸了起来。我记得她过去不吸烟。

“你还记得在战争中的事吗？对很多人来说，包括我，所有复杂的东西消失了。留下最简单的东西：饥饿、危险、对死亡的恐惧、寒冷、疾病、疲惫和无意识的对所有生活中简单及可怕的东西的认知。而那，能够梦想的东西，则是温暖、睡眠、食物、安全、头上的屋顶——还有什么？”

“是的，是的，我理解，”我说：“但冷酷的时代过去了。”

“当我后来和他来到佛罗伦萨，”她说，“战争结束了，危险消失了。小孩子们在街上玩，明亮的太阳，那么温暖。但过去所有的一切，已不存在。难道你没有注意，战前的那个世界，已不复存在？”

“可以这么说，即使战争已没有了。当然，那个世界已不复存在。但那个替代它的，不一定就该局限在位于吉贝丽娜的狭窄街道上的鞋匠窗户里，以及对你现在生活的认知。你是否值得过这种生活、经历如此磨难并幸存下来——就是为一切都这样结束？我认为你值得更好的。”

“你确定你所认为的东西，更好？”

“不，”我说：“可能，这缺乏想象力，但我还是觉得，不应将自己的存在太过于偏离自己曾经的所为。我记得你过去梦想的是其他的东西。”

“也许，幸福在于你能约束自己并明白最主要的东西——就是那些简单的东西？”

“成千上百万的人都那样生活。但还有其他人对此感到不满。”

我看着她的眼睛，突然惊奇地发现，它们里面是平静而淡然的神色，有着那么一丝丝优越感，它是我过去熟悉的，但现在我感觉它不合时宜并且无法言明。过去的绝望充斥着我，我认为不能再这样留下。我说：

“我下次再劝你。现在我们离开这里。我的汽车停在拐角处。我开车几分钟去膳食公寓付费。你有什么个人证件吗？明天我们去法国边境。明天晚上你会在巴黎，而再过一个星期你就会忘掉你在离开前所经历的一切。”

"不，"她说："我不会和你离开佛罗伦萨而返回巴黎。"

"你坚决拒绝回去？"

"我该怎么办——在那么一个遥远而陌生的城市？"

只是在和她交谈的前几分钟，我听出了她声音里的激动，这是在她问我安德烈是否活着的时候。所有剩余的时间她都很平静——这是她过去完全不曾具有的状态。

"你忘记了时光，我的朋友，"她边说边站了起来："你生活的是阴影运动。过去的你，没有留下最主要的东西，你坚决地拒绝接纳它。你想要时光倒流——这就是上帝也不可能。如果我听你的，跟你回到巴黎，我将会失去我现在所拥有的东西，徒留空虚，它不可能用任何回忆来填满。留我在家里吧。因为现在我有家了，你懂吗？过去我没有它，我也没有这个概念。"

我们离开火车站。我默默地走了一段时间。然后我重复着她的话说：

"我将会失去我现在所拥有的东西。换句话说，和一个不能明白你说的十分之一的人待在一起？"

"当我从窗户里看到你，这令我震惊，"她说："并且我知道，你不理解我对你所说的话。可能，你晚点儿能明白。但为此，需要你想象一个完全不同的世界，它是一个你不知道而我生活其中的世界。"

"这是某种文学。"

"不，文学在我这里终结了，"她说："文学，这是你拥有的。到目前为止，你还没有摆脱它，你才不会明白你需要什么。"

我和她来到吉贝丽娜街角。

"你记得吗？"我说："沃吉拉尔德大街、王子先生大街、特罗农大街、比西大街、圣日耳曼大街、圣人之路大街？"

"是的，想起来了，"她说："但那个时候住在那里的那些人，都不复存在了。再见。"

她走了几步，然后转身又说：

"我就不那样和你告别了。"

她将自己生疏的嘴唇紧贴我的嘴唇片刻就离开了。我目送她离开——她保持了自己笔直灵活的步态，因为这她被称为莎乐美。然后我转身去了火车站。接着从那里乘车去自己的膳食公寓并躺了半夜，没有睡着，坚持她所说的阴影运动，——她现在已在其之外生活，而我不能想象自己的存在。

当我回到巴黎，我还回忆着和莎乐美的谈话。她所说的一切，不能解释那种无法逆转的发生在她身上的变化。我认为她的不足之处，是缺乏回忆，现在却拯救了她：如果她还记着那些往事，她就不可能这样生活。她的变化，正如我所见，源于她看到了自己面对的死亡。来到她身边，然后让她感受到回归生活的本能喜悦。这就是她没有忘记的唯一的状况，正是那些，让她明白了这种回归生活，这使她对年轻的意大利人负责。当她认为自己快要死的时候，她看到自己面前的最后一张脸，这就是他的脸。这就是最强的唯一回忆，它确定了她的变化和她现在的生活。自我保护意识遮蔽了她面前曾经的一切，这就是为什么我出现在她的玻璃窗前，她是如此震惊，就像她所说的那样。我给她的那个建议——回到巴黎，——当然，是不可能，因为她曾经居住的城市，在她现在的生活中没留下位置。我认为，安德烈，当然，无法讲述莎乐美；他会解决这个悲剧的误会或背叛的结局。但这既不是误会，也不是背叛。这是死亡。不是如今住在位于吉贝丽娜街区的小巷中的莎乐美，而是她对我们来说曾经是那个世界的一部分，它确实已不复存在，但除了对它的虚幻回忆，我们不能想象的是我们的存在。

我遇到安德烈是冬天在位于比西大街与圣日耳曼大街夹角的一个不大的咖啡厅里，我进入那里，想喝杯咖啡。他一如既往地忧郁，现在我非常为他遗憾，因为我清晰地记得那个我与莎乐美在佛罗伦萨分别的九月之夜。我和他讲了各种事情，后来他又提到战前，重新提到莎乐美——这是不可避免的——他说：

“你对此，可能，感到有点伤感，但我还是想知道，她的坟墓在哪里。你知道，我一直在找，但找不到它。”

“可能，因为，”我说，“你关于它的信息有误，你没能找对地方。”